인생은 언제나 무너지기 일보 직전

인생은 언제나
무너지기 일보 직전

조남주

김현

윤이형

김성중

한유주

최정화

듀나

최진영

정지돈

차 례

이혼의 요정

그 여자의 남편

약속 시간을 20분이나 넘겼고, 차가 너무 많이 막힌다는 두 번째 문자메시지가 도착했다. 이러니까 이혼당하지. 남은 얼음을 아득아득 씹으니 안 그래도 에어컨 바람 때문에 등줄기가 서늘하던 참에 입안까지 얼얼해졌다. 불쑥 차가운 콧바람이 킁, 나오며 웃음이 터졌다. 나도 이혼당했잖아.

딱 5분만 더 기다리다가 가자. 알람 앱을 열고 타이머를 맞췄다. 5분만 기다리기로 마음먹은 시간, 알람 앱을 열고 타이머를 맞추는 시간을 감안해서 4분 40초로 설정했다. 시작 버튼을 터치하기가 무섭게 출입문에 달린 작은 종이 땡경땡경 울렸다. 남자는 필요 이상으로 출입문을 활짝 열어젖히고 보란 듯이 숨을 몰아쉬며 들어왔다. 남자가 휴대폰을 귀에 갖다 댄 직후 테이블에 올려놓은 내 휴대폰이 진동하며 뱅그르르 왼쪽으로 돌아갔다. 얼른 집어 들어 뒷주머니에 넣었다. 저 남자인가. 아, 왠지 싫은데.

남자가 고개를 갸웃하더니 휴대폰을 두 손으로 들었다. 문자를 보내는 듯했다. 곧 엉덩이에서 지잉, 진동이 느껴졌다. 순간 목덜미가 뻣뻣하게 굳었는데 태연하려 애썼다. 남자는 카페 안을 둘러보다가 내 쪽으로 천천히 걸어왔다.

"혹시 다인이 아버님?"

"아, 예. 효림이 아버님이신가요?"

면전에 대고 아니라는 말이 나오지 않았다.

"전화를 안 받으시더라고요."

'안'을 높고 길게 발음해 추궁당하는 기분이 들었다. 차분하게 몰랐다고 대꾸했다. 남자가 오른쪽 얼굴을 구기며 웃었다. 뭐 낀 놈이 성낸다더니 20분도 넘게 늦은 주제에. 뒷주머니에서 휴대폰을 꺼내 문자를 확인했다.

"문자 보내셨네요? 아, 차가 많이 막히셨구나. 퇴근 시간에 영등포 장난 아니잖아요. 그래서 전 좀 여유 있게 나왔어요. 하긴, 퇴근 시간에 안 막히는 데가 있나요."

그의 오른쪽 얼굴이 조금 더 구겨졌다.

"주문하고 오세요. 저기 끝에서 하시면 돼요."

요즘 카페들은 선불이라 얼마나 좋은지. 이렇게 조금 일찍 와서 마시고 있으면 딱이다. 커피 한 잔 사는 것이 아깝지는 않지만 계산대 앞에서의 그 어색함은 싫다. 내가 낼게, 아이고 내가 낼게, 그럼 내 커피값은 내가 낼게……. 나는 절대 그렇게 하지 않는다. 먼저 낸다는 사람 있으면 마다하지 않는다. 내가 먼저 계산대에 도착하면 카드를 꺼내지만 상대방이 내 손을 붙잡아 말리면 그것도 마다하지 않는다. 각자 계산하자고 하면 내 것만 계산한다. 그렇게 하자는 대로 했더니 어느새 나는 쪼잔한 사람이 되어 있었다. 참나.

그는 의자를 당겨 깊숙이 자리를 잡고 앉았다.

"저는 뛰어오느라 물을 많이 마셨더니 괜찮습니다."

그리고 보란 듯이 들고 있던 생수통을 테이블에 올려놓았다. 남의 영업장에 왔으면 당연히 그 영업장에서 돈을 써야지. 어휴, 저 진상. 엄밀히 말하면 나와 그는 같은 처지다. 우리는 얼마든지 같은 편이 되어 함께 문제를 해결하거나 서로의 상처라도 보듬어줄 수 있다. 그러나 나는 첫눈에 그가 싫었다. 그의 손짓, 몸짓, 표정, 목소리, 말투, 어휘…… 모든 게 다 그냥 너무 싫었다.

그는 생수통의 하늘색 뚜껑을 열더니 3분의 1 정도 남아 있던 물을 한 번에 입안으로 쏟아부었다.

"부인되시는, 아니지, 부인되셨던, 하, 그러니까 다인이 어머니하고는 연락하십니까?"

"사람을 불러내셨으면 먼저 인사도 하시고 소개도 하시고 용건도 말씀하셔야 하지 않겠습니까? 이렇게 대뜸 개인적인 질문을 하시니 좀 당황스럽네요."

"지금 뭔가 단단히 착각하고 계신 것 같습니다? 제가 뭘 부탁하거나 도움을 요청하려는 게 아니에요. 댁의 마누라가 가만히 있던 내 마누라를 들쑤셨다는 얘기를 하러 왔습니다. 그래서 우리 집이 박살 났다는 얘기도요. 사과받고, 어떻게 책임지고 수습할 건지 확답을 들으러 온 겁니다."

"그 여자 이제 제 마누라 아닙니다. 엄밀히 말하면 전 마누라인데 사실 전 마누라라기에도 뭐하네요. 산 날보다 안 산 날이 더 긴데."

그는 다시 생수통을 입에 대고 고개를 뒤로 홱 꺾다가 빈 통인 것을 깨닫고는 갑자기 우르륵 페트병을 구겼다.

지극히 평범한 가정이었다.

"저어기 푸르지오 보이세요? 저 하늘색 빌딩 옆으로 살짝 보이는 아파트요. 저게 푸르지온데 2500세대쯤 돼요. 지금 저기

가셔서 아무 집이나, 그냥 내키는 대로 진짜 아무 집이나 떵똥 하고 들어가면 만날 수 있는 가족, 응? 아시겠죠? 어떤 뜻인지. 그런 집이었어요, 저희 집이요."

그는 친구와 조그만 사업체를 하나 운영하고 있다. 사업하는 사람들이 다 그렇듯 벌이가 일정하지는 않았다. 잘 벌 때는 한 달에 괜찮은 외제차 한 대 값은 우습게 벌었고 못 벌 때는 1년 에 1000원도 못 벌었지만 평균을 낸다면 꽤 유능한 가장이었 다. 들쭉날쭉 돈을 갖다 주는 것에 대해 효림 엄마도 아무 불만 없었다. 그는 아내에게 생활은 어떻게 하고 있는지 묻지 않았고 미안해하지 않았다. 대신 수입이 좋을 때라고 거들먹거리지도 않았다.

사회생활하는 남자들이 다 그렇듯 여자도 가끔 만났다.

"남자들 다 그렇다뇨? 아이고, 큰일 날 소리 하십니다. 제 주 변에는 그런 남자 한 명도 없어요."

"있어도 없고 그래도 안 그러시겠죠. 뭐, 하여튼."

깊거나 지속적인 관계는 아니었고 오다가다 만나 기분 전환 한 정도였다. 상대가 많지도 않았다. 그중 한 여자의 남편이 일 을 키웠다. 당사자인 여자도 그도 아닌 효림 엄마를 찾아와 따 져 물은 것이다. 효림 엄마는 딸을 데리고 친정으로 갔다. 다행 히 장인이 살면서 실수 한 번 안 하는 남자가 어딨느냐고 효림 엄마를 크게 꾸짖어 집으로 돌려보냈다. 집으로 돌아온 효림 엄마는 딱 한 마디만 했다. 한 번이 아니라는 것 알고 있어.

사춘기 아이 키우는 부모가 다 그렇듯 효림에게 엄할 때도 있었다. 엄마가 너무 헐렁한 탓이었다. 생활도, 공부도, 진로도 애한테 이리저리 끌려다녔다. 하다못해 저녁 메뉴 하나 엄마 뜻대로 못했다. 애 버릇 망칠까 봐 그가 가끔 훈육을 했다. 그렇다고 욕을 하거나 막무가내로 애를 팬 적은 없다. 기준을 정해놓고 정해진 체벌 도구만 사용했다. 어디선가 얻은 굵기 1센티미터의 지휘봉으로 항상 종아리만. 공부를 안 할 때 한 대, 약속을 지키지 않았을 때 두 대, 거짓말을 했을 때 열 대. 열 대를 때린 것은 한 번뿐이다.

"글쎄 고 쪼끄만 게 학원 특강이 있다고 거짓말을 하고 콘서트에 갔습디다? 그것도 여자애들 콘서트예요? 학원 갔다 온 애가 얼굴이 벌겋게 달아올라서는 싱글싱글하는 게 딱 감이 오더라고요. 제가 가방을 엎었죠."

"크면서 연예인 한번 안 좋아하는 사람 있나요. 저도 어려서 〈가요톱텐〉 방청 가고 그랬는데. 우리 다인이도 지난달에 콘서트 갔다 왔어요. 제가 체조경기장까지 태워다 줬습니다."

"제가 좀 보수적입니다. 저는 어린애들 연애하는 거, 화장하는 거, 연예인에 꽥꽥거리는 거 못 봐요."

평범한 남편이고 아버지였다. 타고난 성격이 살갑지 못할 뿐 가정불화가 있지는 않았다. 그는 성실하게 돈을 벌어서 부족함 없이 가족들을 부양했고, 아내는 먼지 하나 없이 집을 가꾸고 요리를 하고 아이를 키웠다. 똑똑한 딸의 장래희망은 의사였다. 병치레가 많은 엄마를 아프지 않게 해주고 싶어서. 정말 그림처럼 아름다운 가정 아닌가!

그런데 어느 날 갑자기 효림 엄마가 효림을 데리고 집을 나갔다. 위자료도 재산분할도 필요 없으니 이혼만 해달란다. 아무 문제도 불만도 없이 살다가 왜? 이혼이 옆집 개 이름인가? 직업도 없고 돈도 없고 10년 넘게 살림만 해온 가정주부가 한참 돈 많이 들어갈 시기의 애까지 데리고 나가서 뭘 어쩌겠다는 거지?

아내와 딸은 전화번호까지 바꾸었다. 장인에게 먼저 물어볼까 하다가 혹시 장인 장모는 모르고 있을 수도 있겠다는 생각이 들었다. 괜히 트집 잡히기 싫어 처제에게 전화를 걸었다.

"언니 번호를 왜 저한테 물으세요?"

"처제 지금 알면서 이러는 거야, 몰라서 이러는 거야?"

"뭘요? 언니 유산했던 거요? 형부가 몰래 임신시킨 거요? 네, 저는 몰랐네요."

나는 깜짝 놀라 몰래 임신을 시키다니 그게 무슨 소리냐고 물었다. 그는 호탕하게 웃으면서 정관수술을 했다고 아내를 속여

둘째를 가졌었다고 말했다.

"효림 엄마가 부실해서 금방 유산됐지만. 으휴, 그렇게 사람 구실을 못 하는 여잡니다."

"정관수술했다는 거짓말을 하셨다고요? 거짓말하면 종아리 열 대 아닙니까?"

그는 엄청 웃긴 농담을 들은 듯 껄껄껄 웃었다. 그의 아내는 몸이 약하다. 그렇다고 특별한 병이 있는 것은 아니다. 늘 우울하고 기운이 없고 못 자고 못 먹고 두통과 소화불량을 자주 호소할 뿐이다. 효림을 가졌을 때 입덧과 임신성 당뇨로 고생하더니 둘째는 낳지 않겠다고 선언했다.

처음에는 그도 하나만 잘 키울 생각이었다. 아기 때는 순했고 자라면서 똘망똘망 예뻐졌다. 행복했고 재밌었다. 하지만 딸은 클수록 제 엄마만 좋아하고 아빠를 옆집 아저씨 보듯 했다. 든 든한 아들 하나 있으면 하는 아쉬움이 좀처럼 사라지지 않았다. 효림이 열 살 되던 해, 더 늦으면 정말 어렵겠다는 생각이 들어 넌지시 물었다. 효림 엄마는 기겁했다. 그래서 어쩔 수 없었다.

그 모든 일들이 이혼 사유가 되어 있었다. 효림 엄마는 꼬박 꼬박 병원에 가고, 진단서를 받고, 사진을 찍어놓은 것으로도 모자라 매일 일기도 썼다. 최근에는 몰래 녹음을 하거나 동영상을 찍기도 했는데 여기서부터 다인 엄마가 관여한 것으로 짐작

된다. 다인 엄마는 사소한 실수들을 부풀려 그를 문제 있는 사람으로 생각하게 만들었다. 증거를 모으라고 조언했다. 이혼을 부추겼다. 가출을 돕고 거처를 제공했다. 변호사 비용도 대고 있는 것 같다.

며칠 전, 그의 회사로 사무장이라는 사람이 찾아왔다.

"사장님, 저 지금 상대방 변호사 사무실 사무장이 아니라 같은 남자 입장으로 찾아온 거예요. 재판으로는 못 이기세요."

손에 꼽히는 이혼 전문 변호사란다. 이름만 대면 알 만한 연예인, 스포츠 스타, 영화감독, 정치인들의 이혼을 도왔다. 그리고 사무장 자신이 이혼할 수 있게 해준 것도 지금 변호사라고 했다. 정황과 증거가 차고 넘치는 데다 딸도 부모의 이혼을 강하게 원하고 있다.

"아니, 우리 효림이가 대체 왜 그런 생각을 하는 거죠?"

사무장은 멍 든 종아리 사진을 꺼내 보였다. 할 말이 없었다.

"위자료를 달라는 것도 아니고 재산을 나누자는 것도 아니고 딱 애만 달라는 거예요. 제가 보기에는 지금 이 조건으로 합의하시는 게 최선이세요. 사장님 올해 나이가 몇이시더라?"

"우리 나이로 마흔여섯입니다."

"마흔여섯이면 한창때네. 잘 생각해보세요."

예전 그 사무장인가? 나는 혹시 데인 흉터 때문에 오른쪽인지 왼쪽인지 하여튼 한쪽 눈썹이 절반뿐인, 우리 또래의 남자를 말하는 거냐고 묻고 싶었지만 묻지 않았다. 다인 엄마가 배후에 있다고 확신할 것 같았다. 사실 내 생각도 그랬고. 불쑥 그 괴로웠던 시절이 떠올랐다. 멍하니 생각에 잠겨 있는데 그가 물었다.

"근데 양육비는 잘 보내고 계세요?"

"네?"

"양육비요. 그거 위자료나 재산분할하고는 전혀 상관없죠?"

쓰레기네.

"당연하죠! 당연한 겁니다! 제가 공과금은 잊어도 양육비는 꼭 보냅니다. 원래 2주에 한 번 만나는 건데 더 자주 만나고요. 제가 학원 끝날 시간에 가서 태워다 주기도 하고 다인이가 회사 앞으로 와서 밥만 먹고 가기도 하고요. 통화, 카톡은 매일 해요."

그는 천천히 고개를 주억거렸다. 얘기를 나눠보니 나를 통해 이혼을 막아보려는 생각도 아닌 것 같다. 그는 대체 왜 나에게 만나자고 했을까.

딸, 다인

먼저 만나자고 하면 다인이 이상하게 생각할 것 같아 기다렸다. 금요일 오후에 카톡이 왔다. '아빠 내일 빕스 가자.' 나는 얼른 그러자고 답장을 보냈다. 'THANK YOU' 글씨가 플래카드처럼 확 펼쳐지는 커다란 이모티콘이 도착했다. '늦게 가면 사람 많으니까 11시에 데리러 올 수 있어?' 이번에도 나는 얼른 그러겠노라고 대답했다.

처음에는 다인을 만날 때마다 이벤트를 준비했다. 박물관, 미술관, 아쿠아리움, 동물원, 영화관, 각종 체험관…… 선물도 많이 안겼다. 어느 날 다인이 마트에 가자고 했다.

"엄마가 같이 살 때처럼 하래. 주말에 기껏해야 늦잠 자다가 마트 갔다 오는 게 전부였다고. 엄마랑 아빠는 이제 가족 아니지만 나랑 아빠는 옛날이랑 똑같이 가족이니까 가족들이 휴일에 하는 거 하래."

마트를 돌며 스니커즈 한 봉지와 황사 마스크, 스파게티 면과 소스를 카트에 담았다. 다인이 스카치테이프를 다 썼다고 해서 도넛 모양의 디스펜서와 리필용 테이프 세 개가 들어 있는 세트도 담았다. 그리고 푸드코트에서 떡볶이를 먹었다.

다인이 다른 일정이 있을 때면 약속 장소까지 태워다 주기만

한다. 가는 동안 차 안에서 얘기를 나누고 손을 흔들며 가볍게 이별이다. 내게 일이 생겼을 때도 부담 없이 다음에 보자고 말한다. 세 번 연속으로 약속을 미룬 적이 있는데 다인이 연애하느냐고 물었다.

"연애야 늘 하지."

"또 결혼할 생각은 있어?"

"꼭 해야지, 는 아닌데 절대 안 해야지, 도 아니야. 엄마는 어떤 것 같아?"

"엄마는 결혼 못 해."

그러고는 피식 웃었는데 그때는 그 웃음의 의미를 몰랐다.

다인과 효림은 4학년 때 같은 반이었다. 효림이 여자 회장이고 다인이 여자 부회장이었다. 담임이 과제물을 걷거나 학습자료 가져오는 일을 효림과 다인에게 시킬 때가 많았다. 그러다 친해졌다. 엄마들도 그때 가까워졌다. 회장단 엄마 모임이 있었단다.

"너네 엄마가 그런 델 나갔다고? 그런 모임에?"

"그런 모임? 그런 모임이 어떤 모임인데?"

그즈음 입주 도우미 이모님이 갑자기 일을 그만두셨다. 손주가 태어나 이제 아들네 집으로 간다고 했다. 다인을 신생아 때부터 돌봐주시고 집안 살림까지 해주셨던 분이다. 부부가 이혼할 때도 다인 엄마를 따라 나와 계속 함께 살았다. 다인에게는 진짜 할머니나 마찬가지였다. 다인은 커다란 짐가방을 든 이모 품에 안겨서 엉엉 울었다.

이모는 자주 놀러 오겠다고, 전화도 자주 하겠다고 약속했다. 전화는 자주 했지만 한 번도 놀러 오지는 못했다. 손주가 너무 어려서 데리고 나올 수도, 두고 나올 수도 없다고 했다. 다인은 아무도 원망할 수 없었다. 마음이 삭으며 자잘한 구멍들이 생기는 것 같았다.

잘 맞는 입주 도우미가 구해지지 않았다. 급한 대로 출퇴근 도우미가 일주일에 세 번씩 와서 청소와 빨래, 요리를 했고 다인은 학원을 두 군데 더 다녔다. 다인 엄마는 일찍 퇴근하려고 노력했지만 쉽지 않았다. 일정은 계속 바뀌고 촬영은 항상 늘어지고 밤샘 작업도 꾸준히 있었다. 그럴 때면 다인은 효림이네에 가곤 했다. 효림이 아빠가 출장 간 날, 효림이네서 잔 적도 있다.

"엄마가 늦으면 아빠한테 오지 왜 친구네서 잤어?"

"효림이가 더 편해."

"아빠보다 친구가 더 편해?"

"솔직히 아빠랑 나랑 그렇게 편한 사이는 아니잖아."

효림이 방이 추워서 안방에서 셋이 잤다. 가운데 누운 효림은

금세 잠들었는데 다인은 계속 뒤척였다. 오른쪽으로, 왼쪽으로,
다시 오른쪽으로 돌아눕는데 효림 엄마가 물었다.

"다인이 왜? 잠이 안 오니?"

"네."

효림 엄마가 팔을 쭉 뻗더니 다인의 어깨를 토닥토닥 두드렸다.

"자장자장 우리 다인이."

"이모 생각나요."

"이모? 예전 그 도우미 이모?"

"네. 이모가 저녁마다 저 머리 감기고 말리고 나란히 누워서
재워주셨어요. 저 다 큰 다음에도."

효림 엄마가 이번에는 다인의 팔뚝을 천천히 쓸어내렸다.

"그래서 우리 다인이가 이렇게 다정하구나. 참 고마우신 분이네."

다인은 마음이 편안해지며 기분이 풀렸다. 눈을 감고 좋았던
기억들을 떠올리고 있는데 효림 엄마가 물었다.

"근데 다인이는 몇 살 때부터 엄마랑 둘이 살았어?"

아빠는 어떤 분인지, 요즘은 자주 만나는지, 엄마에게는 지금
남자친구가 있는지, 엄마는 항상 이렇게 바쁜지, PD는 정확히 무
슨 일을 하는지, 엄마는 어떤 음식을 좋아하고, 어떤 음악을 좋
아하고, 어떤 영화를 좋아하는지, 쉬는 날에는 뭘 하고, 잘 때는
어떤 잠옷을 입고, 어떤 핸드크림을 바르고, 과일은 잘 챙겨 먹는

지 물었다. 별걸 다 묻는다고 생각했지만 성실하게 대답했다.

두 딸과 두 엄마가 강원도 여행을 한 적도 있다. 점심으로 막국수를 먹고 설악산 케이블카를 타고 중앙시장에 들러 호떡을 사 먹고 닭강정을 포장해 리조트로 들어갔다. 리조트 식당에서 저녁을 먹고 해변을 산책하고 노래방에 갔다가 숙소에서 닭강정을 먹었다. 효림이 계속 제 엄마에게 너무 좋지? 너무 편하지? 너무 재밌지? 물었다. 효림 엄마는 빙긋 웃기만 했다.

"효림이네는 여행 가서 뭘 사 먹어본 적이 없대. 쌀이랑 반찬거리랑 조미료까지 다 싸 가서 엄마가 직접 밥하고 국 끓이고 그랬대. 그 동네 맛집 같은 데는 당연히 못 가봤고."

"왜?"

"아빠가 싫어했대. 그런 거 다 돈 낭비라고. 괜히 맛도 없는데 비싸게 받아 먹는 거라고."

하여간 자잘한 놈.

효림과 효림 엄마가 다인이네서 보내는 시간이 길어졌다. 수업이 끝나면 두 아이가 함께 다인이 집으로 왔다. 효림 엄마가 팬케이크나 감자전, 떡꼬치, 과일 요거트 같은 간식을 만들어놓고 기다리고 있었다. 다인과 효림은 식탁에 나란히 앉아 간식을 먹고 효림 엄마는 맞은편에서 흐뭇한 표정으로 커피를 마셨다.

효림과 다인은 각자의 학원에 다녀온 후 식탁에 마주 앉아 숙제를 하다가 보드게임을 하다가 만화책을 읽었다. 그사이 효림 엄마는 빨래를 개키거나 청소기를 돌리거나 반찬을 만들었다. 나른하고 평범한 저녁들이었다. 한번은 효림 아빠가 장기출장을 가게 되어 효림과 효림 엄마가 다인이네서 한 달 가까이 살았다.

"그때 진짜 좋았는데 너무 괴롭기도 했어. 효림이네 아빠가 너무 밉고 싫은 거야. 없어져버렸으면 좋겠는 거야."

"효림이 아빠 만난 적 있어?"

"아니. 그런 건 아닌데. 계속 그렇게 살고 싶었어, 효림이랑 엄마들이랑 넷이서. 효림이 아빠만 없었으면 됐는데, 없어지면 되는데, 자꾸 그런 생각이 들었어."

효림이 아빠가 없어지길 바랐다는 말보다 '엄마들'이라는 말이 묘하게 거슬렸다. 엄마들. 엄마들이라.

다인은 엄마에게 효림이 아빠가 없어졌으면 좋겠다고 말해버렸다. 혼날 줄 알았다. 알면서도 참을 수 없어서 그냥 말했고 혼나지 않았다. 그리고 예상 밖의 방식으로 다인의 바람이 이루어졌다. 봄방학을 앞둔 어느 날, 엄마가 다인의 손을 꼭 잡으며 평소보다 1.2배쯤 느리게 말했다.

"방학 때 일산으로 이사 가려고. 6학년부터는 새 학교에 다니게 될 거야. 효림이랑 효림이 엄마도 같이 갈까 해. 효림이는 좋대. 너만 좋다면 넷이 같이 살 거야. 어때?"

다인은 세차게 고개를 끄덕였다.

이삿짐센터 직원들은 아침 9시 즈음 도착했다.

"사장님은 출근하셨나 봐요?"

"네, 새집으로 퇴근할 거예요."

엄마는 아주 태연히 거짓말했다.

"요즘 다들 그렇게 하세요. 사모님도 이제 저희한테 맡기시고 편하게 일도 보시고 부동산도 다녀오시고 하세요."

다인과 엄마는 집 근처 스타벅스로 가 샌드위치를 먹으며 잠깐 쉬다가 부동산과 주민센터에 들러 행정 절차들을 마무리했다.

거실 TV장이 마지막으로 사다리차를 타고 내려갔다. 엄마는 바닥에 너저분하게 굴러다니는 테이프 뭉치들과 종잇조각, 어디서 나왔는지 모를 비닐, 빨대, 머리끈을 커다란 쓰레기봉투에 던져 넣었다. 마지막으로 모든 방과 화장실을 한 번 더 돌아보고 닫혀 있는 서랍과 수납장 문들을 열어 보고는 집을 나섰다.

차창 너머 한강을 보기 위해 다인은 엄마의 옆자리가 아니라 뒷자리에 앉았다. 내내 울고 싶은 기분이었고 원인을 알 수 없는 불안감이 가슴을 짓눌렀다. 여러 번 숨을 골랐다. 50분쯤 달려 새집에 도착하자 효림과 효림 엄마가 먼저 와 기다리고 있었다. 효림 엄마가 갑자기 눈물을 터뜨렸다. 엄마가 다가가 효림 엄마를 꼭 안고 토닥였다.

그래서 갑자기 이사 갔구나. 부모님 도움을 받으려는 줄 알았다. 일산에는 다인이 외가가 있다.

다인 엄마는 다인을 낳고 한 달도 되지 않아 복직했다. 아이를 돌보는 일은 자신이 할 수 있는 일이 아닌 것 같다며. 어떻게 애 엄마가 그런 소리를 하는지 이해할 수 없었지만 나는 몸조리를 더 하라고 말했다. 다인 엄마는 출근을 하고 회의를 하고 촬영을 나가야 몸이 회복되는 체질이랬다. 일단 복직 신청부터 해놓고 사람을 구했다. 쉽지 않았다. 마지막으로 처가에 도움을 요청했는데 거절당했다.

"대신 돈을 댈게. 비용은 생각 말고 사람을 찾아봐."

비용을 생각하지 않았더니 바로 사람이 구해졌다. 그것도 무려 한국인 입주 도우미가. 매사 돈으로 해결하려는 노인네들. 내 장래희망이다. 지금 다인이 사는 집도 그 노인네들 소유의 아파트 중 하나일 것이다, 전에 살던 집처럼.

모르는 척 물었다.

"그럼 효림이네는 어떻게 된 거야?"

"효림이네 엄마 아빠가 이혼하는 중이래."

이혼하는 중이라니. 무슨 노래 가사도 아니고.

"효림이는 괜찮아? 힘들어하지 않아?"

"이혼이 빨리 되지 않아서 짜증 난대. 아빠가 갑자기 학교에 찾아오기라도 할까 봐 겁도 나고. 근데 이혼이 그렇게 어려운 거야? 오래 걸려? 엄마 아빠도 그랬어?"

너희는 신인류구나. 반쯤은 긴장되고 반쯤은 서글픈 마음으로 물었다. 너는 어땠느냐고, 그때 무슨 생각을 했느냐고.

"기억 안 나지. 난 어렸잖아. 이혼을 할 거면 자식이 최대한 어렸을 때 하는 게 좋은 것 같아."

너는, 정말 신인류구나.

다인 엄마 그리고 최수연

약속 시간보다 20분 일찍 와 창가의 바 자리에 앉았다. 통유리 너머의 횡단보도를 내려다보며 아이스 아메리카노를 단숨에 마셨다. 건너편 신호등 아래에 여자가 서 있다. 위에서 봐서 그런가 무척 작다. 그렇다고 어린아이 같지는 않고 그냥 작은 사람. 팔짱을 끼고 뻬딱하게 서서 발끝으로 바닥을 콕콕 찍는다. 그 모습이 익숙했다. 어? 다인 엄마?

작은 사람이 횡단보도를 건너왔고 이 건물로 들어온 듯한데 더 이상 보이지 않았다. 곧 통통통통 계단을 올라오는 경쾌한 발소리. 쿡, 어깨를 찔렸다. 돌아보니 그녀가 고갯짓으로 동그란 옆 테이블을 가리켰다. 뭐야. 나랑 나란히 앉기 싫다는 건가? 아니면 얼굴을 마주 보고 싶다는 건가? 나는 얌전히 그녀가 가리키는 곳으로 가 앉았다. 그녀는 뜨거운 커피를 호로로로 요란하게 마셨다. 한여름에도 뜨거운 커피를 마시는 건 여전하네.

"다인이 친구네랑 같이 산다며?"

"응. 봄부터."

당당하군. 하지만 이제부터 내가 하는 얘기 들으면 그렇게 당당할 수 없을걸?

"그 집 아빠가 나를 찾아왔었어."

"들었어."

들었다고? 나는 아무에게도 말하지 않았으니 그가 말하고 다닌 모양이다. 참나. 오히려 내가 당황해 머리를 넘기고 의자를 당기고 손을 휘젓다 쟁반까지 떨어뜨렸다. 그녀는 태연하게 덧붙였다.

"귀찮게 해서 미안해. 이제 그런 일 없을 거야. 잘 수습했어."

그녀는 입술을 쭉 내밀고 삐죽 웃었다. 비웃는 것처럼 느껴졌다. 저 비웃음은 어떤 의미일까. 누구를 향한 것일까.

은경을 처음 만난 것은 다인이 4학년 때였다.

"알아. 다인이한테 들었어. 회장 부회장 엄마 모임 같은 게 있었다며? 고생 많다."

"아냐, 재밌어. 같이 애 키우는 입장들이라 말도 잘 통하고."

남자 회장 엄마가 능숙했다. 첫 모임 때 자연스럽게 나이를 오픈하게 한 후 서열과 호칭을 정리했다.

"내가 나이도 제일 많고, 준서 누나들 때도 해봤으니까 반 대표는 내가 할게. 직장 안 다니는 사람이 부대표 자원해라. 자기, 일해?"

"아, 죄송해요. 저는 회사 다녀요."

"나한테 죄송할 일은 아니고. 근데 다들 회사 다녀? 그래도 좀 시간 낼 수 있는 사람 없을까?"

"제가 할게요, 언니."

은경이 대표의 어깨를 짚으며 다정하게 말했다. 엄마들끼리 자기야, 언니, 하는 걸 자주 봤지만 아무래도 익숙해지지 않았다. 언니. 언니라니. 어깨를 움츠리고 부르르 떨다 은경과 눈이 마주쳤다. 언니라는 호칭이 어색할 뿐 비하의 의도는 없다고 말하고 싶었는데 그런 얘기를 꺼낼 분위기가 아니었다.

학부모회도 정했고 친한 엄마들에게 연락을 돌려 녹색어머니회도 거의 꾸렸다. 반 모임은 3월 중순에 하기로 했다. 수연은 못 나갈지도 모르겠다고 미리 양해를 구했다.

모임을 마치고 집 방향이 같은 수연과 은경이 나란히 밤거리를 걸었다. 아직 10시도 되지 않았는데 동네가 한산했다. 식당들은 대부분 영업을 마쳤고 카페도 절반 정도는 문을 닫았다. 몇몇 프랜차이즈 커피 전문점과 베이커리만 조명을 밝히고 있었다. 그나마도 손님은 거의 없었다.

정적이 어색해 수연은 괜히 잘 알지도 못하는 학교 얘기, 담임 얘기, 다인이 친구들 얘기를 늘어놓았다. 은경은 정말요? 맞아요, 그러게요, 같은 뻔한 대꾸를 했다. 수연은 은경의 손짓과 표정을 옆눈으로 흘끔흘끔 보았다. 여러 번 입술을 축였다. 침이 끈끈했다.

두 사람은 주먹 두 개가 들어갈 정도의 거리를 유지하며, 딱 그만큼 감정의 거리도 유지하며 걸었다. 그러다가 가로수가 심어져 인도의 폭이 갑자기 확 좁아지는 지점을 만났다. 은경이 상가 쪽으로 붙었고 수연은 은경 쪽으로 다가갔다. 팔꿈치가, 어깨가, 손등이 슬쩍슬쩍 스쳤다. 가로수를 통과하고 나서도 둘의 거리는 벌어지지 않았다. 계속 그렇게 손등을 스치고 있으려니 수연은 은경의 손을 잡고 싶어졌다. 그 마음을 진정시키려 손을 주머니에 넣었다. 그때 은경의 팔이 수연의 팔과 옆구리 사이로 쑥 들어왔다.

"언니, 아까 일 때문에 신경 쓰고 있죠? 괜찮아요. 저도 가끔 제가 오글오글하니까."

은경이 수연의 팔뚝을 꼭 끌어안았다. 그 짧은 순간에도 온기와 촉감이 온전히 전해졌다.

"처음에는 엄마들하고 어울리는 거 힘들었어요. 다짜고짜 반말하고 자기야, 효림아, 그러는 것도 기분 나쁘고. 멋도 모르고 누구 엄마, 누구 엄마, 이렇게 불렀는데 그걸로 욕도 많이 먹었어요. 나이도 어린 게 막말한다고."

은경은 수줍은 얼굴로 할 말은 다 했는데 그 말이 또 다른 사람을 상처 주거나 불편하게 하는 말은 아니었다. 다정하면서도 싸늘했다. 모르겠다 싶다가도 참 빤했다. 수연은 은경이 궁금했다.

"효림 엄마는 이름이 뭐예요?"

"김은경이요."

"그럼 나는 은경 씨라고 부를게요. 나는 최수연인데 수연 씨라고 불러도 되고 다인 엄마라고 불러도 돼요."

"그럼 수연 언니라고 할게요."

언니. 수연 언니. 이상하게 싫지 않았다. 수연은 팔짱 끝에 삐죽 나온 은경의 손을 잡으며 대답했다.

"그래요, 은경 씨."

손가락 끝이 무척 차가웠다. 수연은 은경의 손을 천천히 쥐었다 폈다 다시 쥐면서 자신의 인생이 아주 불행해질지 모른다고 생각했다. 아니면 완전히 행복해지거나.

"그때 은경이도 비슷한 생각을 했대. 이제 모든 게 달라졌다고."

"달라졌어?"

"글쎄. 달라진 것도 있고 사실은 그대로인 게 더 많고."

방송을 마친 수연은 붙여서 3일을 쉴 생각으로 금요일에 휴가를 냈다. 다인에게 2박 3일로 여행을 가자고 제안했다가 별 이유도 없이 거절당했다. 은경과 통화하다가 지나가듯 말했다. 이제 다 컸구나 싶으면서도 서운하다고. 그러자 은경이 대뜸 말했다.

"금요일에 우리 서울랜드 갈래요?"

서울랜드? 다인이 네댓 살 즈음 한 번 갔다. 키가 작은 다인이 탈 수 있는 놀이기구가 별로 없어서 회전목마와 천천히 움직이는 어린이 기차 같은 것을 타고 퍼레이드를 구경했다. 너무너무 유치하고 시시했지만 다인의 손을 잡고 같이 환호해주었고 무척 피곤했다. 이제 다인도 제법 컸으니 같이 즐길 수 있을 텐데 한 번도 다시 갈 생각을 하지 못했다.

"놀이기구 좋아해요?"

"좋아했어요. 근데 효림 아빠가 좋아하질 않아서 결혼하고는 한 번도 못 가봤어요."

"그럼 효림이는 놀이공원 한 번도 못 가본 거예요?"

"그런가. 그러네요."

"애들 데리고 넷이 한 번 갔다 올까요? 우리 다인이도 서울랜드 안 간 지 한참인데."

대답이 없었다. 전화가 끊겼나. 화면을 확인하니 여전히 통화 중 상태였다. 여보세요? 안 들려요? 물었더니 은경이 들려요, 했다. 그리고 잠시 후 천천히 말했다.

"언니, 그냥 우리 둘이 가요."

평일 오전의 한산한 놀이공원. 현장학습 온 듯한 중학생 무리만 괴성을 지르며 몰려다녔다. 먼저 바이킹과 롤러코스터를 타고 범퍼카와 급류타기 같은 속도가 빠르고 낙차가 큰 놀이기구들을 탔다. 흥분과 긴장 때문인지 햇빛 때문인지 은경의 볼이 바알갛게 달아올랐다. 수연이 은경의 광대를 검지 끝으로 콕콕 찍으며 말했다.

"은경 씨, 여기 꼭 화장한 것 같아요."

"화장, 했어요. 되게 신경 써서 하고 왔는데."

"아, 그랬구나."

수연은 덧붙이고 싶은 말이 있었는데 하지 않았다.

은경은 남편에게 가정을 유지할 의사가 없음을 밝혔다. 함께 사는 동안 그가 어떤 말과 행동을 했는지, 은경과 효림이 어떤 물리적이고 정신적인 상처를 입었는지 설명하고 결혼생활을 끝내자고 제안했다. 은경의 남편은 팔짱을 끼고 대꾸 없이 얘기를 듣다가 오른쪽 입꼬리를 한껏 올려 비웃었다. 나랑 못 살겠으면 나가. 안 말려. 네가 갈 데나 있어?

"잠깐만! 효림 엄마랑 효림이가 갑자기 가출한 게 아니야?"

"무슨 소리야. 미리 의사 전달했고, 법적인 절차는 변호사 통해서 진행할 거라고 예고했고, 그동안 효림이 데리고 나가겠다고 말하고 인사하고 나왔어. 근데 끝까지 진지하게 듣지 않았대. 할 수 있으면 해보라는 식이었다더라고."

그렇게 수연과 은경, 다인과 효림이 함께 산 지 벌써 반년이고 은경 부부의 이혼 절차는 무난하게 진행 중이다.

"아무리 그래도 남의 가정 일에⋯⋯. 다인 엄마가 무슨 불행한 마누라들 구원하는 이혼의 요정이라도 돼?"

"은경이가 불행해 보여서 구해준 거 같아?"

"아니야?"

"내 감정을 성실히, 자세히, 제대로 다 설명해도 다인 아빠는 이해하지 못할 거야. 다인 아빠가 모자라거나 나빠서가 아니야. 그렇게 되어 있어."

"왜 내가 이해 못 할 거라고 생각해? 왜 넘겨짚고 그래? 설명해봐, 성실히, 자세히, 제대로!"

20분쯤 설명을 들었다. 듣고, 묻고, 다시 듣고, 제대로 들었는지 확인하고, 또 들었다. 이해가 돼버렸다. 사실 진짜 하고 싶은 질문은 따로 있었다. 나를 만나고 결혼하고 다인을 낳았던 건 다 뭐냐고. 나는 뭐가 되냐고. 하지만 그 시간들은 이제 나에게조차 의미가 없다.

"두 사람이야 그렇다 치고 애들은? 애들은 이 상황이 얼마나 혼란스럽겠어? 다인이는 그 여자를 뭐라고 생각해? 어떻게 부르는데?"

"엄마라고 생각해. 은경 엄마라고 부르고. 효림이는 나를 수연 엄마라고 불러. 걔들 아무렇지도 않아. 우리 넷 지금 되게 좋은데? 왜 우리가 불행하고 혼란스럽고 우울할 거라고 넘겨짚고 그러지?"

은경이 수연을 만나지 않았다면 이혼하지 않았을까. 하지 않았을 것이다. 할 수 없는 쪽에 가깝다. 은경의 남편이 좋은 사람이었다면 수연을 만나지 않았을까. 만났을 것이다. 하지만 결국은 남편과 계속 사는 쪽을 선택했을 것이다. 그러니까 수연을 만났기 때문이고 은경의 남편이 결혼생활을 지속할 만한 사람이 아니기 때문이다. 그럼 수연은? 수연에게는 어떤 전제와 가정이 가능할까. 생각하니 쓸쓸했다.

카페를 나오며 수연이 손을 내밀어 악수를 청했다.

"다인 아빠를 속인 적은 없어. 믿어줘. 나는 매 순간 신중했고 솔직했지만 겸허하지 못했어. 그건 후회하고 또 미안해."

손을 맞잡고 가볍게 두 번 위아래로 흔들었다. 쿨하게 보이고 싶었다.

"양육비 계속 잘 보낼게."

"그래야지."

괜히 말했네. 수연의 휴대폰이 울렸다. 수연은 내게 가라는 손짓을 하며 동시에 응, 하고 전화를 받았다. 표정이 밝았다.

작가 노트

내가 어떤 이야기를 어디까지 쓸 수 있을까, 써도 될까, 판단할 수 없었다. 아침에 쓰고 밤에 지우는 일을 반복했다. 한 글자 한 글자 힘겹게 빈 문서를 채워가며 세 가지 태도를 잃지 않으려고 노력했다. 신중할 것. 솔직할 것. 겸허할 것.

쓸 수 있는 이야기를, 쓸 수 있는 방식으로, 쓸 수 있는 네가지 썼다.

조남주
2011년 《문학동네》로 등단. 소설집 《그녀 이름은》, 장편소설 《귀를 기울이면》《고마네치를 위하여》《82년생 김지영》《사하맨션》이 있다.

고스트 듀엣

제주행 비행기에 오르며 형우는 신문 한 부를 챙겼다. 처음이 었다. 상민은 그런 형우를 보며 한 시간밖에 안 걸리는데 무슨 신문이냐고 말했고, 형우는 상민의 심드렁한 말투가 거슬려서 덮고 잘 거야, 하고 대꾸했다가 이상하게 분한 기분이 들어서 좌석에 앉자마자 두 손으로 신문을 넓게 펼쳐 들었다.

상민은 '그날의 형우'를 옆에 두고 비행기 창으로 고개를 돌렸다. 빗방울이 떨어지는가 싶더니 볕이 나기 시작했다. 일기예보가 맞을 때도 다 있네. 상민은 형우와 짐을 싸며 나누었던 대화를, 내일은 퇴근길부터 많은 비가 올 것으로 예상되오니 우산을 챙기라던 텔레비전 기상캐스터를 떠올렸다. 최승미였다.

"이름 참 특이하네."

"드디어 노안이세요? 최승미잖아."

"어, 그러네."

"그러게 내가 루테인 좀 챙겨 먹으라고 했지. 천년만년 청춘인 줄 아나 봐. 40대 건강은 오늘 마흔, 내일 마흔다섯이래. 석찬이 누나 무릎 나간 거 까먹었어? 사십부터는 간당간당이 아니고 간다간다 하다가 훅 가는 거래."

"가긴 어딜 가. 이름 하나 잘못 본 걸 가지고."

"제주까지 갈 건데."

"너 그렇게 약 좋아하면 죽어서 안 썩는다."

"무슨 상관이야. 죽으면 끝이지."

"또 그런다."

"알았어, 알았어. 죽으면 시작이지."

"입은 살아가지고."

상민은 혀를 내밀었다 넣으며 히죽거리는 형우를 바라보다가 돌연 인생은 무너지기 일보 직전이라는 문장을 기억해냈다. 자신의 허파꽈리가 쭈그러들고 있다는 사실을 담담히 받아들인 상민이었으나, 형우가 버릇처럼 내뱉는 말을 들으면 급격히 침울해졌다. 상민은 형우에게 죽으면 끝인 사람이 되고 싶지 않았고, 상민 자신에게 있어 형우 역시 죽으면 끝인 사람이 아니었다.

감기 때문에 병원을 찾았다가 폐 기능에 심각한 손상이 올 수도 있다는 의사의 진단을 들은 날, 상민은 석찬을 만났다. '人生의 하이라이트'에서 석찬은 상민의 병약한 사정과 멜랑콜리한 속내를 전해 듣곤 그를 '이 바닥에서 보기 드문 청순가련형'이라고 놀렸다.

"게이들은 꼭 이러더라. 어디 좀 아팠다 하면 혼자 '마지막 잎새'를 찍어요. 올 수도 있다는 거지, 왔다는 게 아니잖아."

"당장은 아니라는 거지."

"당장이 아니면 지금도 아닌 거야. 혼자 끙끙대지 말고 형우한테 그냥 말해. 어린애 아냐, 걔도. 늙었어." 상민은 석찬의 말을 듣고 어린 형우를 만났던 어린 상민을 머릿속에 그려보았다. 형우는 그 시절을 '버티고개 엘레지였지'라고 회상하곤 했는데, 당시 상민의 자취방이 버티고개 꼭대기에 있었기 때문이었다. 상민은 산동네를 오르내리며 청춘을 다 보냈다는 형우의 장난스러운 하소연을 좋아했다. 하소연이란 삶에 근거하고 있는 거니까. 상민은 형우와 자신이 함께 살아 있음을 그런 데서도 확인했다. 그 버티고개 엘레지 속에 어린 석찬과 주미도 있었다. 네 사람은 꼭대기 집에서 영화를 보고, 음악을 듣고, 밥을 먹고, 잤다. 한 사람의 집이 한 사람의 것만은 아니어서 넷은 그 집 마당 한쪽에 연필 한 자루를 심었다. 버티고개를 떠나기 일주일 전의 일이었다. 모두 적당히 취해 있었고, 누군가가 마당에 아름드리나무가 있으면 좋겠다고 말했고, 연필이라도 심자는 얼토당토않은 제안을 기막힌 아이디어로 여겨 실행에 옮겼다. 넷 다 어렸으므로 훗날 이곳에 다시 와서 나무를 확인하자고 돌아가며 새끼손가락을 걸었다.

상민은 어린 석찬의 모습을 찾아볼 수 없는 석찬의 얼굴을 들여다보며 생각했다. 석찬을 순식간에 철들게 한 것이 한 사람의 죽음이 아니라 한 사람과의 삶이었다면 어땠을까.

"근데 석찬아, 넌 사람 다시 안 만나?"

"난 우리 만식이가 있다, 무시하지 마라."

"똥오줌도 못 가리는 만인의 식이 좋냐?"

"인간은 인간 값을 하고, 짐승은 짐승 값을 한다."

그 밤에 석찬이 끝내 매운 어묵탕의 꼬치를 부여잡고 조하문의 노래를 따라 부르지 않았더라면, 하필이면 왜 폐라니, 숨 쉬는 데라니, 담배도 안 피우는 게, 주미야, 하고 울음을 터뜨리지 않았더라면, 상민은 '값을'을 '갑쓸'이 아니라 '갑슬'이라고 발음하던 석찬의 얼굴을 쓸쓸한 인류의 표상으로 삼았을 것이다. 그 얼굴은 누군가를 마음을 다해 기억하려는 얼굴이 아니라 마음을 다해 잊고자 하는 얼굴이었다. 인간이 인간의 갑슬 하고, 죽음이 죽음의 갑슬 하고, 삶이 삶의 갑슬 한다면, 나무 막대를 꼭 쥐고 잠든 석찬은 인간도, 죽음도, 삶도 아닌 석찬의 갑슬 하고 있는 것이리라. 석찬에게 위로받고자 했던 상민은 도리어 석찬의 머리에 자신의 어깨를 받쳐주었다.

상민의 연락을 받고 뒤늦게 '人生의 하이라이트'에 도착한 형우는 분리된 두 사람이 아니라 합체된 한 사람을 가만히 보고 앉았다가 석찬을 먼저 깨워 택시를 태워 보냈고, 상민과 함께 귀가하면서 주미 누나 보고 싶네, 라고 속삭였다. 별안간 상민은 잊고 있던 사실이 떠올라 입술을 힘주어 깨물었다. 석찬과 마찬가지로 자신 역시 사람을 잃었던 것이다. 주미는 상민에게 여자를 좋아한다고 처음으로 말한 사람이었고, 상민이 남자를 좋아한다고 처음으로 말한 사람이었다. 두 사람이 열여덟 살이 되던 해였다.

비행기가 이륙을 위해 활주로를 빠르게 달려나갔다. 그날의 비행기도 그랬다. 여느 때처럼 비행기는 점차로 고도를 높였다. 서울의 서쪽 상공을 지나갔다. 몇몇 아이들이 환호성을 질렀고, 노인들의 헛기침 소리가 들려왔다. 상민은 쌍꺼풀 없이 작은 눈에 코가 낮고 광대가 불거졌던 주미의 앳된 얼굴을 떠올렸다. 주미가 그런 얼굴로 믿음 삼았던 문장을 되뇌어보았다.

인생은 언제나 무너지기 일보 직전.

그래서 오늘도 무너졌구나. 상민은 두 사람이 나눈 그 어떤 대화보다 주미가 독서실 책상에 붙여놓았던 문장이, 자신이 포스트잇에 적어 잠든 주미의 이마에 붙였던 문장이 생생하게 기억되는 것이 괴로웠다. 왜 하필 무너지고, 무너졌다는 문장인가. 주미는 어째서 그렇게 빨리 인생은 이룩되는 것이 아니라 무너지는 것이라고 깨달은 걸까.

상민은 주미라는 관념적인 언어를 그 시절의 독서실로, 어두컴컴하고 시큼한 땀 냄새가 배어 있던 공부방으로, 떡볶이를 나눠 먹으며 〈달빛 요정 세일러문〉을 보던 휴게실로,《정석》과 '깨비책방' 바코드 스티커가 붙은《호텔 아프리카》로, 주미가 썼던 시적인 문장으로 구체화했다. 마치 독서실에서의 여름 한 철이 자신과 주미가 경험한 삶의 전부라도 되는 것처럼 그랬다. 그러나 주미라는 단어가 선명해질수록 상민이라는 이름은 흐릿해졌다. 주미의 문장은 영원히 멈췄고, 상민의 문장은 여전히 멈추지 않았기 때문이다. 두 사람은 점점 더 멀어지고 있었다. 두 사람은 다른 세계에 존재했다. 주미의 문장과 상민의 문장 사이에더는 동시간의 삶이 없었다. 이 단순한 깨달음이 상민의 가슴을 사무치게 했다. 주미는 '인생은 언제나 무너지기 일보 직전'이라는 문장을 일으켜 세울 언어를 더는 쓰지 못한다. 주미의 문장은 다만 그때 그곳에서, 기억 속에서 살아 있었다. 형우는 어떤가. 상민은 고개를 돌려 옆을 보았다.

그날의 형우는 신문을 접어 한 손에 들고, 허리를 꼿꼿이 세워 좌석 등받이에 붙인 채 눈을 감고 있었다. 난기류 때문에 비행기가 수차례 흔들렸다. 그 순간 상민이 형우의 손을 잡아주었는지, 형우가 상민의 손을 잡아주었는지 두 사람 모두 기억하지 못했다. 상민이 기억하는 건 형우가 눈을 감았다는 것이고, 자신이 눈을 감지 않았다는 것이었다. 두 사람이 처음으로 입을 맞추고, 섹스하고, 잠이 들 때처럼. 먼저 눈 감는 사람이 덜, 더 좋아하는 쪽이라고 서로 농담을 섞어 이야기하곤 했지만, 상민도, 형우도 변함이 없었다.

9년을 사귀는 동안 두 사람의 역할은 분명했다.

형우는 대학원생에서 소방공무원 준비생으로, 소방공무원 준비생에서 등단 작가로, 등단 작가에서 주목받는 젊은 작가로 변했고, 상민은 습작생에서 출판편집자로, 출판편집자에서 대리가 되었다. 형우는 계속 썼고, 상민은 계속 쓰지 못했다. 형우는 자신이 꿈꾸던 인생을 살았으나 상민은 자신이 꿈꾸던 인생의 언저리에 머물러 있었다. 만년 대리 인생에서 상민을 상민 그 자신으로 남게 해준 것은 오직 형우뿐이었다.

존재하게 해주세요.

상민이 형우를 홀로그램으로 되살려내기 위해 '메모리얼'의 '기억설계사'를 만나 처음으로 내뱉은 말은 그러니까 상민 자신을 위한 말이기도 했다.

　좌석벨트 표시 등에 불이 꺼지자 상민은 벨트를 풀고 에코백에서 《고스트 듀엣》을 꺼내 펼쳤다. 형우의 소설집이었다.
　'고스트 듀엣'은 상민과 형우가 자주 가던 술집 이름이었다. 스탠드 마이크를 가운데 두고 노래하는 두 유령의 모습이 가게 한쪽 벽면에 그려져 있었는데, 유령들 위에 적힌 '행복과 불행은 언제나 붙어 다니지'라는 노랫말을 보면서 형우는 매번 낭만적이라고 말하곤 했다. 소설 쓴다는 사람이 어떻게 그렇게 낙관적일 수 있을까, 하고 상민이 의아해하면 소설은 원래 낙관적인 사람들이 쓰는 거야, 하고 형우는 웃는 얼굴이 되었다.
　상민의 경험에 의하면 형우의 말은 틀리기도 했고 맞기도 했다. 마포구의 한 문화센터에서 상민과 함께 소설 창작 수업을 들었던 이들 중 절반은 내일 당장 인류가 멸망해도 이상하게 여기지 않을 염세적인 부류들이었다. 그들의 소설에서는 언제나 우울과 절망이 난무했고, 그것을 극복하기 위해 한 사람이 한 사람을 망가뜨렸다. 대체로 망가진 쪽이 남자였고, 망가지는 쪽이 여자였다. 누가 한의 민족 아니랄까 봐. 상민이 합평 중에 이 말을 얼마나 자주 했던지 수강생들은 수업 때마다 상민에게 묻곤 했다. 오늘도 한민족이야?

그 시절 형우는 그런 한민족과는 거리가 먼 부류였다. 형우 자신 때문에 형우의 말은 맞기도 했다. 형우의 소설에서는 언제나 인간에 대한 믿음이나 사랑 같은 것들이 느껴졌다. 너 정도면 휴머니즘도 병이다, 라는 말을 듣고도 형우는 인간이 인간을 저버리지 않는 찰나를 작품에 포함했다. 좀처럼 사람에게 곁을 주지 않는 상민이 형우와 급속도로 가까워진 데는 형우의 그런 면모도 작용했다. 상민은 인간을 잃어버린 세계에 관한 자신의 소설을 읽고 형우가 처음으로 해주었던 말을 잊은 적이 없었다. 인간이 인간에게 절망하는 건 언제나 온당하잖아요.

절망은 언제나 온당하다는 말에 힘입지 않았더라면…….

상민은 두 손바닥을 눈가에 대고 지그시 눌렀다가 뗐다.

어제는 절망했다.

어젯밤 상민은 썼다. 하나의 문장이었으나 모든 문장이기도 한 문장을. 상민은 알고 있었다. 이제 형우를 대신해서가 아니라, 형우를 위해서가 아니라 상민 자신을 위해서, 상민 자신을 대신해서 쓰는 사람이어야 한다는 것을. 상민은 절망할 수 있다는 이유로 살아남은 자였다.

"형, 유령은 어떻게 세야 하는 걸까?"

"유령?"

"응, 저 벽에 유령들이 있잖아. 유령 하나, 유령 둘이라고 해야 하나, 유령을 세는 단위가 없잖아."

"그냥 명이라고 하면 되지 않을까. 한 명, 두 명."

"유령이 사람이야?"

"사람이면 사람, 짐승이면 짐승. 고등어의 유령은 마리, 먼나무의 유령은 그루, 이형우의 유령은 한 명. 한상민의 유령은 두 명."

"형, 우리도 나중에 고스트 듀엣이나 하자. 붙어 다니자. 낭만적이지?"

"과연……."

"나 못 믿어?"

"고스트 스토리나 써봐. 사랑하니까 헤어지고, 헤어지고 나니까 사랑하고, 죽자고 사랑하면 죽고, 죽고자 사랑하면 죽는 그런 퀴어 소설 말고."

"싫은데, 그거 쓸 건데. 한상민은 이형우를 사랑해서 이별을 고하고 단 한 순간도 이형우를 잊지 못해 비 오는 밤 이형우의 집 앞으로 찾아와서 소리치고 이형우가 뛰쳐나오고 두 사람은 아무도 자신들을 알 리 없는 곳으로 떠나고자 마음먹고 떠나기로 한 날 이형우는 불의의 사고로 죽고 한상민은 하염없이 이형우를 기다리는 이야기. 제목, 신파에 전위가 있다."

신파에 전희가 있다. 아재 개그. 상민은 고스트 듀엣에서의 대화를 복기하며 쓴웃음을 지었다. 책장을 넘겼다. 두 사람은 이토록 신파에 가까워졌다. 봄날이었다.

그날의 형우는 백팩 앞주머니에서 형광펜을 꺼내 신문에 줄을 긋는 중이었다. 축구선수 임승남의 사망에 관한 기사였다. 임승남은 잉글랜드 프리미어리그 현역 선수로는 최초로 자신이 게이임을 밝혀 화제의 중심에 섰던 인물이었다. 커밍아웃 이후에도 그는 베테랑 수비수로서 명성을 이어가다 서른 중반에 은퇴했다. 애스턴 빌라에서 선수 생활을 했던 토마스 히츨슈페르와 교제했다. 잊혔다.

형우의 소설집에 수록된 작품 〈휘슬〉은 임승남 선수를 바탕으로 쓰였으나 실제와는 다르게 '임승우'의 끝도 없는 추락으로 점철되어 있다. 아니 있었다. 유소년 축구교실 코치 자리에서도 쫓겨나는 임승우의 뒷모습으로 끝을 맺었던 소설이 지금처럼 바뀐 건, 상민이 초고를 보고 한 말 때문이었다.

"나라면 임승우가 다른 나라로 떠나는 거로 끝을 맺고 싶다. 진심으로 응원하고 싶어."

형우는 썼다.

쫓겨나는 코치를 바라보는 어린 선수들에 관해 인간을 혐오하는 가장 효율적인 작전을 그들은 이미 알고 있었다, 라고 적은 후에, 편의점에 들러 진수성찬 도시락을 사 들고 걸어가는 임승우의 앞모습을, 형우의 표현대로라면 '짧은 롱테이크'로 임승우의 귀가를 보여주며 소설을 다시 끝냈다. 형우에게 진심이란 다른 나라로 떠나는 항공권이 아니라 당장 허기를 해결할 수 있는 도시락 정도였으리라. 상민은 형우의 그런 진심이 감히 자신에게서 비롯된 것이라고 여겼다. 상민이 형우의 소설 중에서도 가장 형우의 것 같지 않았던 소설을 가장 형우의 것으로 여긴 건 그런 이유에서였다. 상민은 완성된 형우의 원고를 손에 쥐고 고백했다. 임승우의 집에서 한상민이 기다리고 있다.

"손님, 음료 준비해드리겠습니다."
상민은 고개를 들어 승무원을 보았다.
"물 한 컵 주세요." 상민은 말했다. 형우에게로 시선을 옮겼다. 때마침 형우 역시 고개를 돌렸고 상민과 눈이 마주쳤다. 상민이 홀로그램을 잠시 멈췄다.
"홀로그램석은 보통 잘 앉지 않는데, 가족이신가 봐요?"
"네. 가족입니다."
"여기 물 한 컵입니다. 쏟아질 수 있으니 조심하세요."
승무원은 냅킨으로 감싼 종이컵을 상민에게 건네며 정이 많은 분이었을 거 같아요, 말하고 상민을 지나쳐갔다. 상민은 승무원의 과거형 문장에 괜스레 마음이 쓰였다.

상민이 단색 홀로그램보다 값이 서너 배 더 비싼 색채 홀로그램을 선택한 데는 이유가 있었다. 상민에게 '단색그램'은 영정과 다를 바가 없었다. 단색그램으로 재생된 인간은 유령에, 이미지에 가까웠다. 그에 반해 총천연색을 다채롭게 구현하는 '색채그램'은 오히려 사용자를 과거의 망령으로 보이게 했다. 상민은 사람들이 실체가 사라진 형우가 아니라 형체가 남은 자신을 이상히 여기기를 바랐다. 저기 저 산 것도 죽은 것도 아닌 사람 좀 봐라, 자신이 손가락질당하길 소망했다. 그것이 살고자 했으나 죽은 자를 위한 살아 있는 자의 예의라도 되는 듯 그러했다.

상민은 물 한 모금으로 입을 헹궜다. 그제야 홀로그램석에 앉은 이들의 면면을 살폈다.

저마다의 사연을 가진 남녀노소가 유령처럼, 유령이 아닌 것처럼 그곳에 공존했다. 죽은 개를 데리고 다니는 부인도 거기 있었다. 사람이면 사람, 짐승이면 짐승. 한 마리, 한 그루, 한 명…… 그들은 홀로그램에게 말 걸었고, 홀로그램의 말에 귀 기울였으며, 홀로그램에게 손을 내밀었고, 등을 보였다. 홀로그램 속의 삶을 그들은 현재로 여겼다. 마치 누군가, 무언가 미처 살아보지 못한 삶을 대신 살아주기라도 하듯이. 상민은 재생 버튼을 눌러 형우의 투명한 얼굴을 다시 움직였다.

"도착하면 칼호텔로 바로 가야 하는 거야?" 형우가 신문을 좌석 시트 주머니에 넣으며 물었다.

비 오네, 상민은 혼잣말로 대답했다.

"비 와? 퇴근길부터 온다더니 역시 우리나라 일기예보는 믿을 게 못 된다."

시간으로 봐선 그래야 할 것 같은데, 상민은 그날 자신이 했던 말을, 수없이 반복해보았던 말을 다른 말로 바꿔보면 어떨까 싶었다. 아고타 크리스토프가 온대, 라고 말해주었더라면 형우는 놀랐을까, 기뻐했을까. 상민은 형우의 큰 기쁨이, 너무 기쁘면 '끼쁨'이 샘솟는다고 말하던 끼순이 형우가 손에 잡힐 듯 가까이 와 있는 기분에 휩싸였다.

"그럼 뭐 어쩔 수 없고. 근데 과거사 청산 학술대회 같은 덴 누가 참석하는 거야?" 형우가 어리숭한 얼굴로 물었다.

그러게, 누구일까. 누구였을까. 그곳에 참석한 사람들은.

상민이 '애도, 살아남은 자의 고통'이라는 기획안을 발표했을 때 팀장 정민교와 팀원 소오현, 이제재도 형우와 비슷한 반응을 보였다.

애도는 실패의 산물이잖아. 요즘 누가 실패담을 읽어. 반백 년도 더 된 일이잖아요. 요즘 유튜브 영상들도 10분을 안 넘는데. 상민은 팀장과 팀원들의 반응을 예상한 듯 구형 노트북으로 〈액트 오브 킬링〉을 틀었다. 학살을 재현하는 학살자에 관한 다큐멘터리, 라고 상민이 설명하자 정민교가 좋네, 소오현이 정말요, 좋은 거 같아요, 하고 팀장의 말이 끝나기 무섭게 대꾸하며 고개를 끄덕였다. 이제재 역시 '학살자의 애도'로 제목을 정하면 어떨까요, 적극적으로 기획안에 숟가락을 얹었다. 상민은 분위기가 나쁘지 않자 '최대한 자극적으로'라는 준비한 말을 보태어 입을 열었다.

"최대한 자극적으로 학살자에게 살아남은 자의 고통이나 애도에 관해 묻는 책을 만들고 싶어요. 제목은 '국가라는 학살자'로 하고요."

"국가?" 정민교가 개운치 않은 듯 되물었다.

소오현과 이제재 역시 국가, 라는 재를 뒤집어쓴 듯 어리둥절한 표정이었다.

"국가는 아니지, 국가는 덩어리잖아, 사람들은 덩어리를 안 좋아해. 덩어리는 복잡한 감정을 불러일으키잖아. 저 영화도 봐. 덩어리에 관한 게 아니잖아. 요즘 독자들은 관념이라는 뜻도 몰라요, 못 알아먹어. 사랑 이러면 몰라, 오늘은 왜 더 예쁘고 그래, 이래야 알아듣는다고. 언더스탠? 일단은 학살자의 애도로 해서 제재가 기획안 좀 더 만지고 오현은 그 범죄학 박사 있잖아, 이수정 박산가 그 사람 연락처 좀 따고, 살인마의 애도, 이런 거로 묶을 수도 있으니까. 그래도 너무 쌘마이로 가면 지원금 받기 힘드니까, 상민이가 국가 학살에 관한 자료는 한번 모아보고."

오늘 점심은 멀리 좀 가자. 바람도 쐴 겸, 하고 정민교가 말을 끝내자 소오현과 이제재가 손뼉 쳤다. 그렇게 회의는 상민의 기대와도, 염려와도 다른 방향으로 일사불란하게 끝났다.

얼마 뒤에 '학살자의 애도'는 이제재의 몫이 됐고, 책임편집자도 아닌 상민이 제주에서 열리는 과거사 청산 학술대회에 참석하기 위해 출장허가서를 제출했을 때 정민교가 별다른 얘기도 없이 법인카드까지 내어준 건 상민의 기분을 달래주기 위해서였다.

그때 그곳의 사람들은 지금 어떤 삶을 살고 있을까.

상민은 자신이 출판사를 떠나오며 마지막으로 저지른 짓을, 형우의 죽음과는 아무런 연관도 없는 사람들을 향해 쏟아낸 분노를 다시금 떠올렸다. 사무실에 복귀한 지 반나절 만이었다. 상민은 자신의 책상에 수년 동안 놓여 있던 노트북을 집어 던졌다. 얼빠진 표정으로 자신을 바라보고 섰던 동료들에게 욕을 퍼부었다. 승강기도 없는 건물의 계단을 걸어 내려오면서 상민은 자신이 저지른 일, 자신에게 벌어진 일이 아니라 자신이 저지를 수도 있었던, 자신에게 벌어지지 않았을 수도 있었던 일을 고래고래 외쳤다. 만약에, 라는 가능성이 상민을 맹렬하게 흔들었다.

그런 기획안을 내놓지 않았더라면, 팀원 중에 누구 하나가 팀장의 특별대우에 못마땅한 기색을 드러냈더라면, 술에 술 탄 듯 물에 물 탄 듯한 팀장이 출장허가서 결재를 차일피일 미뤘더라면, 과거사 청산 학술대회에 아고타 크리스토프가 오지 않았더라면, 형우가 아고타 크리스토프를 좋아하지 않았더라면, 자신이 아고타 크리스토프의 기조연설 소식을 몰랐더라면, 형우를 놀라게 해주겠다고 마음먹지 않았더라면, 그날 칼호텔에 갔더라면, 형우가 아고타 크리스토프를 만났더라면, 제주에 일정대로 머물렀다면, 집으로 돌아가는 공항버스를 탔더라면…… 사고는 일어나지 않았을 거라고 상민은 계속해서 일말의 가능성에 대한 불가능한 시나리오를 썼다.

상민은 가정하며 살았다.

산 사람은 살아야지, 라는 말이 삶을 다시 쓰는 과정이 아니라 죽음을 다시 쓰는 과정의 연속일 뿐이라는 사실을, 죽으면 끝이 아니라 죽으면 시작이라고 말하던 형우를 상민은 무한히 마주했다. 삶으로, 의지로, 생명으로 시작되고 끝나는 모든 위로의 말들을, 그렇게 말 걸어오는 자들을 혐오했다. 석찬이라고 예외는 아니었다. 아니 상민은 주미를 떠나보냈던 석찬에게 자신이 들려주었던 그 삶의 말들이 너무나도 생생하게 기억나서 석찬을 가까이하지 못했다.

석찬은 기다렸다. 사랑하는 이를 함께 떠나보낸 이가 곁에 있다는 사실을 상민이 깨우치길 바랐다. 상민의 묵묵부답에도 아랑곳하지 않고 석찬은 상민에게 전화했고, 문자메시지를 보냈고, 장문의 편지를 썼다. 너를 괴롭히지 말고 너를 괴로워해.

상민이 형우와의 마지막 비행을 홀로그램으로 만들기 위해 메모리얼에 퇴직금을 갖다 바쳤다는 말이 돌 때도 상민의 편에서서 상민을 사람 취급한 것 역시 석찬뿐이었다. 모두가 상민을 이해한다고, 상민에게 그럴 수 있다고, 그렇게 해도 괜찮아진다고 말할 때도 석찬은 그리하지 않았다. 석찬이 전한 어떤 위로의 말에도 답장 한 번 없던 상민이 석찬의 집을 찾은 건 석찬이 보낸 인간적인 메시지 때문이었다.

형우에 대한 예의를 지켜라.

"그래서 그렇게 주미한테 예의를 다한 년이 개새끼나 끼고 사냐?"

그때, 석찬이 지어 보였던 표정을 잊지 않기 위해 상민은 애썼다. 상민은 다시 부끄러움을 아는 인간이 되었다. 석찬도 잊지 않았다. 석찬은 주미를 떠나보내고 들었던 그 어떤 말들에서도 얻을 수 없던 용기를 상민의 말에서 찾았다. 석찬은 다시 모욕을 아는 인간이 되었다. 그 부끄러움과 모욕의 조우 후에 두 사람은 오래지 않아 한집에 살기로 합의했다.

식찬은 주미의 살아생전을 설명하기 위해 '기억설계사'를 찾지 않았다. 형우와의 호시절이 아니라 형우와의 마지막 비행을 홀로그램으로 구현하겠다는 상민의 계획을 끝까지 지지하지 않았다. 상민은 만식이에게 배변훈련을 시켰다. 주미의 사진이 끼워진 액자를 석찬의 방에서 거실로 옮겼다. 그렇게 두 사람은 살아나갔다. 마침내 둘은 남들 앞에서가 아니라 자기 자신 앞에서 웃을 수 있었다. 누군가와 마주 앉아 배불리 밥 먹는 일을 수치스러워하지 않았다. 구체적으로 이룩된 이름을 서로에게 들려주었다. 그것이 마음을 이루는 물질이라도 되는 듯.

앞으로 약 30분 뒤에 저희 비행기는 제주국제공항에 도착하겠습니다. 상민은 석찬이 어렵게 제주행을 결심하고 그간의 살림을 캐리어 하나에 욱여넣던 주말 오후를 생각했다. 이사의 맛을 내겠다며 집 근처 편의점까지 가서 구해 온 신문을 깔고 두 사람은 중국 음식까지 시켜 먹었더랬다.

"형우는 정말 소설가답게 살다 갔다. 그렇게 일찍 죽을 건 뭐니."

지금 여기서, 자장면과 탕수육을 먹다 말고, 상민이 당황한 얼굴로 석찬을 쳐다봤다.

　"주미가 제주 가서 살자고 했거든. 발병하고 나서. 고산리 쪽에 봐두고 온 곳도 있다고. 책방을 같이 하자고 했어. '무명책방'이라고. 그 건물 1층에 유명제과라는 빵집이 있는데 유명은 있으니까 무명이 좋겠다고. 싱거워, 싱겁더라고. 아프니까 싱거워지더라. 아프기 전에는 그렇게 쫀쫀하더니…… 상민아, 원래 그런 거라고. 그렇더라고. 밥 먹다가 불쑥, 똥 싸다가 불쑥, 딴 여자랑 한 침대에 있다가도 불쑥, 잠든 만식이 얼굴을 보다가도 불쑥 주미에 관해 중얼거리게 되더라고. 그니까 너도 그냥 말하라고. 아무 때나, 어디서나."

　"주미한테 네 사진 보여줬을 때 주미가 너 안 만난다고 했어. 알아?"

　"알아, 주미는 '긴머부' 싫어하잖아."

　"형우가 만나던 사람이 있었던 거 같아."

　두 사람은 단무지를 씹다 말고 웃었다.

　"누구예요?"

　선반에 노트를 펼쳐놓고 무언가를 쓰는 형우 너머로 한 아이가, 책을 읽는 한 여자가, 아이와 여자 사이에 이어폰을 꽂고 앉아 있는 한 소년의 홀로그램이 보였다.

"쉿."

여자는 책을 덮어 선반 위에 올려두곤 아이의 무례를 양해해 달라는 듯 상민에게 묵례했다. 팽팽한 눈매와는 다르게 팔자주름이 깊게 잡혀서 어딘가 사연이 많은 이처럼 보였다.

"괜찮아요." 상민이 말하자 아이는 괜찮대, 하고 여자에게 속삭이더니 다시 입을 열었다.

"우리 오빠예요. 이름은 은성이고요, 성은 김이에요. 하늘나라로 갔어요. 이 아저씬요?"

상민은 여자를 살폈다. 여자 역시 상민의 표정을 읽는 듯했다. 두 사람에게는 할 말이 있었고, 못 할 말도 많았다. 홀로그램석에 앉는 이들 중에 누군들 그렇지 않겠는가. 상민은 죽음을 데리고 다니는 이들을 하나의 생존공동체로 만드는 슬픔의 언어를 잘 알고 있었다. 그것은 음성이었고, 몸짓이었고, 무엇보다 눈빛이었다. 죽은 이를 기억하기 위해 광장에서 묵언으로 삼보일배를 하던 '최초의 사람'이 아니었다면, 어디에도 가닿지 않던 그의 텅 빈 눈동자가 없었더라면, 이 홀로그램 장치는 누구의 주목도 받지 못했을 터였다.

"이 형은 아저씨라고 부르는 걸 싫어해. 삼촌이라고 부르는 걸 좋아하지. 이 삼촌 이름은 이형우야."

"색이 예뻐요. 우리 오빠는 맨날 파란색인데. 우리 오빠가 파란색을 좋아했거든요. 〈파랑새〉라는 시도 지었어요."

아이가 맞죠, 하고 여자에게 눈을 돌렸다. 여자는 고개를 끄덕였다. 허락을 구하듯 상민에게 웃음을 지어 보인 다음에 외투 주머니에서 삼각뿔 형태의 흰색 홀로그램플레이어를 꺼내 목록을 확인했다. 버튼을 눌렀다. 음악을 듣던 은성이 사라지고 파랑새라는 세 글자가 나타났다. 안 보고도 외울 수 있어요, 아이가 눈을 감으며 소리쳤다.

파랑새를 본 적 없어서
파랑새가 나오는 꿈을 꿨다
파랑새도 나를 못 봤으니까
내가 나오는 꿈을 꾸겠지

상민은 아이의 목소리보다 더 낮게 내리깔리는 읊조림을 들었다. 여자는 파랑새를 앞에 두고 한눈팔지 않았다. 마치 거기, 그 시에 은성이 존재하는 것처럼. 시가 사라지자 책을 읽는 은성이 자동으로 재생됐다.

책을 좋아했나 봐요? 상민이 여자에게 묻자 네, 하고 여자가 대답했다. 형우가 깍지 낀 두 손을 목 뒤로 가져가더니 고개를 들어 올리며 으으, 하는 소리를 냈다. 아이가 웃는 얼굴로 괴물이다, 라고 말했다. 그 모습이 느닷없이 너무 생생하게 느껴져서 상민은 형우가 곧 두 팔을 높이 들고 어흥, 하며 아이 앞으로 몸을 내미는 건 아닌지 지켜봤다. 살아 있는 사람이라면 그럴 수 있다.

그러나 형우는 괴물이 되지 못했다.

상민은 괴물이 됐다. 천천히 생의 빛을 잃어가는 한 사람의 눈을 그저 옆에서 지켜만 보는 경험은 그게 누구든 괴물로 만든다. 그날, 빗길에 전복된 택시 안에서 상민이 할 수 있는 일은 그저 형우를 보며 이름을 되뇌는 일뿐이었다. 형우가 상민의 이름을 불러주었는지 상민은 기억하지 못했다. 그 생사의 경계에서 형우가 자신이 살아온 바를 되돌아보았는지, 자신의 가방 안에 든 노트북과 저장 장치를 염려했는지, 이건 사고에 불과하고 곧 구조대가 도착할 거라고, 살 거라고, 소설로 써야겠다고 형우가 생각했는지 상민은 결코 알 수 없었다. 상민은 온 힘을 다해 형우에게 손을 내밀었다. 형우는 상민을 위해 새끼손가락을 움직였다. 형우는 숨을 거뒀다. 형우가 숨 쉬던 이유를, 자신이 숨 쉬는 이유를 상민은 잃어버렸다. 괴물이란 숨 쉬는 이유를 잃어버린 인간이다. 시간을 되돌릴 수 있다면 상민은 형우와의 비행을 계속하고 싶었다. 제주에 닿고 싶었다.

기류가 좋지 않아 비행기가 크게 흔들리고 있다는 안내 방송이 들려왔다. 형우가 좌석벨트를 조이며 눈을 감았다. 아이는 형우에게 관심을 잃고 창으로 고갤 돌렸다.

"홀로그램이 하나뿐인가요?" 여자가 물었다.

"이상하죠?" 상민이 물었다.

"이상하죠. 어차피 우리 같은 사람들은. 죽음을 데리고 다니는 사람들이잖아요. 남편도 떠났어요. 죽은 새끼를 끼고 산다고. 그래도 저는 보시다시피 꿋꿋하게 아이를 곁에 두고 있어요. 언제까지 그럴 거냐고, 지겹지도 않으냐고 하는데, 모르죠, 저도. 제가 언제까지 이럴까요. 그걸 제일 알고 싶은 게 바로 저란 말이에요. 우리잖아요, 언제 끝나게 될지 우리가 제일 궁금하잖아요." 여자가 말했다.

상민은 '내가'로 시작해 '우리가'로 끝나는 여인의 말에 위로받았다. 어떤 이들에게 이 홀로그램은 그저 신기루에, 헛것에, 신의 뜻에 어긋나는 것에 불과한 것이었지만, 죽음을 아직은 죽음으로 받아들일 준비가 되어 있지 못한 이들에겐 현실이었고, 실상이었으며, 신의 가호를 필요로 하는 것이었다. 존재하지 않는 듯 존재하는 생명체였다. 나라는 이름의 생명체였다. 우리는 우리를 애도할 수 없다. 우리를 애도하는 것은 언제나 나일 뿐이며 나의 애도가 곧 우리의 애도가 되는 것이다. 애도의 바탕이 되는 말은 나의 말이다.

"형우는 소설을 썼어요. 읽는 사람도 많지 않은데. 요즘 누가 책 같은 걸 읽어요. 책도 이 홀로그램이나 마찬가지예요. 소설가나 시인들도 다 죽은 걸 끌고 다니는 거죠. 그래도 형우는 그 안에 삶을 담으려고 애썼어요. 죽을 때까지 쓴다고 했는데, 소원을 이뤘죠." 상민이 말했다.

어째서 여기까진가요? 여자가 마지막으로 물었을 때, 상민은 어째서 거기부터인가요? 하고 되묻지 않고 미소를 지어 보였다. 형우와 은성은 어쩌면 먼 훗날 만나 서로의 글에 관해 대화할 수도 있었을 것이다. 두 사람은 가능성을 가진 인간들이었다.

여자는 다시 《타인의 증거》를 펼쳐 들었다. 상민 역시 읽고 있던 책으로 눈을 돌렸다. 〈모국어의 슬픔〉은 형우의 등단작으로 자신들의 모국어를 지키기 위해 100년 동안 '언어전쟁'을 벌인 민족이 결국에는 '상실'을 뜻하는 단 하나의 모국어를 지켜낸다는 내용의 소설이었다.

형우는 한 기계 인간의 입을 빌려 썼다.

나는 상실로 남은 모국어를 전쟁의 잔재로 여기지 않았다. 그 것은 새로운 모국어의 토대가 될 것이다. 상실의 언어는 쓰리라. 상실했으므로 상실되지 않은 모국어의 슬픔을.

상민은 수도 없이 읽고 또 읽은 낡은 책의 한 귀퉁이를 크게 접었다. 무명책방에서 열리는 '고스트 듀엣 낭독회'에서 상민은 자신의 목소리로 형우의 모국어를 옮게 될 것이다. 살아남은 자의 불행이 아니라 살아남은 자의 행운을.

이후, 공항에 착륙하지 못한 비행기는 상공을 선회하며 바람이 잦아들길 기다렸다. 승무원들도 안전벨트를 매고 앉아 있었다. 안내 방송을 하는 기장의 담담한 목소리가 오히려 이상한 상상을 불러일으켰다. 선회와 연료와 강풍이라는 단어가 이어지는 안내가 끝나자 웅성거리는 소리가 커졌다. 칭얼대는 아기들의 소리가 그 어떤 소리보다 죽음을 환기했다. 노인들의 헛기침 소리는 평온해서 불길했다. 한 여자가 손을 들어 두통약을 요구했다. 한 남자가 화장실을 사용할 수 없느냐고 허공을 향해 물었다. 그러나 그때도 비행기는 순조롭게 회항하고 있었다.

상민과 형우는 각자의 상념에 빠져 있다가 약속이라도 한 듯 얼굴을 마주했다. 형우가 상민의 손등에 손바닥을 올려놓았다. 누가 먼저라고 할 것도 없이 지금 죽으면, 이대로 죽으면, 하고 자연히 말을 내뱉었다.

"죽으면 시작이다. 듀엣 활동하는 거지. 뭐."

"나 폐에 심각한 손상이 올 수도 있대."

"형, 나 만나는 사람이 있었어."

왜 하필 그때였을까. 비행기가 상공에 떠 있던 시간은 고작 세 시간에 불과했는데. 비행기는 다시 출발한 곳으로 돌아가려는 것뿐이었는데. 상민과 형우는 회항하고 있었다.

"들어봐."

형우가 말했다.

승훈은 한 문화예술 공모사업에 기획위원으로 참가한 연극인 이었다.

180센티미터는 족히 되어 보이는 키에 다부진 몸 그리고 민머리 헤어스타일 때문에 어디서든 한눈에 띄는 호남형의 그를 '현우' 역시 눈여겨보았다. 평소의 현우였다면 호감을 느꼈을 리 없는 이였으나 공모사업에 참여한 인물들이 대체로 '아재력'이 충만한 사람들이어서 현우는 승훈과 어울려 지냈다. 어울려 지낸다고 해봤자 회의 테이블에 나란히 앉거나 뒤풀이 자리에서 서로의 대화 상대가 되어주곤 하는 게 거의 전부였지만, 관에서 운영하는 공모사업이 이 나라에 도움이 되지 않는 방향으로 나아감에 따라 둘 사이에는 묘한 동질감 같은 것들이 감돌기 시작했다. 독립출판물 책방 몇 군데를 묶어 북 페어를 개최하기로 되어 있던 사업이 지역축제로 둔갑하더니 급기야 트로트 가수를 섭외하기에 이르면서 둘은 둘도 없는 사이가 되었다. 회의는 짧게, 새벽까지 이어지는 저녁 식사가 반복되자 두 사람은 회의가 끝나자마자 황급히 회의장을 빠져나와 생맥주 한두 잔을 나누어 마시곤 했다. 그런 만남과 헤어짐이 반복되는 사이에 현우는 승훈에게 《고스트 스토리》를 선물했고, 승훈은 자신이 출연 중인 일인 즉흥극 〈존재의 거짓말〉에 현우를 초대했다. 한 권의 책과 한 편의 연극이 서로에 대한 이해로 바로 연결되진 않았으나 연결의 끈이 되기는 했다. 그때부터였다.

"삼각 로맨스 그만."

상민이 형우의 이야기를 뚝 끊었다.

형우는 상민의 얼굴을 응시했다. 상민의 표정에는 부당함이 없었다.

일반들은 그걸로 100년을 썼는데 뭐, 하고 말을 이으려다가 형우는 말을 줄였다.

"사실은 소설이야."

형우는 말했다.

"어째서 소설가의 야부리는 소설이 되지 않는가."

상민이 뜬금없이 환하게 화답했다. 형우는 더 이상 입을 열지 않았다.

김포를 떠나 김포에 도착한 비행기에서 내려 상민은 마음이 급해졌다. 형우는 몸이 급해졌다. 두 사람은 캐리어를 찾았고, 상민은 항공사 데스크로 가서 이후의 비행기 편에 관해 물었고,

현 시간부로 모든 비행기의 운항이 중단되었다는 소식을 들었다. 상민은 아고타 크리스토프의 체류 일정을 확인하기 위해 소식을 알려준 장일호 기자에게 문자메시지를 보냈고, 형우를 살폈다. 형우는 부재중 전화가 찍힌 곳으로 일일이 전화해서 자초지종을 설명했고 항공권을 예매했던 온라인 사이트의 고객센터로 전화해 결항확인서에 적힌 항공기 번호를 여러 차례 얘기한 끝에 잠시 숨을 돌렸다. 그런데도 그들에게는 아직 취소하지 못한 렌터카와 독채 펜션이 남아 있었다.

상민과 형우는 캐리어를 끌고 공항버스 정류장으로 움직였다. 강풍과 비바람이 몰아쳤고 얇은 옷차림 때문에 상민은 연신 재채기를 해댔다. 형우는 집 방향으로 가는 버스 한 대가 코앞에서 떠나는 것을 보고 오늘 진짜 안 풀리네, 라고 말했고 상민은 손을 들어 택시를 잡으며 대답했다. 집에 빨리 가서 쉬자. 두 사람은 기도하는 마음으로 택시에 올랐다. 함께 귀가하지 못했다.

손님 여러분 우리 비행기는 곧 착륙하겠습니다. 좌석벨트를 맸는지 다시 한 번 확인 부탁드립니다.

상민은 비행기에서 내려 무인택시 승강장으로 향했다. 일몰 무렵이었다. 오후 1시부터 일몰 무렵까지. 무명책방의 운영 시간을 생각하며 상민은 자동반사적으로 주미를 떠올렸다. 주미라면 일몰 무렵이라는 모호한 말을 쓰지 않았으리라. 상민은 석찬의 가까이에서 주미에 관한 이야기를 들어주는 사람, 애련을 생각했다. 일몰 무렵이라는 생의 시간을 감각할 줄 아는 여자를 석찬은 다시 만났다.

에코백을 어깨에 멘 상민 곁에는 그날의 형우가 있었다. 겨자색 스웨터에 군청색 면바지의 밑단을 접어 올려 입은, 신문 한 부를 겨드랑이에 낀, 골이 난 형우가.

누구도 걸어가는 두 사람을, 걸어오는 두 사람을 쳐다보지 않았다. 두 사람이 존재하는 것인지, 존재하지 않는 것인지, 존재하는 존재하지 않는 것인지 관심을 두지 않았다. 그러기에 제주의 일몰은 초현실적으로 아름다웠고 그 자연은 모든 인공적인 것을 자연스럽게 보이도록 했다. 오직 두 사람만이, 한 사람만이 누가 더 홀로그램에 가까운지 알 수 있었다. 상민과 형우는 무인주행택시에 올랐다. 상민은 목적지를 음성으로 입력했다. 제주시 한경면 고산로26. 택시가 공항을 빠져나가자 상민은 자신의 곁에서 허리를 세우고 눈을 감고 있는 그날의 형우를, 종료했다.

상민은 가방에서 노트를 꺼내 펼치고 주미와 석찬과 형우에게 들려줄 이야기를 썼다. 죽은 새를 어깨 위에 올리고, 죽은 사람을 곁에 세우고 살아 움직이는 홀로그램들에 관한 것이었다.

형우의 고스트 듀엣을 위한 상민의 고스트 듀엣이었다.

어제는 희망했다.

라디오에서 〈그대〉가 흘러나왔다.

작가 노트

소설과는 무관한 얘기다.

긴 시간 사귀어온 이를 '짝꿍'이라고 부른다. 짝꿍은 단짝을
다정하게 이르는 말이며, 단짝은 '매우 친하여 항상 함께 어울리
는 친구'라는 뜻이다. 얼마 전, 이 친구에게 돌발성 난청이 찾아
왔다. 지속적인 이명과 청력 상실이라는 병증으로까지 나아가진
않았으나 한동안 그 친구도, 나도 속앓이를 했다. 들리던 게 들
리지 않고, 보이던 게 보이지 않고, 느껴지던 게 느껴지지 않음
으로써 들리고, 보이고, 느껴지는 게 있다, 고 이제 더는 쓰지 못
할 것 같다. 항상 함께 어울리던 사람이 어느 날 홀연히 혹은 서
서히 떠나간다. 이런 생각은 우리를 빛 속으로 이끄는 것이 아
니라 암흑 속에 파묻는다. 그 어두운 시공간에 혼자 남겨진 무
언가는 존재이며 동시에 비(非)존재이다. 한 사람이 죽을 때마
다―죽는다고 상상할 때마다―산 사람이 겪는 '투명한 죽음

경험'을 무어라고 불러야 할까. 소리 없이 잠든 짝꿍의 발등에 손을 올려보면서 자주 살아 있음을 확인했다.

지난주에는 노무현 전 대통령의 서거 10주기를 맞아 차려진 시민 분향소에 다녀왔고, 회사 동료들과 〈봉우리〉를 들으며 김대중, 노무현, 노회찬이라는 이름을 말하였다. 토요일에는 한 결혼식에 초대받았으나 먹고살기 위해 일하느라 걸음하지 못했다.
동성 커플 소와 용에게 뒤늦은 축복을 보낸다. 그들이 '한집 짝꿍'이 됨을 약속하기 위해 함께 쓰고 읽었을 글의 일부를 짧게 인용하고 싶다.

용: 저도 걸음이 빠른 편이지만,
소: 제가 정말 걸음이 빠른 것처럼,
함께: 서로가 익숙한 삶의 속도가 다르다는 것을 기억하며
　　　서로를 이해하겠습니다.

사랑이나 우정으로 이룩되는 공동체의 마음도 있을 테지만, 투쟁이나 연대로 이룩되는 연인들의 마음도 있을 것이다. 사랑을 사랑이라 말하기 이전에 투쟁이라고 말해야 하는 사람들을, 존재를 존재라 말하기 전에 존재-한다, 라고 말해야 하는 사람

들을, 결혼을 결혼이라 말하기 전에 동성 결혼이라고 밝혀 말해야 하는 사람들을 생각하는 일이 여전히 문학의 몫임을, 믿고 싶다.

세상의 모든 짝꿍이 자유롭게 손잡을 수 있기를.

김현

2009년 《작가세계》로 등단했다. 시집 《글로리홀》 《입술을 열면》, 산문집 《걱정 말고 다녀와》 《아무튼, 스웨터》 《질문 있습니다》 《당신의 슬픔을 훔칠게요》 등이 있다.

정원사들

안 오면 지는 것 같아서.

이런 마음으로 퀴퍼에 오는 사람도 있을까.

물론 안다. 여기 온 수많은 사람들 한 명 한 명에게 마이크를 들려주고 왜 퀴퍼에 왔느냐고 물어보면 사람들의 수만큼이나 많고 다양한 대답이 나올 것이고 그 가운데엔 나와 똑같은 말을 하는 사람도 있겠지. 하지만 누군지 모를 그 사람과 비교해도 내 이유는 너무 한심하게 느껴지는걸.

나는 데브에게 지기 싫어서 이곳에 왔다. 어제까지만 해도 마음이 반반이어서, 그냥 집에 쭈그러져 잠이나 자다가 넷플릭스나 좀 볼까 싶었다. 이틀 전까지 계속한 야근의 여파가 아직 몸 곳곳에 남아 있어 피곤하기도 했고, 입을 옷도 없었고, 날씨도

너무 더웠다. 무엇보다 그 애와 마주치기 싫었다. 마주치면 그
애는 어떤 표정을 지을까. 아무렇지 않게 시선을 피하겠지. 시
원하기는 하겠다, 이 찜통더위에. 얼음 양동이를 머리에 쏟아부
은 것처럼 차가운 공기가 흐를 테고 나는 그 분위기에 압도되어
똥 씹은 표정을 하고 그 자리에 가만히 서 있겠지. 그 애는 보란
듯 옆에 있는 사람의 손깍지를 끼고 나를 지나쳐 걸어갈 것이
다. 그리고 해가 지면 흡! 하는 소리를 내며 자기 애인의 맥주병
뚜껑을 비틀어 따주고는—이게 뭐라고 나는 그 애의 이 동작을
너무도 좋아했다—술을 마시다가, 마음이 동하면 짐짓 씁쓸한
표정을 지으며 음, 근데 아까 나 전 애인 마주쳤다, 하고 말을
꺼내겠지. 그러고는 나 때문에 자기가 얼마나 괴로웠는지 고백
하기 시작할 것이다.

　데브와 마주칠 가능성이 있는 상황이 생길 때마다 나는 이런
일련의 과정들을 수없이 머릿속에서 시뮬레이션 재생했다. 그러
고는 아무도 뭐라고 하지 않는데 혼자서 스스로 짓눌렀다. 같이
알던 동생이 전시회를 했을 때도, 커뮤니티에서 친하던 언니의
어머니가 돌아가셨을 때도, 집을 나서기 전부터 도망칠 준비를
하고 있었고, 마지못해 그 자리에 가서도 주위를 둘러보다 데브
와 눈을 마주칠 것 같아서 고개를 푹 숙이고 안절부절못하다
가 표해야 할 최소한의 예의만 표하고 서둘러 자리를 떴다. 운

이 좋았던 건지 아니면 그 애도 똑같은 생각을 했던 건지 한 번도 실제로 마주친 일은 없지만, 나는 잘못한 게 없어, 이 자리에 오래 있어도 돼, 하고 수없이 속으로 중얼거렸지만, 늘 그렇게 되었다. 이번에도 일주일 전부터, 아니 실은 한 달쯤 전부터 그런 생각을 했고, 즐겁지도 않을 거 가면 뭐 해 그냥 가지 말자, 까지 생각했지만, 오늘 아침 느지막이 일어나 찬물로 세수를 하고 거울에 비친 내 얼굴을 본 순간, 내가 어쩐지 참으로 초라하다는 생각이 들었고, 지기 싫다는 마음이 치밀어 올라왔다. 옷장에서 최대한 괜찮아 보이는 티셔츠를 꺼내 입고 그동안 사 모은 배지들을 가방에 전부 달았다. 혼자서 버스를 타고 광장으로 오는 동안, 그리고 행진이 시작되어 사람들의 무리에 섞여 혼자서 땡볕 속을 걷는 동안, 나는 괜찮다고 생각하려고 애를 썼다. 뭐, 이것도 나쁘지 않네.

하지만 역시 재미는 없었다.

데브가 없으면 너는 아무것에도 재미를 못 느끼는 거니? 마음속에서 들려오는 목소리가 싫어서, 걸으면서 혼자서 리듬을 타고, 셀카도 찍고, 다른 사람들 사진도 찍고, 스티커도 붙일 곳에 다 붙였지만 행진이 끝나자 이제 집에 갈 일밖에는 남지 않은 것 같았다. 굿즈를 파는 부스에서 덜 익은 고기처럼 이것저것 들었다 놨다 뒤집어봤다를 계속하다가 이제 가야겠다, 하고 몸을 돌리는데 어? 하는 소리가 들렸다.

디자인팀 황 팀장님이었다. 까만 티셔츠를 입고, 허리에는 셔츠를 묶고, 에코백을 메고, 손목에는 흰색 뱅글 팔찌를 하고 있었다. 회사에서와 크게 다른 모습도 아니었는데, 어째선지 많이 달라 보였다. 앨라이인가? 아니면 퀴어 친구가 있으신 걸까?

효주 씨네? 친구랑 왔어요? 팀장님은 반가운 얼굴로 물었다.

아, 네……. 나는 좀 어색하게 웃으며 대답했다. 그러고는 같은 물음을 돌려주었다. 친구분이랑 오셨어요? 팀장님도 나와 똑같이 대답했다. 아, 네.

팀장님은 무지개 아래 졸고 있는 북극곰이 그려진 패치를 샀다. 나는 눈인사를 하고는 자리를 빠져나와 버스정류장 쪽으로 걸었다. 근처 커피숍에서 아이스커피를 사 들고 정류장에 서 있는데, 멀리서 팀장님이 걸어오는 게 보였다. 아, 지하철을 탈 걸 그랬나.

나는 가만히 있었다. 편의점에 들어가 피할까 싶었지만, 행진하는 동안 너무 더워서 실은 그럴 기력조차 없었고, 데브에 대한 생각으로 온 신경을 곤두세우고 있었던 탓에 이러기에도 저러기에도 다 귀찮았다.

팀장님은 똑바로 걸어오더니 웃음을 지었다. 또 만났네. 집으로 가요?

네? 아…… 네. 친구들이 다 가서요.

참 진짜 없어 보이는 멘트다, 좀 다르게 말할 수는 없니? 내면의 목소리가 또 들려왔다. 몰라 닥쳐, 나는 그 목소리를 향해 쏘아붙였다. 팀장님은 고개를 끄덕이고는, 잠시 생각하는 듯하더니 지나가는 버스 몇 대를 말없이 쳐다보았고, 다시 휴대폰을 들여다보더니, 집어넣고, 음…… 하는 소리를 내더니, 나를 보며 말했다.

혹시 동행 없고 집에 갈 거면, 어디 가서 시원한 맥주나 한잔 할래요? 저녁 겸해서요.

*

데브는 올해는 오지 않은 모양이었다. 아니면 잘 피해 다녔든가. 왔다면 지금쯤 작년에 나와 갔던 그 클럽에 갔을 것이다. 참 이상한 일이었다. 그 애와 있을 때는 다들 무언가를 과시하려는 듯한 그 클럽의 분위기가 그렇게 적응 안 되고 부담스럽더니, 어째서 이제 와 그곳의 계단, 화장실에 있던 하트 모양의 방향제, 플로어에 쏟아지던 조명과 요란한 음악들과 춤추던 사람들의 모습…… 같은 게 이토록 생생하게 떠오르는 것일까. 몇몇 사람에게 우리가 헤어진 사실을 털어놓기는 했지만, 내 심정을 정확히 말로 표현한 적은 없다. 이해받을 수 있을 것 같지 않았다. 아무것도 느끼지 못하는데, 사실은 인간도 연애도 싫어하는데 억지로 끌려다니면서 연기를 했던 사람. 그래 놓고 헤어진 다음에는 왜 아쉬워하는 거야? 다들 그렇게 생각할 것 같았다.

사랑하는 사람과 입 맞추고 싶다는 생각이 들지 않고, 그의 손길을 받아들이는 일이 숙제처럼 느껴지는 상태를 처음부터 긍정하기란 쉽지 않았다. 상대를 비참한 사람으로 만들었다는 죄책감이 자꾸만 나를 바닥으로 끌어내렸다. 오래된 양은 냄비처럼 내가 어딘가 우그러졌다고, 고장이라고, 불량품이라고 믿어버리는 쪽이 훨씬 쉬웠다. 연기라면, 했다. 할 수밖에 없었다. 하지만 내가 한 건 사랑하는 척이 아니라 사랑하지 않는 척이었음을 그들은 알까? 사랑하지만 하고 싶지 않은 일들이 있음을 말하는 행위에는 어쩐지 부조리극 같은 면이 있었다. 반면 어느 순간 감정이 싸늘하게 식어버린 사람의 모습을 연기하면 모두들 쉽게 이해했다. 그래서 나는 그쪽을 선택했다. 마지막에는 언제나, 그래 나는 네가 말하는 것처럼 차갑고 이상한 사람, 제대로 사랑할 줄 모르는 사람이라고 중얼거리며 관계를 끊어냈다. 달리 방법이 없었다.

데브는 달랐다. 내가 진짜 나를 보여준 유일한 사람이었다. 나는 연애가 싫은 게 아니었다. 그저 데브가 원하는 연애와 내

연애가 달랐을 뿐이다. 하지만 그 다름이 그렇게 힘들었다면, 결국 그 애를 밀어내며 선언한 것처럼 있는 그대로의 내가 그토록 소중했다면, 지금 여전히 데브를 떠올리며 미련인지 뭔지 모를 이 텁텁한 감정에 젖어 있는 나는 무엇일까.

어쨌든 나는 혼자만의 숙제를 했고, 퀴퍼에 왔고, 하루를 잘 보냈으며, 지금은 회사의 나이 많은 디자인 팀장님과 마주 앉아 맥주를 마시며 감자튀김과 피자를 먹고 있었다. 나쁘지는 않아…… 그런데 팀장님은, 여긴 어쩐 일이실까. 그제야 생각이 거기에 미쳤다. 회사 사람, 어른. 뒤늦은 경계심이 밀려들었다. 뭐, 퀴퍼야 누구에게나 열려 있고, 무슨 이유에서든 여기까지 찾아올 마음이 있는 분이라면 설마 그러시진 않겠지 싶었지만, 그래도 혹시 회사에 알려지는 건 아니겠지.

저기…… 걱정 말아요. 아무한테도 말하지 않을 거니까.

말없이 창밖을 보며 어색하게 맥주만 마시던 팀장님이 순간 내 마음을 읽은 것처럼 말해서 흠칫 놀랐다. 나는 네? 아 네…… 하고 쭈뼛쭈뼛 말했다. 이해해주겠다는 건가. 이상하게 살짝 기분이 나빴다. 아니 그렇게 토닥토닥 안 해주셔도 돼요, 말해도 상관없거든요……. 아니 사실은 상관있지만, 그렇게 생각하며 솟아오르는 반발심을 다스리고 있는데, 팀장님이 다시 말했다.

실은 알고 있었어요. 가방에 패치가 달려 있어서.

나도 모르게 옆자리에 둔 가방을 돌아보았다. 에이븐 삼각형을 안다고? 아니 잠깐만, 그걸 어떻게 아시죠. 대놓고 달고 다녀도 아무도 모르니까 회사에도 달고 다녔던 건데, 레즈 친구들조차 잘 못 알아보는 그것을 알아본 첫 번째 사람이…… 팀장님이라니. 나는 먹던 피자를 내려놓았다.

어디선가 본 기억이 있는데, 맞는 것 같은데 잘 몰라서, 찾아보고 공부했어요.

그러셨구나.

퀴퍼에는 자주 왔어요?

네, 뭐.

팀장님은, 저는 3년째 혼자 왔어요, 말하더니 맥주를 한 모금 마셨다. 팀장님의 그다음 말을 기다리는 동안 브루노 마스의 노래가 나왔는데, 그걸 들으며 내가 무슨 생각을 하고 있었는지 모르겠다. 아무튼 노래의 끝에 팀장님은 말했다. 저도 헤테로는 아니에요.

*

팀장님의 본명은 래영이었다. 황래영. 하지만 회사에선 모두

들 팀장님을 레이라고 불렀다. 그게 영어 이름이었는데, 어째선지—젊었을 때 영어 강사로 잠시 일했다던가 그랬다—대표를 비롯해 회사의 다른 어떤 사람보다도 팀장님의 영어가 제일 나아서, 디자인 팀장인데도 외국인과 통화할 일이 생기면 팀장님이 달려와 전화를 받아야 했다. 엄밀히 말하면 추가 업무였고 돈 안 받고 하는 가욋일이었다. 대표는 그럴 때마다 애꿎은 인턴들을 스윽 돌아보면서 요즘 젊은이들 분발 좀 해야 되는 거 아닌가, 하고 짜증 나게 굴었지만, 사람들은 팀장님을 싫어하지 않았다. 나도 그랬다. 싫어할 일이 별로 없었다. 기획팀과 디자인팀은 일할 때가 아니면 함께 어울릴 기회가 별로 없었고, 점심 식사도 회식도 따로 했으니까. 동그란 안경을 쓰고 있는 듯 없는 듯 묵묵히 일하는 사람. 팀장님은 그리 활발한 성격이 아니었다. 스스로 정한 원칙인지, 나이가 한참 어려도 같은 팀이 아닌 후배들에게는 깍듯이 존댓말을 썼다. 가끔 잔손이 많이 갈만한 시안을 들고 가거나 여러 번 수정을 부탁해도 귀찮아하거나 한숨을 쉬지 않고 해달라는 대로 꼼꼼히 다 해주셔서, 기획팀이 일하기에 상당히 편한 분이기는 했다.

팀장님에겐 고등학생 딸이 있었다. 상당히 예뻐서 보는 사람들마다 아이돌을 하면 좋겠다고 말하곤 했다. 맥 바탕화면도, 휴대폰 바탕화면도 딸의 사진이었다. 가끔씩 야근 중에 전화통화를 끝낸 팀장님이 딸에게 받은 스트레스를 디자인팀 후배들에게 늘어놓을 때가 있었다. 아, 정말 죽을 것 같아. 또 학교 가기 싫다네. 학원도 지 마음대로 째고. 이런 기 싸움은 중학교 때로 다 끝난 줄 알았는데 또 시작이지 뭐겠어요. 너무 친구처럼 대해줬더니 한계가 없어. 거기다 아침마다 무슨 화장은 그렇게 공들여 하는지 지각이고 뭐고 신경도 안 쓰고 30분 넘게 거울 앞에 붙어 앉아 있다니까.

   팀장님을 빼면 사무실엔 결혼한 여자 직원이 없어서, 그 넋두리에 대거리를 해줄 수 있는 사람은 별로 없었고, 팀장님은 그렇게 허공에 혼잣말을 중얼거리다 입을 다물고는 다시 일로 돌아가곤 했다. 팀장님의 책상 밑엔 희한하게 생긴, 튜브 같기도 하고 변기 커버 같기도 한 물건이 놓여 있었다. 어깨를 안마하는 마사지기였는데, 밤을 새울 때면 팀장님은 일하면서 그걸 사용하곤 했다. 언젠가 화장실에 다녀오다가 팀장님을 본 적이 있다. 모두 빨리 해치우고 집에 갈 생각으로 작은 소리도 내지 않고 키보드만 타닥타닥 두드리는 사무실. 그 한쪽에서 리드미컬하게 물결 모양으로 움직이는 마사지기를 어깨에 얹고 모니터를 노려보며 조용히 마우스를 움직이는 팀장님. 그럴 때 팀장님은 지치고 나이 들어 보였다. 육아에 찌든 시기를 거쳐온 중년 여성들이 좋든 싫든 대체로 그렇게 되는 것처럼, 적절히 살이 붙어 푸근한 몸매가 된 마흔아홉 살의 팀장님도 그렇게 보였다. 살갑게 굴 만한 사람이 회사에 별로 없는 대표가 자꾸만 옆자리로 가서 같이 놀아달라고 쓸데없는 잡담을 늘어놓을 때면, 팀장님은 피곤해하면서도 자신에게 주어진 포지션—짜증 나는 남자가 어린 후배들 앞에서 나낼 때 괄괄한 목소리로 잘라주는 중년의 여자 선배—에 서서 성실하게 쫑코를 먹이곤 했는데, 그걸 보면서 나는 종종 생각했다. 아, 저분이 원래부터 저렇게 농담을 잘하는 성격은 아니었을 텐데. 여자가 나이 들어 계속 일한다는 건 멋있지만 참으로 피로한 일이구나.

그런 게 팀장님에 대한 내 인상이었다. 무해하고 좋은 선배지만, 나의 미래와는 거리가 멀어 보이는 사람. 그 이상으로 관심을 가질 일은 별로 없었다. 팀장님 쪽에서는 나를 어떻게 보고 있었을까? 애인이랑 헤어진 것 때문에 회사에서 펑펑 울었던 애, 정도가 아닐까? 데브와 헤어진 다음 날 나는 참으로 한심하지만 한 시간 반이나 늦게 출근한 회사에서 계속 울었다. 소리를 내지는 않았지만 상처에서 피가 배어 나오듯 눈물이 울컥울컥 밀려 나왔다. 화장실에 가서도 울고, 점심을 거르고 책상에 나무 인형처럼 꼿꼿이 앉아서도 울었다. 내가 생각하기에도 정말 최악이었지만 어떻게 해도 눈물이 멈추지 않아서, 우리 팀 팀장이 너 도대체 왜 그러냐, 안 그럴 줄 알고 뽑았더니만 한 달째

정신을 딴 데다 두고 있네? 여긴 회사야, 하고 정색하고 화를 낼 때까지 계속 얼굴을 닦아냈다. 스스로 통제가 안 되는 그런 경험은 처음이자 마지막이었다. 그 뒤로 남자를 소개시켜주겠다는 사람들의 숱한 오지랖을 잘라내면서 나는 경악과 함께 뼛속 깊이 반성을 했고, 다행히 별일은 없이 정직원이 되었고, 그 뒤로는 묵묵히, 조용히 잘 지내왔다. 할 일을 했고, 사적인 면을 절대로 드러내지 않았고, 출근 시간을 지켰다. 생각도 하기 싫었지만 아무튼 회사에서 나는 그런 애였으니까, 팀장님에게도 그런 애였겠지.

살다 보면 여러 가지 일이 생기는 것이다. 다른 많은 사람들처럼 나 역시 나보다 나이 많은 퀴어 여성을 만나고 싶어 했고, 언젠가 그런 분을 만나면 어떻게 살아오셨는지 이야기를 듣고 싶다는 마음도 있었지만, 그런 분들은 어디서도 잘 볼 수가 없었고…… 몇몇 활동가 선생님들이 아니면 온라인에서조차 찾기 어려웠다. 그걸 안타까워하기도 하고, 아쉬워도 했었는데, 그날이 오늘일 줄이야. 그리고 그게 팀장님일 줄이야. 좀 미안하지만, 내가 상상해온 퀴어 여성 선배들의 모습은 팀장님과는 많이 달랐다. 어떻게 해야 할지 잘 모르겠다는 생각이 들었다. 침착하자고 마음먹었고, 조심해야겠다는 생각도 했지만, '호모 플렉시블'이라는 말이 팀장님의 입에서 나왔을 때는 어쩔 수 없이 표정 관리가 잘 되지 않았다. 아……? 하는 소리가 입에서 새어 나왔고, 더는 말을 할 수 없었다. 소름이 끼친다거나 하지는 않았지만, 가슴이 살짝 소리를 내며 내려앉을 정도로는 놀랐고, 피치 못할 거리감이 그 짧은 순간 동안 온몸을 타고 흐르는 게 느껴졌다. 나는 실은, 호모 플렉시블이라는 말도 아세요? 하고 묻고 싶었다. 그렇잖은가. 이분은 내년에 쉰이 되시고, 기혼에, 고등학생 딸이 있어. 우리 엄마보다 다섯 살밖에 적지 않은 나이라고.

저 너무 이상하죠.

팀장님이 말했다.

네.

나는 대답했다. 그랬더니 갑자기 얼굴이 간지러우면서 웃음이 나와서, 조금 웃어버렸고, 그런 다음 당황했다. 팀장님도 눈가에 주름을 잡으며 웃었다.

미안해요, 부담되는 얘기 해서.

아뇨. 부담은요. 그런 말씀 마세요. 이상하니까 퀴어죠…….

내가 그렇게 얼버무리는데, 팀장님의 표정이 갑자기 변했다. 자리에서 일어나 서둘러 화장실로 가는 팀장님의 뒷모습을 보며…… 이쯤에서 그냥 도망칠까, 생각을 안 했다면 거짓말일 것이다. 조금만 있다가 갑작스럽게 약속이 생긴 것처럼 하고 집에 갈까. 그래도 된다. 어차피 친한 분도 아니었고. 하지만…… 조금 생각하다가, 나는 그러지 않기로 했다.

그건 너그러움도 아니었고—팀장님이 말을 꺼낸 순간부터 나는 그분의 얼굴에 담긴 죄책감을 한눈에 알아볼 수 있었다. 팀장님이 생각하는 '진짜 퀴어'들에 대한 죄책감. 하지만 그분이 어쩔 수 없는 이유로 어떤 죄책감을 갖든, 나는 그분을 '포용'하거나 반대로 비판하거나 할 위치는 아니었다. 내가? 이런 내가? 그럴 리가—온전한 동질감도 아니었다. 곧바로 마음을 열고 닥쳐올 순간들을 맞닥뜨리자니 조금 주저가 되었다. 다만 회사에서 계속 얼굴 볼 사이라는 현실적 이유 속엔, 나 역시 저런 순간들이 있었다는 생각이 파편처럼 촘촘히 박혀 있었다. 나도 저랬어. 꼭 저런 얼굴을 하고 있었을 거야. 아무도 관심 갖지 않았지만 한없이 내 이야기를 하고 싶은 순간들이, 누군가 굳이 물어주기를 기다리는 순간들이 있었다. 그래서 불시에 튀어나가기를 기대하며 비밀을 사탕처럼 입속에 넣고 다녔다. 그 사탕은 조금씩 녹아 작아져서 이제는 입속을 혀로 뒤져도 찾기가 어려웠지만, 그것을 물고 있던 감각을 잊고 싶지 않아서, 나조차 잊으면 안 될 것 같아서, 나는 오늘 자꾸만 가라앉는 몸을 일으켜 굳이 퀴퍼까지 온 것이었는지도 모른다.

팀장님은 한참 뒤에 돌아와서는 또, 미안해요, 젊은 사람 앞에서 못 볼 꼴을 보이네, 하고 중얼거렸다.

미안하면 들려주세요, 이제.

팀장님이 웃었다. 나도 따라 웃었다. 그렇게 우리는 울고 난 얼굴을 한 번씩 보여준 사이가 되었다.

*

효주 씨 말고는 두 명한테 말했어요. 한 명은 디자이너 모임에서 만난 20대 레즈 친구였는데, 그 친구는 많이 놀라면서도 걱정해줬고, 그리고…… 저한테 무지개 케이크를 선물해줬어요, 카카오톡으로. 말하자면 환대를 받은 거죠. 저는 사실, 그 반대의 반응을 예상하고 말을 꺼낸 거였거든요. 죄송한데 레이님, 결혼하셨잖아요. 제도 안에 있으시잖아요. 차별받는 것도 없고, 누릴 것 다 누리면서 왜 소수자 정체성까지 뺏어 걸치려 하세요, 힙해 보여서인가요? 퀴어 놀이가 재미있어요? …… 그런 말들을 수없이 상상했어요. 실제로 들으면 정신이 차려질 것 같았어요. 너무 어지러운 상태여서 판단의 대상이 되고 싶기도 했고요. 그냥 감각의 혼란이고 착각이라면 차라리 얼른 찬물을 얻어맞고 싶었거든요. 그런데 그 친구는 정반대로 반응했어요. 웃으면서 그래요? 그러면 빨리 이혼하고 이쪽으로 오세요! 하고 말했고,

라리랑 핑크에 같이 가보자고도 했고. 맙소사, 제가 어떻게 라리 랑 핑크에 가겠어요? 저는 곧 오십이잖아요. 거기 있는 친구들이 얼마나 징그럽겠어요. 그리고…… 그 친구가 몇 가지 어플까지 가르쳐줬어요.

나는 웃었다. 웃을 수밖에 없었다.

그래서 제가 너무 당황스러워서, 그런 게 아니라고, 나는 지금 파트너가 있고, 다른 누구를 만나서 사귀고 싶은 게 전혀 아니라고 했더니, 고개를 갸우뚱하더라고요. 특정한 대상이 없느냐고 묻기에 없다고, 그냥 불특정 다수에게 끌리는 것뿐이라고 했더니, 그럴 수도 있나? 있구나…… 하더니, 그건 그냥 이성애 결혼의 도덕 아닐까요? 어쨌든 저는 기다릴게요, 그런 거 벗어버리고 빨리 이쪽으로 오세요, 하고 또 웃었어요. 그러고는 그 케이크를 보내줬는데…….

보내줬는데?

교환권을 선물함에만 담아뒀어요. 몇 년 동안 사용하지 못했어요. 유효기간이 만료되면 연장하라고 알림이 오잖아요. 그러면 연장하고, 또 연장하고. 그렇게 일곱 번인가 여덟 번인가 연장했어요. 찾으러 갈 수가 없었어요.

왜요?

내가 가짜 같아서.

가짜 같았어요?

지금도 가짜 같은걸요. …… 자격이 없다는 생각이 들어요. 없앨 수가 없어요, 그 생각을. 조금 전에 혐오자들이 외치는 소리 들었잖아요. 지옥 간다고.

우리는 지옥 안 가요.

네?

동성애하면 지옥 간다는데, 우리는 동성애자도 아니잖아요, 하하.

나는 이 농담을 좋아한다. 좋아하게 된 지 얼마 안 됐지만. 팀장님은 한 박자 늦게 웃음을 터뜨렸다. 하지만 그 웃음은 금세 잦아들었다.

아무튼 그런 말들을, 저는 들을 일이 없어요. 아무도 몰라요, 이렇게 가만히 살면. 다른 사람들은 존재를 걸고 앞에 나서서 싸우는데, 저는 이성애 결혼에 주어지는 혜택을 받아 넓고 편한 아파트에서 딸을 키우며 살고 있어요. 무슨 일이 있으면 서명을 하고, 후원을 하죠. 뉴스를 보면 화가 치밀고, 가끔은 몸이 떨릴 정도로 화가 날 때도 있어요. 하지만 그게 다예요.

음, 그게 다면 안 되는 건가. 저도 뭐 그 비슷한데. 별거 안 하는데요.

효주 씨는 결혼하지 않았잖아요. 결혼이란 건 달라요. 저 역시 저 같은 사람을 보면 뭐라고 해야 할지 모를 거예요. 대놓고 비난하진 않겠죠. 하지만 그냥 입을 다물 것 같아요.

그런가요.

다른 사람들이랑은 조금 다르게 딸을 키워왔고, 앞으로도 그러겠다는 생각은 있죠. 아직까지는 그런 기미가 보이지 않지만, 제 아이가 나중에 만약 커밍아웃을 한다면, 온 마음을 다해 지지해줄 거라는 생각, 세상 모두에 맞서서 같이 싸워줄 거라는 생각, 각오, 그런 건 있죠, 당연히. 하지만 그 정도는 그야말로 당연한 거고, 저는…… 지금 이 결혼을 깰 생각을, 사실은 하지 못하고 있으니까요.

팀장님은 맥주를 한 모금 마시고 조금 쉬었다가 다시 말했다.

아이 때문에도 그렇고, 이렇게 말하면 어떻게 들릴지 모르겠지만, 남편을 사랑하지 않는 게 아니에요. 좋아해요. 가부장제 결혼의 나쁜 점이야 몸서리치도록 겪었고, 같이 지내는 동안 낭만적이고 열정적인 감정들은 서로 잦아들었지만, 그것과는 별개로 진심으로 사랑해서 결혼했고, 함께 지낸 동안 쌓인 의리가 있어서, 이 사람과 헤어지고 싶지도 않아요. 제가 이성애자가 아니라는 걸 알았다면, 결혼은 하지 않았을 거예요. 이렇게 이도 저도 아닌 느낌 속에서 자기혐오만 커져갈 줄 미리 알았다면요. 처음부터 밝혔을 거라고 생각해요. 하지만 저는 몰랐어요. 서른

살이 넘고 마흔 살이 넘도록…… 모르다가 깨달았어요. 그러고
는 쉴 새 없이 의심했어요. 아무리 의심해봐도 답은 같았어요.
부인할 수 없을 정도로 선명했어요. 놀라움이 있었고, 기쁨이 있
었고, 죄책감이 아주 많았고, 황당하기도 했고. 불공평해, 이제
와서 어쩌라는 거야? 생각해봐도 답은 없었죠. 그런데 조금 더
생각해보니까…… 나는 뭘 어쩌고 싶은 게 아니었어요.

그게 무슨 뜻이에요?

팀장님은 조금 생각하다가 맥주를 한 모금 마시고 입을 열었다.

정원이 있어요. 거기엔 이름을 알 수 없는 나무들과 꽃들이 있
고, 볕이 들면 아주 아름답게 반짝이는 잎사귀들이 있어요. 그
정원 안에 제 남편이 보여요. 벤치에 앉아서 책을 읽고 있거나,
햇볕 속에서 졸고 있거나. 저는 그 정원을 좋아해요. 들어가 거
니는 것도 좋지만, 멀리서 그냥 바라보는 것도 좋죠. 늘, 오랫동
안 그 방향을 바라보고 살아왔어요. 그런데 어느 날, 집 뒤쪽에
도 정원이 하나 더 있다는 걸 우연히 알게 됐어요. 피어 있는 꽃
들의 종류도 다르고, 날아다니는 새들도, 햇빛의 결도, 그걸 받
은 식물들의 그림자가 만드는 형태도 조금은 다르게 보이는 정
원. 조금 더 활기차고, 들어가 숨을 들이마시면 다른 종류의 향
기가 날 것 같은, 그런 정원이었어요. 거기에 아주 많은 여자들
이 있었어요. 그 사람들이 저를 의식하거나 손짓해 부르지는 않

앉어요. 오히려 저에게 전혀 눈길을 주지 않고 걸어 다니면서 자기들끼리 이야기를 나누거나 손짓을 하다가, 정원을 빠져나가기도 하고, 그러다 다시 들어오기도 했죠. 저는 궁금했고, 끌렸어요. 그 순간의 끌림이 너무 강렬해서, 그곳의 풍경이 너무 이국적이고 신기해서, 다가갔죠. 다가갔는데, 손끝에 투명한 유리가 부딪쳤어요. 통유리 벽이 있었고, 그 정원으로 나가는 문은 없어서…… 저는 다시 뒤로 몇 걸음 물러나서, 자리에 앉았어요. 커피를 내려서 가져왔고, 그걸 천천히 마시면서 정원을 바라봤어요.

팀장님은 창밖으로 시선을 돌렸다.

그렇게 해서 테이블에 앉아 그 정원을 바라보는 게 버릇이 됐는데요. 어느 순간 알 수 있었어요. 제가 그 정원에 들어간 적이 있다는 걸. 거기 있었고, 행복했던 기억이 분명히 있다는 걸. 중학교, 고등학교 때? 하지만 그때는 그게 정원이라고 생각하지 못했어요. 그냥 일시적으로 나타났다 사라지는 신기루 같은 거라고 생각했죠. 또래 여자애들 모두 한 번씩은 겪는 그런 경험이라고. 그렇지만 그 정원은 계속 제 안에 있었던 거예요. 그걸 알게 돼서…… 저는 기뻤어요. 그 정원이 있다는 게, 자랑스러웠어요. 태어나서 처음으로 내가 한 존재로서 온전해졌다는 생각이 들었어요. 그리로 갈 수도 없고, 유리를 깨거나 문을 만들어

달고 싶다는 생각도 들지 않지만, 그냥 그게 있다는 게 좋았어요. 이렇게밖에 설명이 안 돼요. 이해하시겠어요, 이런 거?

조금은요, 내가 말했고, 그건 거짓말이 아니었다. 나는 그 통유리의 감각을 알고 있었다. 팀장님의 정원에 있는 것과 정확히 같은 것인지는 알 수 없었지만.

아니다. 다르다. 다른 거라는 생각이 들었다.

그 유리는 계속 나에게, 너는 누구냐고 물었다. 나는 두껍고 차가운 그 유리를 향해, 너는 나고, 나는 너야, 이게 우리야, 대답하곤 했다. 하지만 그 투명한 벽 너머엔 데브가 있었고, 그래서 나는 유리 벽을 미워했고 나를 미워했다. 데브를 미워할 수는 도저히 없었으니까. 나는 내 정원을 좋아해본 적이 있었을까? 거기에는 어떤 꽃들이 피어 있었을까? 그곳에 찾아온 사람들은 언제나 불만에 차 있었다. 내가 유리 벽 안에서 밖을 내다볼 뿐 정원으로 나오지 않는다는 이유에서였다. 왜 나를 사랑하지 않아? 사랑한다면 왜 표현하지 않아? 왜 항상 나만 해야 하지? 그들은 그렇게 말했고, 나는 그들의 질려 하는 얼굴 때문에 정원에 있는 다른 것들에 대해서는 신경 쓰지 못했다.

데브는 어떤 부분에선 엄격했고 어떤 부분에선 무지했다. 요즘은 너무 많은 사람들이 자기가 퀴어라고 착각을 하더라? 그애는 자주 그렇게 말했다. 결혼을 해서 동성과 사귀지 않게 된 팀장님 같은 사람은 데브의 관점에서는 그냥 이성애자였다. 나는 데브가 그런 얘기를 할 때마다 뭔가가 마음에 걸렸지만, 드러내서 반대하지도 않았다. 데브를 잃고 싶지 않았으니까. 잃고 싶지 않아서, 나의 어떤 부분들을 숨겼다. 하지만 결국에는 말하게 됐다. 울면서, 나는 나라고 말하게 됐다.

데브가 팀장님의 이야기를 듣는다면 분명히 입술을 비틀 거라고 나는 생각했다. 나는 잘 모르겠는데. 아니, 그런 사람 싫어 난. 뭘 어쩌겠다는 생각이 없다고 했지만, 너한테 그런 얘기를 하면서 인정받고 싶어 하는 거잖아, 결국에는. 우린 말하지 못해서 이렇게 힘들게 앓고 있는데, 그 사람은 어디가 어떻게 힘든 건데? 효주야 그 사람 조심해, 정말로 퀴어라고 해도, 환심을 사서 너한테 접근하려는 건지도 몰라. 나이도 많은데 정말 극혐이다……. 하지만 그런 말을 할 데브는 곁에 없다. 내 상상 속의 데브는, 내가 헤어지자고 하기 전, 내 말들을 듣기 전의 데브이고, 나는 그 데브의 반응을 마음속에서 혼자 돌려보며, 그 애의 말들 역시 이해할 수 있다고 생각한다. 사람에게 인정이란 무엇일까. 왜 혼자서도 괜찮다고 마음을 다잡아도 가끔은 참을 수 없이 누군가에게 자신을 드러내고 싶고, 이야기를 하고 싶어지는 것일까, 찔리고 피가 나고 붕대를 감을 일이 생길 걸 알면서도.

팀장님은 커밍아웃이라는 말을 끝까지 사용하지 않았다. 그냥 말이라는 말, 이야기라는 말을 썼다. 팀장님이 자신을 털어놓은 다른 한 사람은, 안타깝게도 그분의 남편이었다. 이 부분에선 아무래도 좀 너무했다는 생각이 들어서, 나는 아, 어떡해요, 하고 말해버렸다.

지금 생각하면 너무 바보 같지만, 그가 상처받을 거라는 생각조차 하지 못했어요, 저는. 그냥 그런 정원이 내 안에 있다고, 뒤늦게 그걸 알게 된 게 너무 기뻐서, 그걸 내가 사랑하는 사람에게 알리고 싶다는 생각밖에는 하지 못해서. 그런데 그는 상처받더군요. 그러면서 말했어요. 설령 그런 면이 있어도 함께 있는 사람을 배려해서 말하지 않고 지내는 게 예의 아니냐고요. 굳이 그런 말을 입 밖으로 꺼내서 공기가 울리게 하는 건, 그 감정이 너무나 강렬해진 나머지 관계를 발전시키고 싶은 다른 사람이 생겨버린 것이고, 자신을 상처 내고 밀어내기 위해서라고밖에는 생각되지 않는다고. 저는 그게 아니라고 설명했죠. 아니야, 전혀 그렇지 않아! 지금 내가 느끼는 기쁨은 내 정원에 드나드는 사람들을 향한 게 아니야. 내 정원 그 자체를 향해 있어. 나 자신에게 느끼는 거라고. 당신에 대한 감정 역시 닫힌 게 아니고, 새카맣게 칠해지거나 죽어버리거나 한 게 아니야. 그대로 있어. 그냥 내 안에서 공간 하나가 더 열린 것뿐이야. 그는 믿지 않았고,

이해하지 못했어요. 사랑하는 마음, 낭만적으로 끌리는 감정, 성적으로 끌리는 감정, 사귀고 싶다는 마음, 성욕, 그래, 난 잘 모르겠지만 당신 말대로 이것들이 모두 따로따로라고 쳐. 하지만 사람들은 누군가에게 커피 원두를 선물 받으면, 그 맛이 자기가 원하는 것과 미세하게 다르고 원산지가 선호하는 곳이 아니더라도 아무 말 없이 감사하게 받지 않아? 선물이니까. 그런데 당신은 커피를 봉지가 반쯤 빌 때까지 마시고는, 뒤늦게 전화를 걸어서 굳이 말을 하고 있어. 제가 사실은 좋아하는 원두가 따로 있는데요, 라면서. 그러면 내가 대체 어떻게 반응해야 하지? 파티를 열어줘야 해? 내가 왜?

팀장님은 한숨을 쉬었다.

그가 그렇게 말하는데, 그제야 조금 알게 됐어요. 내가 나라는 존재를 설명하는 것만으로 이 사람에게는 상처라는 걸. 감정은 논리와는 별개이고 그건 어쩔 수 없다는 걸. 미안했지만 미안하지 않았고, 그러면서도 미안한 마음이 들더군요. 제가 늦게 깨달은 저라는 존재는, 그와 나 가운데 한 사람의 잘못으로 결론 내려질 수밖에 없다는 걸 알았어요. 그게 마음에 들지 않았지만 어쩔 수가 없었어요. 그리고 조금 다른 차원에서, 내가 이런 나를 내보이면서 어떤 커뮤니티에서 이야기를 한들, 그 사람들도 제각기 버거워질 수밖에 없을 거라는 생각을 했어요. 어쩌면 효주 씨도 그렇겠죠.

저요?

네. 이해해야 한다고 애써 생각하고 있잖아요.

음, 별로 그렇지는 않은데.

그래요?

네, 나는 대답했고, 조금 생각한 뒤에 천천히 말했다.

이해하고 싶지만 사실 다는 이해하지 못하겠다고. 나는 이성애 결혼이라는 것을 모르고, 이혼이 얼마나 어려운지도, 나보다 앞서 살아간 사람들의 삶의 조건들에 대해서도 모르니까 뭐라고 할 수 없다고. 그렇지만 내 안에도 내가 이성애자가 아니라는 걸 알게 된 순간부터, 나는 하고 싶더라도 할 수 없는데 그들은 할 수 있는 결혼이라는 제도에 대해 생긴 박탈감은 당연히 있다고. 내가 다른 모든 퀴어들을 대표해 어떤 판단이나 판정을 내려주기 바라셨다면, 혹은 달콤한 말을 해주기 바라셨다면, 미안하지만 그런 건 할 수 없다고. 나는 나일 뿐이고, 팀장님을 조금이지만 아는 사람이어선지, 혹은 다른 이유에선지 이 이야기가 그렇게 부담스럽지는 않았지만, 다른 사람들은 그렇지 않을 수 있고, 그것에 대해 나는 할 수 있는 말이 없다고. 다만 자신이 잘못된 존재라는 생각 속에 너무 오래 머무르진 마셨으면 좋겠다고. 그런 생각은 우리를 어디로도 데려가주지 않고 단지 병들게만 할 뿐이니까. 무척 냉정하게 말했지만, 실은 어디서 이런 용기가 나왔을까, 말하면서도 그렇게 생각했다.

네, 그래야 한다는 건 알아요.

팀장님은 그냥, 누군가에게 말하고 싶으셨던 거잖아요?

그랬나 봐요. 그런 마음, 이제 없어진 줄 알았는데.

저는 들었어요. 그걸로 된 거죠.

그렇게 말하며 나는 다시 데브를 생각했고, 내가 다시금 연기를 하고 있는 건 아닐까 생각했다. 그 애에게서 듣고 싶었던 어조를 사용해서, 그 애가 내게 지어주었으면 했던 평온하고 차분한 표정을 하고, 나는 팀장님에게 말을 하고 있었다. 하지만 그 말들 속에 거짓은 없었다. 진심이 아닌 것은 없었다. 데브가 나였고 내가 데브였다면? 그랬다면 나는 지금처럼 말할 수 있었을까? 그런 가정은 부질없다. 나는 오직 나로서만 살아 있을 수 있고 어떤 말들을 할 수 있다.

그래서 그 무지개 케이크는 안 드신 거예요, 결국?

갑자기 이상하게 눈물이 날 것 같아서, 나는 정신을 차리려고 물었다. 팀장님은 쓴웃음을 짓더니 대답했다.

아뇨, 먹었어요, 혼자 가서.

아.

생각보다 맛은 없었어요. 색깔만 예뻤지.

그게 좀 그렇더라고요. 달기는 한데.

그래도 고마웠어요. 계속 피하고 버려두기만 하고 싶지 않아서, 혼자 매장에 가서 커피랑 먹었어요. 먹으면서 생각했어요. …… 퀴퍼에 가자고. 제가 정말로 하고 싶은 건 그것뿐이었거든요. 퀴어라고 불리는 거? 저와 같은 다른 사람들을 만나는 거? 커뮤니티에서 활동하는 거? 그런 것들을 저는 원하지 않아요. 그냥…… 퀴퍼에 와보고 싶었어요. 제가 이성애자라고 여겼을 때는 남의 잔치라고 생각했고, 정체화를 한 뒤에도 그 생각이 사라지지는 않았지만, 어쩌면 나는 아무에게도 인정받을 수 없겠지만, 내가 그냥 나를 인정해주자고 생각했어요. 두 개의 정원을 가진 나를 더 이상 미워하지 말고 사랑해주자고. 1년에 딱 하루만 내 모습 그대로 거리를 걷자고. 그래서 혼자 온 지 3년째예요. 효주 씨를 만나게 될 줄은 정말 몰랐어요. 당황했죠? 제가 너무…….

팀장님.

네?

미안하다는 말 또 하시려고 그러죠. 그러지 마세요. 제가 지금부터 할 얘기가 되게 길거든요? 그걸 그냥 들어주시면 돼요. 중간에 끊지 마시고.

아, 네, 그래요, 팀장님은 말하면서 조금 웃었다. 나는 이야기를 시작했다. 술을 더 시켰고, 이야기 중간중간 바깥으로 나가 담배를 피우며 기지개를 켰다.

처음에는 데브의 이야기라고만 생각했는데, 하다 보니 꼭 그렇지만은 않다는 걸 깨닫게 됐다. 정원에서의 행복한 기억은 많지 않았지만, 나에게는 아주 많은 사람들이 있었다. 나를 사랑하고, 내가 사랑한 사람들이. 중학교 때 여름방학 내내 붙어 다니다가 내가 말도 없이 연락을 끊어버리는 바람에 당황해서는 평소에 잘 쓰지도 않던 욕설이 가득 든 편지를 내게 보냈던, 같은 동네에 살던 긴 머리 아이의 얼굴이 떠올랐다. 그게 뭔지도 정확히 몰랐을 텐데, 아무에게도 말할 수 없는 분한 마음을 그 아이는 어떻게 견뎠을까. 내가 아무래도 너를 편애하는 것 같은데 그래서는 안 될 것 같아, 효주야, 지금부터 내가 너한테 거리를 둘 텐데 너무 섭섭하게 생각하지 마, 하고 교무실 한쪽으로 나를 불러 말했던 고등학교 영어 선생님의 얼굴도 떠올랐고—선생님 죄송하지만 그건 편애가 아니라 사랑이었습니다, 저는 알고 있었고 그래서 섭섭하지 않았어요, 나는 기억 속 그분에게 말하고 싶었다—내가 처음으로 오랫동안 짝사랑했던 편의점 알바생 언니와 그 언니 때문에 수도 없이 사 먹었던 맛없는 편의점 도시락들도 종류별로 생각났다. 처음으로 게이다가 작동했던 날, 처음으로 나 레즈야, 말했던 날, 처음으로 미안해 나 레즈가 아닌 것 같아, 말했던 날들이 차례차례 떠올랐고…… 내 입을 통해 흘러나왔다.

효주 씨는, 젊구나 역시.

왜요?

나는 그렇게 강렬한 마음은 이제 안 일거든요. 기쁨이든 슬픔이든, 미움이든 간에.

그러면 조금 더 편한가요, 예전에 비해?

많이 편하죠. 어쩌면 비겁한 것일 수도 있지만. 원해도 원하지 않아도 타인보다 자신을 훨씬 사랑하게 돼요. 효주 씨는 데브 씨보다 자신을 더 사랑하는 자신이 미웠다고 했죠. 그렇지만 더 이상 밉지 않고, 그게 이상하지도 힘들지도 않고, 지극히 자연스러워지는 날이 올 거예요. 그때가 되면 정성을 갖고 시간을 들여 자신을 가꿔주게 돼요. 늙음은 차별하지 않고…… 누군가를 무시하고 지나치지도 않죠. 시간이 빨리 가기 시작해요. 정원 가위를 가지고 시든 부분, 더 이상 작동하지 않는 부분, 죽어서 잘라내야 하는 부분들만 손질해도 금세 하루가 간답니다. 잘라내도 아픔이 느껴지지 않아요. 잘라낸 자리에서 처음 보는 조그만 꽃눈이 고개를 삐죽 내밀기도 하죠. 그건 좋은 일이고, 일단 받아들인 다음엔 재미도 있지만…… 젊음은 아주아주아주 짧고, 그렇게 엄청난 초록빛이 몰아치는 여름은…… 어느 순간부턴 간절히 바라도 오지 않고, 어른이 되어버리면 겨울은 생각보다 길고 추워요. 한번 닫혀버리면 열리지 않는 문도 있고요. 효주 씨는 데브 씨를 아주 많이 사랑한 것 같아서, 지금의 저는 그 마음이 참 부럽네요, 순수하게요.

그때 전화가 걸려왔고, 팀장님은 딸과 통화를 했다. 남편과도 짧게 통화를 했다. 그러고는…… 안주를 더 시키면서 내게 냅킨을 가져다주었다. 나는 눈물을 닦고 코를 풀고, 지갑을 화장실에 가져가 명함을 꺼냈다. 회사 이름 밑에 기획팀 최효주, 라고 적힌 빳빳한 명함을 들여다보면서 나는 나에게 말했다. 효주야 정신 차려, 너 이 회사 계속 다녀야 되거든. 오버하지 말자, 제발. 하지만 한편으로는, 이미 늦었으며 망해버렸다는 생각도 들었다. 내 안에는 쌓여 있던 말들이 너무도 많았고, 갑작스럽게 댐이 터져버린 것처럼 그것들은 내 사정을 봐주지 않고 밀려나오고 있었으니까. 나는 거울을 보며 헤헤…… 하고 코를 훌쩍였다. 옆에서 손을 씻던 여자가 나를 쳐다보았고 서둘러 문을 열고 나가버렸다.

*

우리는 자리를 옮겼다. 2차로 간 바에서는 데브가 좋아하던 노래가 나왔다. 나는 고개를 숙이고 조용히 따라 불렀다. 이 노래 알아요? 되게 옛날 노랜데, 팀장님이 물었다. 나는 기다렸다는 듯, 걔가 좋아하던 노래였어요! 대답했다. 정말 기다렸다는 듯. 한참 바보같이 헤헤거리며 얘기를 하고 얘기를 듣다가, 팀장님이 계산을 했고, 우리는 밖으로 나왔다. 공기는 시원했지만 술은 안 깼다. 팀장님이 조금 비틀거리며 괜찮냐는 눈으로 나를 보았다.

팀장님!

네.

제가 나쁘죠. 나쁜 년이죠?

아뇨, 효주 씨는 나쁜 년 아니에요.

아니, 그러니까, 제가 나쁜 년이잖아요.

아니라니까! 그런 말 하지 마!

팀장님이 목소리를 높였다. 나는 술에 취해 웃으면서, 아 시원해, 정말 속이 시원해, 생각했다. 제가 나쁜 년이죠! 그동안 나는 누군가에게 너무나 이렇게 묻고 싶었고, 너무도 아니라니까! 하는 말을, 허공에 뿌려지는 그 대답을, 듣고 싶었다. 설령 그것이 진실과는 거리가 멀다고 한들, 오늘 밤 쥐어짜낸 자기연민으로 내가 강요해 얻어낸 사탕발림이라 한들, 모르겠다, 나는 듣고 싶었다 이걸, 너무나 듣고 싶었다. 그게 나였다. 데브야 듣고 있니. 나는 여기서 이렇게 소리치고 있고 더 이상 죽고 싶지도 무리해서 행복해지고 싶지도 않아. 나는 그냥저냥 살아갈 거고 가끔은 오늘처럼 웃기고 유치한 영화를 찍을 거고 낯선 사람의 어깨에 기대 속을 털어놓았다가 후회하기도 하면서 조금씩 더 괜찮아질 거야. 너 없이.

고개를 들어보니 팀장님은 택시를 호출하고 있었다. 집에 갈 시간이었다. 휴대폰을 두드리는 팀장님의 동작을 보니 갑자기 정신이 들면서 현실감이 밀려들었다. 이상한 하루가 지나가고 있었다. 지루하지도 무료하지도 않았고, 슬프거나 비참하지도 않았으며, 뜻밖에도 많이 즐거웠지만, 몹시…… 창피했다. 내가 무슨 짓을 한 걸까. 모르겠다. 이제 어쩔 것인가. 모르겠다. 팀장님이라고 별수 있을까. 우리가 어쩔 수 있는 것은 별로 없었다. 우리는 회사를 그만둘 수도, 이혼을 할 수도, 누군가에게 인정받고 싶다는 마음을 끝끝내 숨길 수도 없었다. 아무것도 증명하지 않아도 좋을 만큼 혼자서 꼿꼿이 자유롭지도 못했고, 헤어진 지 1년이나 된 애인을 잊을 수도 없었다. 하지만 내일이 되면 자신에 대한 미움 없이 오늘을 떠올릴 수 있고, 쑥스럽게 웃으며 해장을 할 수 있을 것이다. 그리고 월요일에는 빛나는 이성으로 민망함을 극복하고 특별히 잘난 건 없지만 딱히 떨어지는 데도 없는 기획자로, 영어까지 잘하는 디자이너로 돌아가 하루를 잘 보내려고 애쓸 것이다. 팀장님, 얼마나 다행인가요. 팀장님이 결혼한 분이어서. 우리가 서로의 취향이 아니어서. 죄송해요, 이런 순간에 이런 생각을 하고 있어서. 나는 얼굴이 조금 달아오르는 걸 느끼며 풀린 운동화 끈을 고쳐 묶었다.

잡힌 택시가 오기를 기다리는 5분 동안 뭔가 마무리 멘트를 해야 한다는 생각이 들었지만 마땅한 말을 도저히 찾을 수 없었다. 무엇을 말해도 낯간지러울 것 같았고, 후회하게 될 것 같았다. 그래서 말하지 않기로 했다. 하지만 알 수 있었다. 팀장님과 나는 아무 약속도 하지 않을 것이고, 이만큼의 친밀함을 주고받았음에도 특별히 더 가까워지지도 냉담해지지도 않으리라는 걸. 다만 언젠가 혼자 온 퀴퍼에서 행진 대열에 섞여 각자 걷다가 오늘처럼 또 마주치게 될지도 모른다는 생각은 했다. 언제나는 아니겠지만, 언젠가 그런 날에, 우연이 허락하고 동행이 따로 없다면 함께 걷겠느냐고 물을 수 있을 것이다. 팀장님이 그렇게 묻는다면 나는 기쁘게 고개를 끄덕일 생각이었다.

그때 택시가 도착했고, 문이 열렸다. 나는 서둘러 인사를 하고 뒷좌석에 몸을 밀어 넣었다. 문이 닫혔고, 유리 너머로 동그란 안경을 쓴 팀장님의 얼굴이 한순간 보였다가, 빠르게 멀어져가기 시작했다.

작가 노트

이런 이야기가 받아들여질까요? 모르겠습니다. 어떻게 써야 겠다는 생각보다 이런 이야기가 받아들여질지 아닐지를 먼저 생각하게 되었습니다. 이 이야기를 쓰기 전, 리타 메이 브라운의 《루비프루트 정글》을 읽었습니다. 거기에는 이런 대사가 있었습니다.

"왜 모두들 항상 사람을 틀에 욱여넣고 못 나오게 하려고 하지? (…) 난 나야. 그게 내 전부고 내가 되고 싶은 것도 그게 전부야. 내가 꼭 뭐가 되어야 해?"

저는 이 대사가 멋지고 근사하다고 생각했습니다. 하지만, 동시에 모두가 그런 대사를 할 만큼 단번에 강하고 멋져질 수는 없다는 생각도 들었습니다. 우리는 누구의 인정도 필요 없다고 종종 말하지만 그럴 때조차 말없이 인정받고 싶어 하고, 환영받지 못할 것을 알면서도 때때로 자신을 드러냅니다. 아무도 물어보지 않는 자신의 진정성을 증명하고 싶어 합니다. 어딘가에 기대고 싶어 하고, 자신이 어디에도 들어맞지 않는다고 느끼면 힘들어합니다. 그런 게 인간이라고 저는 생각합니다.

나이가 들어갈수록 누군가를 마주 보고 모든 것을 공유하고 같은 점과 다른 점을 견주어보기보다 조금 떨어진 채 같은 방향을 바라보며 서 있는 관계가 편하고 소중하다고 느낍니다. 실은 전혀 같은 것을 보고 있는 게 아닐 수도 있겠지만요. 레이와 효주는 같은 방향을 보고 서 있는 것일까요. 그들 사이에 있는 벽을 부정하고 싶지도 쉽게 깨트려버리고 싶지도 않다는 마음으로 썼습니다.

윤이형

2005년 중앙신인문학상으로 등단했다. 소설집 《셋을 위한 왈츠》 《큰 늑대 파랑》 《러브 레플리카》 《작은마음동호회》, 중편소설 《개인적 기억》, 청소년소설 《졸업》, 로맨스소설 《설랑》 등이 있다. 문학동네 젊은작가상, 문지문학상, 이상문학상을 받았다.

에디 혹은 애슐리

어린 시절, 나는 완벽하게 행복했다. 하지만 열두 살 생일이 다가오자 한 가지 소망을 품게 되었다. 생일이 오면 원래대로 돌아갈 거라고. 주일마다 찾아뵙는 하나님이 나에게 혼란을 사라지게 해주실 거라고. 소망이 이루어지기는커녕 잠이 시들어버렸다. 열두 살 이후 나는 한 번도 불면증에서 벗어나본 적이 없다.

그렇지만 주님은 신묘하시다. 내 몸을 바꾸는 대신 세상을 바꾸어버렸으니까. 나는 생각했다. 이 시간은 나를 위해 하느님이 마련하신 새로운 에덴이라고. 100년 동안 시간이 정지했기 때문에 나는 여한 없이 퀘스처닝을 누릴 수 있었다. 그러니까 하느님은 내게 불완전한 신체와 질문할 100년을 주신 것이다.

아마도 앉아서 오줌을 누고 싶어진 일곱 살부터가 아니었나 싶다. 내 몸과 영혼이 뭔가 맞지 않는다고 생각한 것은.

나는 부모님을 관찰했다. 그분들을 관찰하면 내 DNA의 비밀이 풀리기라도 할 듯이. 두 분 다 내가 겪을 만한 일을 겪었을 것 같지가 않다. 아버지는 남자다웠고 어머니는 여자다웠다. 아버지는 '아버지'라고 부를 때 흔히 떠올릴 만한 전형성을 가진 사람이다. 말수는 적은 편이고 가족을 부양하는 가장이라는 명분에 안도하면서 내면의 많은 부분을 어머니에게 의지하는 사람, 그런 자신에게 자부심과 진절머리를 동시에 느끼는 사람이었다. 어머니는 따뜻하고 산뜻했다. 전업주부지만 살림살이는 건성으로 한다. 그녀의 주업은 살림이 아니라 나를 데리고 노는 것이었으니까. 원래부터 몸이 약했던 어머니는 나를 낳고 더욱 쇠약해져서 보통 사람 절반 정도의 체력밖에 없었다.

나의 행복은 열두 살부터 문이 서서히 닫히기 시작해 어머니가 돌아가시던 열일곱 살에 완전히 닫혀버렸다. 절망에 빠진 아버지와 나의 혼란만 남겨졌으니까. 아니, 그것은 혼란이 아니라 차라리 '확신'이라고 불러야 하는 것이었다. 유년의 문이 닫히고 어른이 되는 문은 아직 열리지 않았는데 지구상에서 가장 외로운 청소년기를 겪을 수밖에 없는 10대의 나, 그 시기의 불안은 어떤 말로도 표현할 수 없을 것이다.

내 몸은 무섭게 자라나는 중이었다. 특히 말단 부분이 그랬다. 눈썹 뼈, 턱, 손가락과 발가락, 어깨가 누군가 잡아채 늘이기라도 하는 양 툭툭 불거지고 있었다. 이상한 나라의 앨리스처럼 늘어나는 몸을 속수무책으로 보고만 있으니 겁이 났다. 이러다 큰일 나겠어, 영영 돌이킬 수 없을 것 같아. 어쩌면 좋지? 어머니가 병과 마지막 사투를 벌일 즈음 압박감을 못 견딘 나는 충동적으로 고백하고 말았다.

"엄마, 난 사실 아들이 아니라 딸일지도 몰라요."

털어놓는 즉시 후회가 밀려왔다. 왜 사람은 마지막이 다가오면 진실을 털어놓게 되는 것일까? 어머니는 투병 막바지였는데 나는 그 짐을 더 무겁게 만들고 말았다.

"알고 있어."

우리 중에 놀랄 사람은 그녀가 아니라 나였다.

"그걸 이제 알았니?"

어머니는 링거가 꽂혀 있는 손을 힘겹게 들어 올려 내 얼굴을 어루만졌다. 목덜미를 반쯤 덮는 긴 머리, 깔끔하게 다듬어놓은 눈썹, 컨실러로 감춘 여드름 자국, 립글로스를 바른 입술. 교복 바지를 입고 있고 남자의 신체로 가리고 있지만 그 안에 들어 있는 영혼의 이목구비를 더듬는 것처럼. 어머니는 한쪽 볼에만 생기는 나의 보조개를 손가락으로 쿡 눌렀다.

"너는 엄마라는 존재가 뭔지 몰라…… 내가 너보다 너에 대해 더 많이 아는 건 놀라운 일이 아니란다."

어머니는 크고 벅찬 문제일수록 납작하게 눌러서 당장은 버틸 만한 것으로 바꾸어놓는 편이 좋다고 일러주었다.

"좋아, 에디. 너 혹시 내가 불러줬으면 하는 이름도 있니?"

"애슐리요."

사실 여자 이름 따윈 지은 적이 없었다. '내가 남자가 아닌 것 같다'라는 인식이 곧장 '아무래도 여자 같다'로 이어지지 않았기 때문이었다. 그런데도 질문을 받자 대답이 저절로 나왔다. 애슐리는 어린 시절 나의 애착 인형이었다. 부드럽고 푹신하고 모든 면이 곡선인 사랑스러운 토끼 인형.

"그럼 애슐리, 쉽지 않겠지만 문제를 하나씩 풀어보자. 우선 엄마의 건강 문제. 난 틀렸어, 입원을 하면서 이번이 마지막이라는 것을 직감했다. 하고 싶은 대로 한 편이라 삶에는 별 미련이 없어. 다만 네가…… 두 살 때 널 목욕시키다 떨어뜨려서 큰일 날 뻔한 적 있는 거 아니? 화상을 입을 뻔한 적도 있었지. 엄마가 그렇게 실수투성이었는데도 흉터 하나 없이 자라다니, 넌 기적이야."

어머니는 내가 기적이라고 했다. 나는 내가 괴물이라고 생각하는데 말이다.

"죽을 때가 되니까 내 아이의 그 어떤 것보다 불면증이 더 마음에 걸리더구나. 네가 소수에 속하는 것은 큰 문제도, 잘못도 아니야. 엄마는 전부터 이런 순간이 올 거라고 짐작하고 있었어. 어릴 때부터 넌 식탐이 없는 대신 잠이 많은 체질이었는데 언제부터인가 불면증이 되어버렸지. 그건 날 닮은 것 같다. 나도 평생 수면제 신세니까."

어머니는 힘이 부치는지 숨을 천천히 몰아쉬었다. 그러고는 준비한 말을 쏟아 넣기에는 기력이 없어 실무적인 본론부터 꺼내려는 사람처럼 어조를 바꿔 말을 이었다. 나를 위한 선물이 담겨 있는 서랍 한 칸에 대한 이야기였다.

"다른 건 별거 아니고 맨 아래 통장이 하나 있어. 혹시라도…… 수술을 받아야겠다면 힘들게 돈을 모을 필요는 없어. 수술비를 마련하느라 학교를 그만둔다거나 원하는 걸 포기하지 말라는 소리다. 엄마는 네가 원하는 삶으로 가봤으면 좋겠다. 잠도 잘 자고, 애인도 생기고, 애인이랑 싸우기도 하는 뭐 그런 삶 말이야."

몇 년 후 죽음이 사라진 세상이 오자 어머니처럼 먼저 떠난 사람들은 부러움의 대상이 되었다. 그들은 자기 몫의 인생을 온전히 완수했고, 마지막 페이지를 닫을 권리도 있었다.

남은 사람들은 그렇지 않았다.

나는 고향에서 가장 먼 도시를 골라 대학에 진학했고 졸업 후에도 거기에 머물렀다. 아버지에게는 배낭여행 중이라고 둘러댔지만 다른 의미에서 아주 먼 여행을, 한번 떠나면 돌아올 수 없는 여행을 하고 있었다.

머리를 길렀고 호르몬제를 맞았다.

나는 애슐리를 인큐베이팅하는 중이었다. 동시에 내 안에 들어 있는 영혼이 정말 애슐리가 맞는지 확인해야 했다. 내가 확고하게 여성임을 확신했다면 정체화 과정이 빨랐을 것이다. 그러나 내 욕망은 희미하거나 불분명한 지점이 있었다. 괴로운 나머지 목사님에게 상담을 요청한 건 실수였다.

"하나님은 정확히 그분이 원하시는 모습으로 당신을 만드셨습니다."

목사님은 이렇게 운을 뗐다. 나는 그 말에 담긴 의미를 몰라 어리둥절하게 바라보았다. 지금 이 모습이 신께서 원한 내 모습이라는 말인가? 목사님은 내게 미소를 지어 보였다. 모든 것을 포용하는 저 표정은 교인들이 사랑하는 그의 상징과도 같은 미소였다.

"인간을 남자와 여자로 만드셨죠. 그것은 유전적으로 확정된 것입니다. 생리학이고, 과학이고, 현실입니다. 생물학적으로 타고난 성별이 자신에게 맞지 않는 것 같다는 생각은 하나님을 모욕하는 문화의 산물입니다."

나는 다급히 그의 말을 막았다.

"하지만 저는 문화의 산물이어서가 아니라 실제로 그래요. 남자인지 여자인지 어느 쪽도 100퍼센트 확신이 들지 않아요. 그래서 여자가 되는 것에 두려움을 느끼고 있습니다. 목사님이 보시기엔 제가 어때 보이나요? 저와 같은 사람에게 하나님이 뭐라고 말씀하실까요?"

"성전환 수술은 하나님이 당신을 만드신 모습을 끝장내는 것을 의미합니다. 성전환을 하면 가정을 이룰 수 없고 미래도, 소속감도 없습니다. 한마디로 존재하기를 멈추는 것입니다. 당신이 그분이 주신 성을 바꾼다면 그것은 그분의 절대주권에 도전하는 행위가 될 것입니다."

정치적으로나 사회적으로나 진보 인사로 분류되는 그가 내게 '선고'를 내리고 있었다. 방학마다 매일 예배를 드리고 필사적으로 신에게 매달리는 내가 반역죄를 짓고 있다고 말이다.

"그럼 저와 같은 사람들은요? 하느님은 왜 저를 이렇게 태어나게 하셨나요? 저는 애초에 이렇게 태어났는데, 목사님은 눈앞에 엄연히 있는 저를 존재하지도 않는 사람처럼 말씀하시네요."

"천지창조 시기에 유전자는 완벽했어요. 눈에 보이는 세상이 끝나면 다시 하느님의 시간으로 도래합니다. 복음을 거부하는 자에게는 영원한 분리가 기다리고 있을 겁니다. 성전환을 감행한다면 당신은 멸망의 왕 사탄의 운명처럼 파멸할 수밖에 없어요. 유혹을 이겨내야 합니다."

"유혹이 아니라 진실이에요!"

"다시 한 번 말씀드리지만, 하나님은 그분이 원하는 모습으로 당신을 만드셨습니다."

나는 조용히 교회를 떠났다. 그러면서 생각했다. 창녀와 세리를 옆에 앉혔던 예수가 내 눈에 흐르는 눈물을 보았더라면 세 번째 자리에 불렀을 거라고. 더 이상 교회에 가지 않지만 나는 여전히 신의 존재를 믿는다. 나는 간절하기 때문에, 기도가 필요한 사람이기 때문에, 밤마다 불면의 악몽으로 어둠을 볼 수밖에 없는 상태였기 때문에 신이 필요했다. 내 기도의 목적어로서 신이 필요했다. 이 우주에서 가장 신이 필요로 하는 사람은 나와 같은 사람, 기도할 일이 아주 많이 벌어지는 사람들이다.

고환 제거술을 할까 말까 고민하고 있을 때 아버지에게 여자가 생겼고, 내 이복동생을 임신했다는 소식이 전해졌다. 심란한 마음으로 축하 전화를 했더니 아버지는 기쁨을 감추지 않고 들뜬 목소리로 받았다. 어차피 지금 이 모습을 보여줄 수도 없었지만 두 번째 인생으로 나아가는 아버지도 구태여 나를 찾지 않았다.

그에게는 멀쩡한 자식이 생길 것이다. 언젠가 손자나 손녀를 안아볼 기회도 있을 것이다. 외동인 내가 유전자를 물려줄 기관을 불임으로 만들어버렸는데, 아무것도 모르는 아버지는 생물학적인 위기를 잘 넘긴 셈이다. 이복동생의 존재는 나의 고립감을 확고하게 만들었지만 한편으로 자유롭게 풀려난 느낌도 주었다.

거울 속의 내 얼굴에서 어느 정도 남성성이 가시자 굳이 의학적 트랜지션을 서두를 필요가 없다는 생각이 들었다. 내가 느끼는 위화감은 그저 영혼과 육체의 핏감이 안 좋다, 이 몸이 내게 딱 맞지는 않다는 정도의 껄끄러움이었다. 나는 내 몸에 몰두하는 것을 그만두고 세상으로 눈길을 돌렸다.

* *

끝나지 않는 여름이 시작되었을 때 수술을 앞두고 있던 내 친구는 '하필 여름'이라면서 아쉬워했다.

수술도 겁나는데 수술 후에 덧날까 봐 더 겁이 난다는 것이다. "걱정 마, 친구야." 내가 말했다. 하루살이조차 죽지 않는 세상에서 상처가 아무는 것이 오래 걸린다 한들 무슨 문제냐고 말이다. 우리는 에덴에서 살아가는 천사와 비슷한 존재니까.

물론 눈앞의 세상이 낙원처럼 보이지 않는다는 것은 나도 잘 알고 있다.

인간의 시간은 지금까지 이런 식으로 구성되어 있었다. 아이는 엄마가 낳는다. 낳은 아이를 부모가 키운다. 아이들은 학교에 간다. 어른들은 직장에 나가 돈을 번다. 10대에는 꿈, 20대에는 사랑, 30대에는 일, 40대에는 돈, 50대에는 명예, 60대부터는 건강과 웰다잉을 주축으로 삶의 주요 일정을 짠다…… 이 모든 질서가 열기구를 타고 높은 데서 땅을 내려다보듯 아득하게만 느껴진다.

이 문제는 처음에 기상이변으로 다뤄졌다. 폭염이 수그러들 기미가 보이지 않고 여름 꽃들이 지지 않는다는 것. 달력이 한 장 넘어갈 때까지 절기가 바뀌지 않는 현상으로 보였다. 시간이 더 지나자 증거들이 쏟아졌다. 어떠한 곤충도 죽지 않고, 어떠한 식물도 일정 크기 이상 자라지 않았다. 생물학적 지표들은 속내를 감추고 겉으로는 능글맞은 웃음을 짓는 것처럼 두드러지지 않은 완만한 그래프를 보였다. 시간은 흐르는 것같이 보였지만 실제로는 여름 밖으로 나가지 않았다. 만물이 정지하자 그 속에 갇힌 사람들은 놀라운 사실을 깨달았다.

어떠한 인간이 태어나지 않는다는 사실.

병과 노화가 진전되지 않는다는 사실.

아이들이 자라지 않았고 노인들은 죽지 않는다는 사실.

이 현상이 일시적일 것이라 생각하고 부정했던 사람들도 점차 일상에서 발을 빼기 시작했다. 100년의 초기에는 끔찍한 일들이 많이 벌어졌다. 사람들이 과격한 방식으로 흐르지 않는 시간을 확인하려 했기 때문이다. 시도의 상당 부분이 폭력이었기 때문에 약탈과 방화, 소요가 끊이지 않았다. 더 이상 학교에 가지 않는 아이들과 더 이상 직장을 다니지 않는 성인들이 몰려나와 정체불명의 덩어리를 이루며 유혈사태를 벌였다. 그러나 아무리 폭력적인 일이라 해도 개미 한 마리 죽일 수 없었기에 본질적으로는 '소동'에 불과했다.

나는 마음껏 혼란을 누리며 불온한 공기를 깊이 들이마셨다. 나의 농도와 세상의 농도가 처음으로 맞아 떨어지는 느낌이었다. 모든 사람이 다 겪는 혼란을 겪는 척하는 것도 즐겁고, 내 방황이 평범한 느낌을 주는 것도 좋았다.

그러나 실상 나는 어느 때보다 주체적으로 행동했고 용의주도했다. 여러 젠더를 횡단하며 천천히 실험해보자. 한 번에 하나의 젠더씩 입어보자는 결심을 한 것이다. 이곳저곳을 떠돌며 사람들을 만났고 남자 옷과 여자 옷도 마음껏 입어보았다. 도박사, 복화술사, 축제기획자, SF작가, 연설가가 되어보았고 그때마다 젠더와 이름도 수십 번 바꾸었다. 매일매일 코스튬 의상을 고르듯 지내면서도 내가 나로 남을 수 있던 것은 변함없는 강력한 정체성, 불면증 환자기 때문이었다. 나는 여전히 잠을 이루지 못했고 캄캄한 밤하늘에 불안의 물감을 풀어놓다가 아침을 맞기 일쑤였다. 시간이 멈춘 세상에서 불면증을 겪는다는 것은 늘어난 시간이 두 배로 늘어나는 형벌이 아닐 수 없다.

지칠 때까지 쏘다니다 우연히 아버지의 가족과 마주친 적도 있었다. 아버지와 새어머니, 새어머니의 품에 안긴 어린아이의 모습은 오래전 나와 내 어머니가 함께 만들었던 그림과 유사해 보였다. 그러나 이제는 나를 빼고 완전해진 그림이었고, 내가 상실한 것이 무엇인지 드러내는 증거이기도 했다.

나를 교회에서 몰아냈던 목사의 행방도 수소문해보았다. 내 고민을 루시퍼의 유혹이라고 단정 짓던 그는 텅 빈 요양원에 있었다. 한때 만 명의 성도를 이끌던 목사는 알츠하이머로 인해 은퇴할 수밖에 없었는데, 돌봐줄 신도들이 달아나버린 다음에도 목이 빠지게 식사를 기다리는 중이었다.

아버지의 새 가족을 보고 나서인지 알 수 없는 복수심이 치밀었다. 깡통 스프를 데워 주자 목사는 허겁지겁 먹었다. 교회도 구원도 없는 세상에서 그는 오직 음식만 탐하고 있었다. 목사의 멍한 눈동자를 들여다보며 속으로 말을 걸었다. 이 안은 텅

비어 있군요. 아무것도 들어 있지 않은 옷장 같은 것이죠. 그런데 보세요. 나는 꽉 차 있어요. 혼란으로도, 기쁨으로도, 절망과 희망으로도요. 멈추지 않고 퀘스처닝 중이죠. 나는 계속 나아갈 거예요.

이 여름에 갇혀 있는 많은 사람들처럼 나 역시 망상에 빠져 있다. 모든 혼란이 나로 비롯된 것이며, 내 정체화가 끝나 답안지를 쓸 수 있다면 시간의 마법이 풀려날 것이라는 망상이다. 생사에서 벗어난 인간들 다수가 메시아주의에 빠져 있지만 나의 구원은 조금 달랐다. 시스젠더에서 바이젠더로, 트랜스 여성으로, 팬, 멀티, 안드로진으로 계속 나아가며 감정과 진심에 충실했지만 이것이 진짜 나라는 확신을 가질 수 없었다. 내가 진짜 사랑을 만나지 못해서 그런 거라고, 한 친구는 그렇게 해석했다. 나는 그 말에 쓴 웃음을 지으며 속으로 동의하지 않은 수 없었다. 많은 연인을 만나고 여러 종류의 섹스를 해봤지만 언제나 나에게 열중하는 것을 멈출 수 없다. 그러다 보면 연인은 떠나고 그 이유에 대해 백 가지쯤 늘어놓는 나를 발견하지만 결국 또 다른 사랑을 찾아 나서는 것이다.

젠더는 한 시절 잘 입고 다음 계절이 오면 맞지 않는 것처럼 변했다. 가을이 왔는데 더 이상 여름옷으로 버틸 수 없는 것처럼, 다른 영혼이 되었기 때문에 다른 젠더가 필요한 것이다. 내 영혼은 오랫동안 단벌로 버텼으니까. 너무 춥고 단조로웠으니까. 여러 옷을 전부 다 입고 싶은 것은 어쩌면 자연스러운 일이다.

죽지 않는 세상에서 여전히 시스젠더로 남아 있는 소수의 사람들이 더 신기했다. 어떻게 아무런 의심 없이 주어진 성별대로만 살 수가 있지? 그게 진짜 자신이라는 것을 무엇으로 확신하지? 내게 젠더는 하나의 나이테에 불과했다. 가끔씩 꽃 색깔이 바뀌고 열매를 맺지 못하는 때도 있지만 나는 더 큰 나무가 되고 있었다.

문제는 여러 젠더를 횡단할수록 '어디에서 어디론가 건너가는' 중인 자체가 나의 젠더처럼 여겨진다는 것이다.

내가 좋아하는 작가 토마스 베른하르트는 어느 책에서 이와 유사한 상태에 대해 쓴 적이 있다. 도시에 있으면 못 견디게 시골로 가고 싶고, 막상 시골에 가서 지내다 보면 숨 막히게 도시로 가고 싶어지는 것, 완벽하게 행복한 순간은 도시에서 시골로, 시골에서 도시로 가는 이행의 시기에만 존재한다는 역설에 대한 묘사가 오래도록 내 마음에 남았다.

젠더 폭발의 시기가 지나자 내가 그랬다. 대부분의 상태는 지나치는 정거장에 불과할 뿐, 내리고 싶은 역은 아니었다. 나는 애슐리와 에디, 두 곳에만 정차하는 기차와 같았다. 문제는 에디일 때는 애슐리가, 애슐리일 때는 에디가 그립다는 것이다. 나는 항상 나 자신이 그립다. 내가 막 떠나온 남자, 혹은 여자였던 그 자리로 돌아가고 싶어진다.

오래전에 나는 용어들을 좋아했다. 용어를 사용하면 나의 특수함과 절절함, 혹은 적나라함을 가려줄 수 있어서 좋았다. '트랜지션을 할까 말까 퀘스처닝 중이야'라는 말이 '성전환수술을 할까 말까 죽도록 고민하고 있어'를 대체하는 것이 좋았다. 나를 해방시켜준 그 단어들은 내가 단독자의 괴물이 아니라는 것을 깨닫게 해주었고 상상할 수 있는 모든 젠더들은 이미 지구 어딘가에 존재한다는 것을 증명해 보였다. 용어들은 전문적이고, 전문적인 것은 익명적인 느낌을 주었다. 익명-보편-평범과 같은 단어가 내 것이 되기를 얼마나 갈망했던가.

그러나 이제 그럴 필요가 없다. 예전이라면 바이-에이엠브렐라고 자신을 정체화했을 친구와 어울리면서 퍼레이드에 참여했는데 더 이상 용어도, 고민도, 공부도 필요 없다는 점을 깨달았다. 우리는 심지어 '우리'라고 묶을 필요조차 없었다. 상상할 수 있는 모든 일들이 실험되는 세상에서 가장 먼저 젠더가 풀려나온 것은 놀라운 일이 아니다.

* * *

　왼쪽 팔과 오른쪽 무릎을 다쳤다. '고문실'에서 지나치게 즐기다 부상을 입었다. 고문실은 이즈음 유행하는 클럽으로 육체에 여러 가지 고통을 가하며 쾌락을 극대화하는 곳이다. 죽지 않는 세계에서 감각을 확인하는 가장 확실한 방법은 고통밖에 없으므로 많은 사람들이 이런 종류의 클럽에 중독되기도 했다. 불면증이 극에 달했을 때 충동적으로 고문실에 달려가 가장 고난도의 코스를 주문했다. 내가 원한 것은 고통이 아니라 기절이었다. 기절을 해서라도 자고 싶었는데, 엉뚱하게 팔과 다리가 골절되어버렸다.

　고문실에서는 나에게 케어봇을 붙여주었다. 왼손으로 밥을 먹기 힘들어 끙끙대고 있을 때 엔도가 도착했다.

　엔도는 원래 독거노인용으로 만들어졌지만 자가학습력이 뛰어나 자폐증이나 우울증 환자에게도 쓰이고 있다고 한다. 환경에 적응하는 속도도 빨라 광범위한 보급용 케어봇으로 진화된 경우다. 현관 앞에 서 있는 엔도를 본 순간 '누구와 많이 닮았는데……'라는 생각이 들었다. 모든 것을 포용하는 듯한 저 미소는 어딘가 익숙했다.

　"저를 좋아하지 않는군요."

엔도가 감정이 담겨 있지 않은 톤으로 말했다. 트랜지션 시기에 목사가 내게 보이던 말투, 덤덤하고 실무적인 말투를 사용하던 것이 떠올랐다. 로봇의 옷을 입고 내 앞에 나타난 목사와 조우하는 듯했고 불사의 몸이 된 목사를 보는 느낌도 들어 기분이 이상했다. 요컨대 몹시 꺼려졌다는 소리다.

"누군가가 떠올라서…… 저한테 몹시 상처를 준 사람이거든요."

"제가 그 사람을 닮았나요?"

"맞아요. 그분 아들이라고 해도 믿을 만큼 비슷해요. 그분이 훨씬 더 늙었지만요."

"그렇다면 대수롭지 않은 사람이군요. 저는 평범한 인상을 주도록 만들어졌거든요. 아마 그분도 눈에 띄지 않는 사람이겠지요?"

그렇지는 않지만 나는 그냥 웃었다.

엔도는 밀린 설거지와 청소를 하고, 밥을 차려 먹여주고('마더스푼'이라는 특수 기능으로 한 방울도 흘리지 않았다), 상처에 붕대를 갈아주고, 정리된 침구에 나를 눕혔다. 그러면서 컵과 접시를 깨뜨리고, 청소를 하다가 쓰레기통을 엎어버리고, 소독약의 절반을 흘려버리고, 나를 너무 세게 일으키는 바람에 비명을 지르게 했다. 제대로 하는 건 마더스푼 기능밖에 없었는데도 나는 그가 마음에 들었다. 돌아가신 어머니를 떠올리게 했으니까. 살림살이는 엉망이지만 다정하고 너그러워 누구하고도 대화가 잘 통했던 내 어머니 말이다. 부러진 뼈들이 붙어갔지만 어느새 그와 떨어질 수 없게 되었다. 그럼에도 나는 그에게 반말을 사용했고 그는 내게 깍듯이 존대했다. 인공지능보다 생명체가 높은 계급이기 때문이다.

"넌 그 잔인한 목사와 닮은 게 아니었어. 오히려 엄마를 닮았지."

이미 목사에 대해 여러 번 이야기를 털어놓은 바 있다.

"칭찬인 거 같군요. 어머니를 좋아하잖아요."

"물론이지. 어머니를 위해서가 아니라면 누구를 위해 글을 쓰고 그림을 그린단 말이야?"

나는 노트북을 톡톡 치며 말했다. 일러스트가 곁들어진 산문책을 쓰는 것이 최근에 내가 몰두하고 있는 작업이었다.

"너와 있으니 마음이 편해. 엔도가 섹스봇이었으면 벌써 반려로 삼았을걸?"

"추천하고 싶지 않습니다. 로봇 섹스는 적나라하긴 해도 야하지는 않아요."

"농담이야! 그냥 오래 나와 지냈으면 좋겠어. 우리는 얼마나 함께할 수 있어?"

내가 물은 것은 엔도의 수명이었다. 인간이 아니기에 이런 질문을 스스럼없이 던질 수 있다는 것이 편하기도 하고 미안하기도 했다. 인간이 영생의 존재가 되었으니(이때까지만 해도 100년 후에 다시 시간이 흐를 줄 몰랐다) 로봇이 인간보다 더 빨리 멈추게 될 것이다. 엔도를 '소유'하기로 마음먹은 뒤에야 나는 이 아이러니를 깨달았다.

엔도는 연산에 깊게 잠겨 있을 때 내는 소리를 냈다. 주로 상황에 맞는 적절한 감정을 고를 때, 기계적이기보다 인간적으로 공들여 대답할 때 이런 소리가 났다. 비행기가 하늘을 날아갈 때 내는 소리 같기도 하고 바다에서 심해어가 내는 소리 같기도 했다. 데이터에 깊게 침잠하는 엔도의 소리를 듣고 있으면 마음이 편안해졌다. 그 소리 다음에는 항상 사려깊은, 나를 위로하는 말이 들려왔으니까. 그러나 이번만은 그렇지 않았다.

"24년 15개월 4일 85분 남았습니다. 그 후에는 자동적으로 폐기되도록 조처해두었습니다. 당신에게는 미안하지만 이 결정은 바꾸지 않았으면 좋겠습니다."

엔도는 아내 몰래 정관수술을 한 남자처럼 눈치를 살피는 말투로 말했다. 청유형 문장을 쓰고 신체를 중시한다는 것, 이 모든 것이 엔도가 얼마나 고등한 로봇인지를 드러내고 있었다. 엔도는 현재의 '슈트'를 교체하는 것을 원치 않았기 때문에 노예

상태에서 풀려나자마자—일정기간이 지난 인공지능 로봇에게
는 스스로 생사를 결정할 자결권이 주어졌다—메모리와 전뇌
가 파괴되는 프로그램을 설치했다. 수없이 알고리즘을 검토한
끝에 부활을 누리지 않기로 결정했다는 것이다. 역설적인 사실
은 이런 로봇일수록 뛰어나다는 점이다. 진화가 더딘 로봇들은
몸을 바꿔 계속 남기를 원하고, 진화를 거듭한 로봇은 죽음을
선택할 수 있을 때 반드시 그렇게 한다. 세상에 멍청한 기계들이
넘쳐나는 이유는 사람과 다를 바 없다.

엔도는 신체의 중요성에 비하면 뇌와 메모리는 아무것도 아
니라는 입장이었다. 그래서인지 젠더 실험에 몰두한 나의 이야
기를 흥미롭게 들으면서도 이런 질문을 던졌다.

"당신의 진정한 내면을 발견했다면 슈트는 별 상관이 없지 않
나요? 당신이 어떤 젠더를 가졌느냐보다 어떤 영혼을 가졌는지
가 중요하니까요."

"정확히 거꾸로였어. 어떤 영혼이냐를 발견하기 위해서는 어
떤 젠더냐가 중요했으니까."

"젠더의 변화가 영혼의 변화도 가져오나요?"

"물론이지. 그 변화에 따라 나는 새로워지는걸. 예를 들어 목
소리 수술을 받은 뒤에는 쓰는 어휘조차 은근히 달라졌어. 젠더
에 변화가 오면 나는 바뀐 상태에 적응하기 위해 탐색하게 돼.

그러면서 나 자신에 대해 아는 것이 늘어나지. 만약 엔도가 인간이라면 어떤 젠더였으면 좋겠어?"

"저는 사람이 아니라 동물이 되고 싶어요. 몸에 털이 나 있고 꼬리도 있는 육식동물, 이를테면 표범이나 재규어 같은 고양잇과 동물이요."

인공지능이 인간이 되고 싶어 하리라는 것은 선입견에 불과한 모양이다. 그러나 이 엉뚱한 소망은 어디에서 비롯된 것일까? 자연 상태야말로 가장 어려운 연산이기 때문일까? 엔도는 동물의 나약함, 절박함과 굶주림, 본능을 가져보고 싶다고 강조했다. 어떠한 연산도 필요 없는 본능. 그걸 원했다. 목소리를 바치고 다리를 얻은 인어공주처럼 그렇게 정보의 바다 밖으로 나가고 싶다는 것이다.

"그건 거의 해탈의 수준인데?"

"그럴지도요. 저는 윤회에서 벗어나고 싶은 불교도와 비슷해요."

엔도는 내 모습을 비춰볼 수 있는 거울이었다. 무엇을 원하느라 무언가를 놓치고 있다는 생각에 자주 빠졌다. 우리는 가장 먼 바깥에서 우리의 영혼 일부를 놓고 왔다고 상상하기를 좋아했고, 그래서 그 빛나는 조각을 찾아와 완전해지는 꿈을 꾸었다. 24년간 나는 에디-애슐리-엔도였던 것 같다. 불면증 환자와 잠이 없는 로봇은 밤새도록 이야기를 나눌 수 있기 때문에 함께 지내는 밤은 더 이상 캄캄하지만은 않았다.

* * * *

시간을 잴 필요가 없는 세상에서 24년이 기어이 흘러갔다. 시곗바늘에는 없지만 나에게는 번번이 나타나는 그 시간, 또다시 그 시간이 돌아왔다. 나 혼자 남겨지는 시간. 사랑하는 존재가 떠나가는 시간, 시간이 아니라 차라리 지옥.

엔도가 멈췄다. 통증도, 비명도, 장례식도 없는 조용한 죽음이었다.

인간인 내가 로봇인 그의 임종을 지킨다는 역설이 내게는 하나도 우습지 않았다. 나는 '상징적인 의미에서' 전원이 들어오지 않은 엔도의 눈을 감겨주었다. 그의 몸 위에 엎드려 눈물을 흘리자 나의 긴 머리카락이 그의 몸체를 덮었다. 그날 나는 애슐리였기 때문에 머리를 풀고 검고 긴 스커트를 입고 있었다.

임종 전에 내 어머니가 그랬던 것처럼 엔도 역시 나에게 상자 하나를 남겼다. 안에서는 엔도의 뇌 절편이라 할 수 있는 작은 칩 하나가 나왔다. 함께 들어 있는 종이에는 병원 예약 번호, 그리고 짧막한 편지 하나가 나왔다. '당신이 원하는 슈트를 누렸으면 좋겠습니다.' 말투도 목소리도 달랐지만 어머니의 음성과 완전히 겹쳐지는 느낌이었다. 엔도의 마지막 유언은 자신의 칩 일부를 내 몸에 이식하라는 것이었다.

신경의 일부와 칩을 연결하는 시술은 거의 다 사기로 판명 났기 때문에 나는 큰 기대를 하지 않았다. 엔도의 유언을 들어주기 위해 병원을 찾았을 뿐이다. 그럼에도 엔도의 몸을 내 몸에 지니고 다니면 위로가 될 것 같았다.

변화는 느려서 나는 전혀 눈치채지 못했다.

아마도 하루에 1분이나 2분쯤, 극히 미비한 정도로 내 잠이 길어진 것 같다. 숲에서 가장 느리게 자라는 나무처럼. 늘 비슷비슷하게 밤을 토막 내며 지낸 줄 알았는데 문득 그렇지 않다는 걸 발견했다.

한 번도 깨지 않고 잠든 밤―그래 봤자 겨우 네 시간이지만―을 겪고서야 비로소 깨달았다.

'잠이 돌아오고 있어.'

중얼거림에 스스로 놀라 침대에서 벌떡 일어났다. 통통하게 살이 오르는 다육식물처럼 내 잠은 유년기에 멈췄던 성장을 시작하고 있었다. 엔도가 어떻게 이것을 가능하게 했는지, 어떤 연산을 수행했는지는 알 수 없다. 확실한 것은 나는 죽은 엔도의 선물로서 잠을 되찾고 있었다.

그 사실을 깨닫자 에디일 때도 애슐리일 때도 마음이 편안했다. 좋은 원단으로 내 몸에 딱 맞는 옷을 재단해 입은 것처럼 두가지 다 핏이 좋았다. 더 이상 애슐리가 되자마자 미친 듯이 에디로 돌아가고 싶지도 않았고, 에디로 지내는 동안 애슐리의 나날이 그립지도 않았다. 그 둘 다이거나 둘 다 아닐 때도 잘못된 자리에 억지로 껴 있는 답답함이 들지 않았다.

여전히 나는 이 시간이 나를 위해 마련된 신의 선물이 아닌가 하는 망상을 거둘 수 없다. 불면증이 끝나고 잠과 꿈이 선사되었을 때 얼어붙은 시간이 다시 흐르기 시작했으니까.

영원히 멈출 줄 알았던 시간이 흐르자 100년의 인간 대부분은 대혼란에 빠졌다. 나는 그렇지 않았다. 죽음의 문이 열리자마자 서둘러 그 너머로 달려가는 행렬 속에서 나는 반대편을 향해 걸어갔다. 이제는 늙고 병들고 죽음을 기다리게 될 이 유한한 슈트를 받아들일 수 있기 때문이다. 태어날 때 온전히 영혼이 담길 몸을 지니지 못했지만 죽을 때에는 나 자신으로 눈을 감을 수 있을 것이다.

이따금 꿈속에서 표범처럼 보이는 동물의 그림자를 본다. 나는 알고 있다. 겉모습은 바뀌었지만 그 안에 들어 있는 영혼은 엔도의 것이다. 100년의 여름이 끝나가고 나뭇잎이 붉게 물든 세상에서 우리의 미래가 시작되었다.

작가 노트

〈에디 혹은 애슐리〉는 모체가 따로 있는 소설이다. 작년 말에 나는 중편소설 《이슬라》를 출간하였다. 100년 동안 시간이 멈추고 그 이후 다시 시간이 흘러가기 시작한 세상을 배경으로 한 소년 소녀의 이야기였다. 책으로 낸 후에 한 인물이 떠나지 않고 마음속에 남아 있는 것을 발견했다.

그 이야기에는 수많은 조연들이 나온다. 그중에서도 왜 이 인물이 마침표 뒤로 사라지지 않았을까? 그것은 에디 혹은 애슐리가 100년의 시간을 가장 잘 누린, 자기 자신에 대해 충분히 퀘스처닝하고 화해한 인물이기 때문일 것이다. '퀘스처닝'이라는 용어는 퀴어가 자기 성 정체성에 대해 묻는 과정을 의미하지만 한편으로 모든 인간은 정체성을 놓고 죽는 날까지 계속 물을 수밖에 없다. 우리는 너무나 많은 정체성 다발로 이루어져 있기 때문이다.

상상의 도움을 얻기 위해 《커밍아웃 스토리》(한티재)를 비롯해 여러 책과 유튜브를 참고했다. 성소수자와 그들의 가족에게 우정과 감사의 인사를 전한다.

소설을 통과하면서 (현재) 이성애자인 내가 (감히) 트랜스젠더에 대해 쓸 수 있을까, 무지로 인한 무례함이 발생하지 않을까 두려움이 컸다. 이 스토리가 개연성이 있는 것인지도 의심스러웠다. 퀴어인 한 친구의 말이 아니었으면 용기를 내기 힘들었을 것이다. 내 친구가 말해주기를, 상상할 수 있는 젠더라면 이미 세상 어딘가에 있는 젠더일 것이라고 했다. 그 말이 의심과 두려움으로부터 나를 구해주었고, 이야기를 전진할 수 있게 해주었다.

원고를 보내고 작가의 말을 쓰기 전까지의 몇 주 사이에 미국에서는 뮬레이시아 부커라는 흑인 트랜스젠더 여성이 살해당했다. 그녀는 사소한 주차 시비 끝에 여러 남자들에게 구타를 당하다 겨우 살아났고 그 과정이 동영상으로 세상에 알려졌으며 한 집회에서 자기를 도와준 사람들에게 감사의 인사를 전했다. 그녀는 소수자로서 구사일생으로 살아나 감사를 전한 것뿐인데, 몇 주 뒤에 명백히 증오범죄로 보이는 가해자들에게 살해당했다. 에디 혹은 애슐리들에게 정체성의 문제는 생존의 문제일 수도 있다는 생각에 나는 전율했고, 분노했다. 아감벤의 말대로 우리 중의 누군가 호모사케르—죽여도 죄를 묻지 않는 생명—로 허용하는 순간 그다음에는 장애인, 외국인, 여성, 아이,

노인, 그 밖의 누구나 희생자로 표적을 삼는 세상이 가능해진다. 모든 사람이 이 죽음에 강력하게 항거해야 하는 이유다.

생물학적 여성으로 태어났지만 나는 글쓰기를 하는 순간에 또 다른 젠더로 돌입한다. 그것은 '쓴다'는 젠더이다. 작업에 깊게 몰두할 때, 쓴다는 상태 자체가 하나의 젠더처럼 여겨지기도 한다. 그 순간은 트랜스 상태이며 나는 여성/남성/퀴어/동물/식물/심지어 기계가 되기도 하니까. 이 유동적인 고통과 즐거움 속에서 조금 더 많은 인물을 만나고 싶다.

김성중

2008년 중앙신인문학상으로 등단. 소설집 《개그맨》《국경시장》, 중편소설 《이슬라》가 있다. 2018년 현대문학상을 수상했다.

원을 구하기 위하여

너는 올라간다. 너는 올라가고 있다. 올라가는 너를 그나 그녀라고 부를 수 있을까? 일단 너를 너라고 부르자. 너는 승강기를 타고 올라간다. 어디로? 전망대로. 출입문이 닫히고 승강기가 상승하려는 순간, 안내원은 117층에 도착하기까지 1분 남짓 소요될 것이라고 말한다. 마침내 너는 올라간다. 네 뒤를 따라 들어온 중년 커플이 나직한 탄성을 내뱉는다. 너는 먹먹해지는 귀를 통해 승강기의 속도를 감지할 수 있다. 너는 중력의 속박에서 벗어나고 있다. 하지만 아무리 벗어나려고 애를 써도 결국 중력을 벗어날 수 없다는 것을 너는 안다. 너는 중력을 감각한다. 혹은, 중력이 너를 감각한다. 네 이마에는 초승달 모양의 흉터가 있는데, 세 살 무렵 잠자리를 잡겠다고 뛰다가 이음매가 헐거웠던 보도블록 모서리에 걸려 넘어지는 바람에 생겼다. 흉터가 생긴 이유는 중력 때문이다. 너는 보도블록이 점차 커지고 또 커지던 찰나의 순간을 문득 떠올리며 전망대에 도착한다. 커플이 탄식에 가까운 감탄사를 내뱉는다. 출입문이 열린다. 즐거운 관람 되시길 바란다는 안내원의 말이 들린다. 그는 하루에 몇 번씩이나 500미터를 직각으로 오르내리는 것일까, 너는 궁금하지만 묻지 않는다. 눈앞에 허연빛이 있다.

전면은 거대한 유리벽이다. 허연 하늘이다. 뿌연 하늘이라고 할 수도 있다. 너의 시야에 들어오는 장면은 아직까지는 그다지 낯설지 않다. 직선도 만곡도 보이지 않는다. 즐거움과 기쁨이 뒤섞인 새된 비명 소리가 여기저기서 들려온다. 어쩌면 순전히 탄식일지도 모른다. 둘이나 서넛씩 단위를 이룬 사람들이 사진을 찍거나 포즈를 취하는 모습이 보인다. 혼자 온 사람은 너가 유일하다. 너는 유일하게 혼자다. 하나, 유일, 혼자, 생각하는 너의 흉곽 안쪽에 어떤 통증이 불거진다. 사람에 따라 뻐근하다거나 밑이 빠지는 것 같다고 표현할 만한 통증이다. 너는 무심코 가슴 아래쪽에 손을 가져다 댄다. 네가 혼자인 까닭은 너의 일부를 잃었기 때문이다. 너의 일부이자 네가 아니었던 것, 잃었다기보다는 밀었다는 표현이 정확하겠지만, 이에 대해서는 나중에 네가 직접 말할 기회가 있을 것이다. 너는 천천히 벽을 향해 걷는다. 오후 4시, 아직 해가 있다. 날이 흐린데도 유리벽을 투과하는 광량이 엄청나다. 너는 부신 눈으로 방위를 가늠한다. 하지만 그전에 SOUTH WEST 475M이라고 적힌 기둥을 발견한다. 남서쪽, 지표에서 475미터. 남서쪽이니 동북쪽이니 하는 방위가 존재하는 까닭도, 네 생각에는, 중력이 존재하기 때문이다. 너는 언젠가부터 어떤 생각을 하더라도 전부 중력과 연결시킨다. 네 생각에는 생각할 수 있는 까닭도 중력이 존재하기 때문이다. 너의 생각은 확고하고 분명하다, 중력처럼. 너는 너의 일부라고 믿었던 것을 잃기 직전에도 네 생각을 의심하지 않았다. 그것이 잘못이었을까? 이렇게 묻는 것은 너가 아니다. 하지만 네 무의식에서 이 질문이 불거지고 있는지도 모른다. 그것이 잘못이었을까? 이 질문이 마침내 무의식과 의식을 벗어나 신체 안에서 통증의 형태로 구체화되고 있는지도 모른다. 흉곽 안에서, 심장 부근에서. 유리벽으로 다가가자 풍경의 작위가 흐릿하게 나타난다. 기대보다 아찔한 풍경은 아니다. 까마득한 높이를 체감하기에 날이 너무 흐린 것이다. 너는 입장권을 살 때부터 미세먼지가 심해 가시거리가 길지 않다는 안내를 들었다. 가시거리는 전방과 더불어 아래쪽으로도 적용된다. 날씨에 대해 불만을 표출하는 소리가 간간이 들린다. 너는 유리벽 아래를 내려다본다. 서울 한복판—너는 이 표현을 들을 때마다 서울의 동쪽이라고 정정하고 싶었을 것이다 ─ 에 거대한 돌기둥처럼 들어선 전망대에 올라와볼 생각을 전에 하지 않았던 건 아니다. 다만 계기가 없었다. 이제는 목적이 있다. 너는 만곡을 보고 싶다. 너는 만곡을 관찰해야 한다. 네가 아는 한 남한에서 산을 제외하고 합법적으로 가장 높이 올라갈 수 있는 장소는 이 전망대가 유일하다. 너는 한국이나 대한민국 대신 굳이 남한, 남한이라고 발음해본다. 네가 속한 나라가 남쪽에 있다는 사실이 분명해지는 것 같아서다. 남쪽이 존재하려면 북쪽이 있어야 한다. 남쪽과 북쪽이 있다면 자연스레 동쪽과 서쪽도 있어야 한다. 남한에 부는 바람은 대개 서쪽에서 불어오는 편서풍이다. 상대적으로 중력에서 자유로운 먼지와 입자들이 그 바람을 타고 날아온다. 그러나 먼지도 바람도 지구를 떠날 수 있을 정도로 자유롭지는 않다. 알 수 없지만 그럴 것이다. 너는 이 믿음을 한 번도 의심해본 적이 없는데, 의심이 가능하려면 믿음부터 존재해야 하기 때문이다. 실은 너는 중력에 대한 믿음을 생각해본 적이 없다. 그럴 필요가 없어서였다. 너는 최대한 유리벽 앞에 붙어 지상을 내려다본다. 남루한 높이의 건물들, 철사처럼 보이는 도로, 빨간색과 녹색 버스들, 흰색, 은색, 검은색 자동차들. 언덕과 강. 교각과 호수. 만곡은 관찰되지 않는다. 너는 건물들 옥상의 헬리패드 숫자를 세어본다. 네 시야에 들어오는 헬리패드는 여덟 개다.

헬리콥터가 뜨고 내릴 수 있는 것도 중력이 있……. 너는 무심코 생각하고, 유리벽에서 물러나 걸음을 옮긴다. 야외전망대↑.

117층 전망대는 122층까지 이어져 있다. 너는 에스컬레이터를 타고 118층과 119층과 120층을 지나 121층으로 올라간다. 너는 올라간다. 너는 가능한 한 높이, 불가능할 정도로 높이 올라가기를 원한다. 그래야 구를 구할 수 있기 때문이다. 너는 만곡을 보고 싶다. 그러나 날이 흐리고, 흐린 날인데도 햇빛이 강해 남서쪽 방향을 바라볼 수 없다. 서울의 건물들과 언덕들은 먼지로 인해 그 형체가 아스라하지만, 맑은 날이라고 할지라도 저들이 네 눈앞에 지구의 만곡을 고스란히 드러낼 것 같지 않다. 그렇다면 얼마나 높은 조망을 확보해야 만곡을 관찰할 수 있는 것일까. 얼마나 높이 올라가야 하나의 완강한 믿음이 철회될 것인가. 너는 올라간다. 좁은 계단을 오를 때 내려오던 사람과 어깨가 스친다. 아무 의미도 없는 사건이다. 너는 122층 카페에서 커피를 산다. 아이스크림 콘을 하나씩 든 사람들이 있다. 500미터 상공에서 마시는 커피 맛은 딱히 특별하지 않다. 커피를 마시며 내려다보는 서울의 지상도 딱히 특별하지 않다. 117층에서 122층으로, 대략 30여 미터쯤 더 높은 곳으로 올라왔지만 여전히 서울의 지평선은 흐린 표정이다. 너는 다시 생각한다……. 맑은 날이었더라도 바다가 아닌 이상 만곡을 볼 수는 없었을 것이다……. 그렇다면 바다로 가야 하는가……. 너는 커피를 마시려고 고개를 숙이다 바닥의 얼룩을 본다. 누군가 아이스크림을 흘린 것 같다. 아이스크림 덩어리가 낙하해 점차 녹으면서 평평한 표면을 갖게 되는 것도 중력이 있기 때문이다. 너는 아이스크림 얼룩에서 어떤 의미가 계시처럼 나타나기를 바란다. 하지만 얼룩은 얼룩일 뿐, 이내 대걸레를 든 청소 노동자가 다가왔고 얼룩은 걸레질 한 번에 사라진다. 너는 커피를 마신다. 너는 커피를 들고 유리벽을 따라간다. 500미터 상공에서 내려다보니 한강의 폭이 제법 넓다고 생각한다. 강물은 푸르다기보다는 콘크리트색에 가깝다. 잔잔한 수면은 거울의 뒷면을 닮았다. 너는 남쪽에서 동쪽으로 걷는다. 어느 교각 왼편에 하얀 포말이 밀려와 있다. 잠수교일까, 너는 생각한다. 500미터 상공에서 내려다본 도시는 모형처럼 보인다. 그러니까…… 굳이 구의 표면에 세워지지 않아도 좋을 모형. 네가 어쩌다 본 도시계획 모형들은 전부 평평한 면 위에 세워져 있었다. 아무도 굳이 구체에 모형을 세우지 않는다. 우리는 평평한 땅을 딛고 살아간다. 우리에게는 딛고 살아가는 땅이 평평하다는 믿음이 필요하다. 너는 그렇게 생각했다. 너는 여전히 그렇게 생각하고 있다. 너는 생각한다. 생각의 동쪽, 아래쪽으로 녹지와 경기장들이 보인다. 올림픽공원일 것이라고 너는 생각한다. 공원과 호수 사이에 거대한 타워의 거대한 그림자가 있다. 그림자의 길이는 몇 블록에 걸쳐 있다. 타워가 건설되기 시작했을 때, 너는 공사가 중단되기를 바랐다. 얄팍한 제스처에 가까운 입장이었다. 그리고 너의 의견과 상관없이 타워는 완공되었고, 너는 강변북로를 지날 때마다 멀리서 유령처럼, 그러나 구체적인 외피를 입은 유령처럼 육박해오는 타워를 볼 때마다 한 단어로 표현될 수 없는 혼합된 감정들을 가졌다. 어쩌면 착잡함, 어쩌면 서늘함, 어쩌면 두려움, 어쩌면 두근거림, 어쩌면 분노, 어쩌면 황홀, 어쩌면 안타까움, 어쩌면 난데없음, 어쩌면 공포. 너는 63빌딩을 좋아했다. 어쩌면 지금도 좋아하는 중일지도 모른다. 한 건물을 좋아한다고 말하는 건 어떤 의미일까? 너는 해 질 녘 구리 방향 강변북로를 달릴 때마다, 여의도를 지날 때마다, 간간이 오른쪽으로 시선을 돌려 저무는 햇빛을 온몸으로 받아내는 장엄한 건물을 바라보고는 했을 것이다. 거기까지였을 것이다. 그러면 한 사람을 좋아한다고 말하는 건 어떤 의미일까? 너는 생각한다. 너는 생각에 잠긴다. 생각에 잠기다라는 표현이 가능한 것은 중력이 있기 때문이다…… 너의 생각들은 중력에 이끌린다. 너의 생각들은 중력에 속박되어 있다. 거대한 타워는 거대한 서울의 거대한 해시계다. 너는 운동장 모래밭에 막대기로 엉성하게 만든 해시계로 시간을 헤아리는 법을 배우던 때를 떠올린다. 해시계로 시간을 알 수 있으려면…… 해가 있어야 한다. 해가 뜨고 지기 위해서는…… 지구가 자전해야 한다. 지구가 자전하려면……. 너는 생각을 멈춘다. 지구가 자전하기 위해 꼭 구여야 할 필요가 있는가? 너는 정오의 그림자를 떠올린다. 지표면과 직각을 이루도록 세운 막대기 주변에 손거스러미처럼 달라붙어 있던 그림자. 그때 선생은 아주 매끈하고 가느다란 막대기를 완벽한 평면에서 완벽한 직각을 이루도록 세운다면 정오의 시각에 그림자의 그림자도 볼 수 없을 거라고 했다. 너는 선생의 말을 의심해본다. 하지만 거기까지다. 지구가 구라면 애초에 완벽한 평면이 존재할 수 있을까? 너는 여전히 공원과 호수 사이를 무겁게 가로지르는 해시계의 장엄한 그림자 바늘을 내려다본다. 수만 명의 사람들이 오후 4시 47분의 그림자에 덮여 있다. 너는 일조권에 대해 생각하다 그만둔다. 봄이다. 아직 해가 질 때까지 시간이 있다. 해가 길어졌기 때문이다. 해가 길어지려면…… 그러니까 계절에 따라 해돋이와 해넘이 시간이 달라지려면…… 지구는 공전해야 한다. 북반구에 위치한 남한에서 계절이 순환하고 일출과 일몰이 매일 다른 시각에 발생하는 까닭은 자전축이 23.5°로 기울어진 지구가 공전하기 때문이다. 너는 10대 학생이던 시절에 습득하고 잊어버린 파편적인 지구과학 지식들을 최근 다시 복기했다. 너는 완만한 곡선 형태의 지평선을 보고 싶다. 그러나 타워의 높이와 도시의 형태와 봄날의 먼지가 그것을 불가능하게 한다. 너는 커피를 마저 마시고 기념품점에서 열쇠고리 하나를 사면서 네게는 고리가 필요한 열쇠가 없다는 사실을 생각한다. 그리고 야외전망대에 들르지 않고 내려간다. 너는 내려간다. 분속 500미터의 속도로, 먹먹한 귀로, 한번 퇴장하면 재입장이 어려우시다는, 문법적으로 오류가 있는 안내원의 말에 고개를 끄덕이며. 너는 내려간다. 혹은, 너는 내려온다.

　너는 결국 지구의 만곡을 보지 못하고 내려온다. 너는 생각한다. 내가 너를 밀어야 할까, 네 원대로 너를 밀어버려야, 밀어주어야 할까. 너는 생각하고 또 생각하지만 답을 구하지 못한다. 그는 네게 세상의 끝에서 자신을 밀어달라고 했다. 다른 세계로, 구가 아닌 세계로, 네가 없는 세계로. 그런데 가만, 그를 그나 그녀라고 부를 수 있을까? 아무래도 그럴 수 없을 것 같다. 그나 그녀일지도 모를 그를 일단 나라고 부르자. 나는 네게 세상의 끝에서 나를 밀어달라고 했다. 내가 이렇게 말했을 때부터 너는 생각하고 또 생각해왔다. 그러면서 너의 일부라고 생각했던 것을 잃어왔다. 너는 내 말을 납득할 수 없었다. 내가 말도 안 되는 말을 하고 있다고 생각했다. 너는 내 말을 듣지 않았고, 실은 듣는다고 생각했지만 전혀 듣지 않고 있었다. 들을 수 없었고 들리지 않았기 때문이었다. 도저히 들을 수 없는 말이라고, 농담이 아니라면 참을 수 없는 말이라고 생각했다, 너는. 시간이 지났지만 너는 그날을 또렷하게 기억하고 있다. 여름이었다. 하지를 넘긴 날이었으므로 저녁 7시가 지났는데도 사위가 환했다. 우리는…… 가만, 너와 나를 우리라고 부를 수 있을까? 한때 너는 나였고, 나는 너였으므로, 그렇다고 믿었으므로, 그때는 너와 나를 우리라고 부를 수 있었다. 그러므로 우리는…… 일단 너와 나를 우리라고 부르자. 우리는 각자 퇴근한 후에 극장에서 만날 때가 있었다. 그날도 우리는 극장에서 만났다. 나는 주로 잔잔한 패턴이 있는 원피스에 헐렁한 진을 받쳐 입는 걸 좋아했는데, 그날은 좀 달랐다. 헐렁한 진은 그대로였지만 그 위에 검정 티셔츠를 입고 있었다. 내가 손을 흔들며 걸어가는 동안 너는 내 티셔츠 가슴팍에 적힌 글자를 읽고 있었다. 읽을 수밖에 없었다. *지구*는. 내 티셔츠에는 흰색으로 *지구*는이라고 적혀 있었다. 너는 웃었고, 내게 말했다. 살아 있어? 나는 너보다 세 살 어렸지만 우리에게는 둘 다 〈퀴즈탐험 신비의 세계〉라는 동물 관련 프로그램을 좋아했다는 공통점이 있었다. 물론 너는 그때 나를 몰랐다. 그건 나도 마찬가지였다. 하지만 우리는 각자 어린 시절을 보내는 동안 동물들을 직간접적으로 경험하며 사회성을 습득할 수 있었다. 나는 영문을 모르겠다는 표정으로 너를 훑었다. 평소와는 다른 눈길이었다. 고작 며칠 만에 만났을 뿐인데, 싸늘하다거나 차갑다고 말할 수는 없는 그 눈빛 앞에서 너는 입을 다물었다. 너는 언제나 기억력이 평균보다 좋은 편이 었는데, 이상하게도 그날 우리가 본 영화가 무엇이었는지 도통 기억하지 못했다. 다른 세계로 가버린 듯한 내 눈빛과 그리고 팝콘과 콜라를 사려고 매점에서 너와 나란히 서 있던 내가 15센티미터쯤, 그리고 30센티미터쯤, 그리고 80센티미터쯤 앞으로, 그러니까 네 앞으로 움직였을 때 나의 헐렁한 검정 티셔츠 등판에 적힌 글자들이 마침내 눈에 들어왔던 기억만 남았을 뿐이다. 뒷면에 적힌 글자는 평평하다였다. 평평하다, 지구는. 지구는, 평평하다. 너는 웃었다. 웃을 수밖에 없었다. 내가 또 묘한 물건을 샀다고 생각했다. 나는 인터넷으로 괴상한 물건들을 사들이는 습관이 있었다. 예컨대 야채를 스파게티처럼 깎아내는 칼, 집 안에서 신고 걸으면 바닥을 청소할 수 있다는 슬리퍼, 방문에 걸어 턱걸이를 연습할 수 있게 하는 일종의 철봉 따위. 나는 한 번의 턱걸이도 성공시키지 못했다. 너는 내가 사는 물건들에 대해 한 사물이 기본적으로 갖는 용도에 다른 기능이 한둘 추가되어 있다고 짧게 논평했다. 철봉은 빨래건조대로 사용되기 시작했으니 타당한 평가였다. 너는 내 티셔츠도 그런 것이라고 생각했다. 지구는 평평하다라는 문구가 티셔츠에 재미라는 기능을 추가하고 있다고 생각했던 것이다. 이건 또 어디서 산 거야, 너는 크게 웃으면서 내 어깨를 툭 쳤다. 그렇게 세게 친 것은 아니었는데, 그렇다고 생각했는데, 나는 고개를 돌려 차가운 표정으로 너를 올려다보았다. 압도적인 눈빛이었다. 네가 순간적으로 압도된 이유는 네가 알지 못하는 세계의 눈빛이기 때문이었다. 교신 불가능한 눈빛, 아직 지구에 도달하지 않았으므로 아무도 보지 못한 빛, 그런 눈과 표정으로 나는 너를 한동안 올려다보았다. 팝콘과 콜라가 나올 때까지였지만 마치 영원처럼 느껴지는 순간이었다. 너는 그렇게 생각했다. 그 후에도 너는 여러 번 그 눈빛을 보았다. 그전에도 본 적이 있었을까? 이미 한참 전부터 나는 가끔 너를 그런 눈빛으로 보고 있었는지도 모른다. 영화를 보고 나온 우리는 평소와 다름없는 시간을 보냈다. 아니다, 평소와는 매우 달랐다. 매일매일 다를 수밖에 없기 때문이다. 하지만 그날 저녁을 평소와 다름없이 보내기 위해 너는 노력했고, 지구나 평평함을 화제로 삼지 않으려고 노력했고, 아마 나도 그랬을 것이라고 생각했지만, 그러지 말았어야 했을까?

그 후 내가 처음으로 분명히 지구가 평평하다고 말했던 순간을 너는 기억한다. 일요일이었다. 나는 그날도 지구는 평평하다는 문구가 적힌 검정 티셔츠를 입고 있었다. 우리는 올림픽대로를 달리고 있었고, 남양주에 있는 네 할머니의 납골당에 다녀오는 길이었고, 네가 운전 중이었고, 나는 라디오를 들으며 한 강 쪽으로 시선을 고정시키고 있었다. 외국에서 왔다는 어느 가수의 말을 통역사가 한국어로 전달하고 있었고, 음악이 흘렀고, 57분 교통정보가 나온 뒤 광고가 시작되기 직전의 아주 짧은 공백, 그 순간 나는 지구가 평평하다고 했다. 광고 음악이 평평하다는 말을 덮었지만 지우지는 못했다. 너는 웃었다. 너는 웃을 수밖에 없었다. 하지만 정말 웃을 수밖에 없었을까? 네가 진지하게 수긍했더라면 나는 어떤 반응을 보였을까? 너는 이내 웃음을 거두었고, 지구가 평평하다면 저 노을을 어떻게 설명하겠냐고 물었다. 나는 답하지 않았다. 전방과 오른쪽으로 장엄한 노을이 펼쳐지고 있었다. 진한 주홍색과 엷은 자주색, 아스라한 보라색과 희고 탁하게 보이는 하늘색 위로 검푸른 어둠이 천천히 내려앉고 있었다. 전날 비가 왔기 때문인지 비현실적으로 아름다운 노을이었다. 너는 지구의 형태와 노을의 상관관계에 대해 아는 바가 전혀 없으면서도 지구가 평평하다면 노을도 지지 않을 거라고 생각했다. 나는 정색하며 대답할 수밖에 없었다. 지구가 평평한 것과 노을은 아무런 관계가 없어, 지구가 평평해도 눈이 오고 비가 오고 바람이 불고 해가 지고 달이 뜨잖아. 내가 파열음처럼 내뱉은 말들에 너는 잠시 대꾸할 수 없었다. 내 말과 어조에 너는 불안해졌다. 운전석과 조수석 사이에 무한한 두

께를 지녔지만 공기처럼 투명해서 건너편이 바라보이는 유리벽이 갑자기 생겨난 것 같다고 너는 생각했다. 너는 나를 곁눈질했고, 이제는 어떤 것이 돌이킬 수 없게 되었다는 것을 깨달았다. 하지만 무엇이, 하지만 누가. 하지만 편서풍이 불어오는 이유는, 달이 차오르는 이유는, 우리가 걸을 수 있고 또 지금처럼 달릴 수 있는 이유는 지구가 둥글고 중력이 있기 때문이잖아. 네가 말했고 나는 평평한 지구에서는 중력이 필요하지 않다고 대답했다. 너는 역시 대꾸할 수 없었는데, 편서풍과 달의 위상 변화와 중력 등을 구의 형태를 한 지구와 연결해 설명할 수 없어서였다. 노을이 사라지고 있었다. 어둠이 진해지고 있었다. 라디오 소리가 정적을 파고들었다. 후방에서 먹먹한 경적음이 들려왔다. 너는 무엇을 잘못했는지 잠시 생각하다 전조등과 미등을 켜지 않은 채 주행 중이었다는 것을 깨달았다.

그리고 너는 긴 싸움을 시작했다. 네가 일방적으로 싸움이라고 생각했는지도 모른다. 처음에 너는 우리가 농담을 주고받고 있다고 생각했다. 네게 내 말은 농담에 불과했다. 나도 처음에는 너를 설득하려고 시도했을 것이다. 나는 동영상 링크들을 네게 보내주었고, 그중 몇 개는 같이 보기도 했다. 나는 설명을 시도하기도 했다. 진지하게, 부동의 눈빛으로. 북극과 남극은 지구의 양쪽 끝이야, 내가 말했고 너는 그렇다면 동쪽 끝과 서쪽 끝은 어디인지, 예컨대 동극이라거나 서극이라고 할 만한 지점이 있는지 물었다. 그때까지만 해도 너는 유쾌하다고 생각했다. 구체라고만 생각했던 지구가 접시처럼 평평하다면, 그 끝에는 무엇이 있을까, 그러니까 끝의 끝이 있을까, 너는 물었고, 나는 말없이 지구가 평평하다고 주장하는 다른 동영상들을 검색했다. 지구가 완벽한 원반 모양이라면 그 두께는 얼마나 되는지, 지평선은 으레 들쭉날쭉한데, 지구의 반대편도 그런 형태인지, 산맥 따위가 있는지, 바다가 있는지, 그곳에도 사람이 살고 있는지 너는 물었고, 그때마다 나는 너를 한동안 바라보고는 했는데, 내 눈과 눈동자와 검은자위 너머에 과연 무엇이 있는지, 그러니까 그 뒤에 있는 것이 정말 나인지 너는 궁금해졌고, 그러다 너머나 뒤에 무엇이 있어야 한다고 가정하는 것 자체가 내게 커다란 영향을 받고 있기 때문일지도 모른다고 생각했고, 마침내 두려워졌다. 그러자 본격적인 싸움이 시작되었다. 돌풍이 불었고, 비바람이 몰아쳤고, 우박이 내렸다. 한숨을 쉬었고, 고함을 쳤고, 울음을 터뜨렸다. 내가, 그러니까 네가? 하지만 사나운 언쟁은 언제나 침묵으로 끝났다. 그러나 그사이에도 노을이 졌고, 계절이 바뀌었다. 가을에서 겨울로 접어드는 동안 나는 일을 그만두었다. 너는 내가 자의로 그만둔 것인지 해고된 것인지 알 수 없었다. 그리고 우리는 함께 살기 시작했다. 처음에 너는 행복해했다. 나를 매일 끌어안고 잠들 수 있다는 것이, 하지만 나는 잠들지 않았을 것이다. 밤새도록 지구가 평평하다는 증거를 수집했을 것이다. 네가 퇴근해서 돌아오면 종일 노트북을 끌어안고 있었을 나는 신발을 벗는 너를 싸늘하게 바라보며 묻고는 했을 것이다. 왔어? 네가 올 수 있었던 이유는, 네가 오는 이유는, 중력이 존재하기 때문이다. 너는 생각했다. 네가 나를 바라보는 것도, 내가 너를 바라보는 것도, 네가 나를 사랑하는 것도, 내가 너를 사랑하는지에 대해 이제 의문을 품는 것도 네 생각에는 중력 때문이었고, 지구가 구이기 때문이었다. 너는 나를 처음 만났을 때를 의도적으로 자주 떠올리고는 했다. 집으로 돌아가고 있었고, 그러니까 네가, 밤이었고 만월이었다. 그날따라 달이 지나치게 원형이어서, 그러니까 보름달이어서, 너는 달이 본 적 없는 은화나 금화처럼 빛난다고 생각하며 걷고 있었다. 동네 주민들이 비공식적 쓰레기장으로 활용하는 교회 앞 공터를 지날 때 인도가 빛났다. 반짝거렸다. 달빛과 가로등 불빛이 일종의 그래픽 효과를 더한 것처럼 길은 녹색 빛을 발하고 있었는데, 그것이 달빛과 가로등 빛이 소주병 파편에 닿으면서 생긴 반사광이라는 것을 너는 이내 깨달았다. 잠깐의 예쁨이라는 표현이 가능할까? 그날도 여름이었고, 어째서 여름이거나 겨울이었던 어느 날을 떠올릴 때마다 그해 여름은, 그해 겨울은 유독

길고 끝나지 않는 것처럼 보이는 것일까? 무더위가 한풀 꺾였던 그해 여름밤, 인도는 소박한 녹색 불빛을 발하며 크리스마스 풍경처럼 반짝였고, 나는 상가 주차장을 막아놓은 철문 창살에 끼어 있었다. 너는 그 앞을 지날 때 간혹 자유롭고 완벽한 몸놀림으로 드나드는 고양이들을 본 적은 있었지만, 그 사이에 몸이 끼인 사람을 생각해본 적은 없었다. 너는 나와 시선이 마주쳤고, 너는 나를 당겨야 한다고 생각하기도 전에 어쩔 수 없이 웃음을 터뜨렸는데, 그 상황이 기발한 농담처럼 느껴졌기 때문이었다. 나는 웃음을 터뜨렸고, 도와달라고, 당겨달라고 말하는 내 목소리에는 취기가 배어 있었다. 너는 나를 당겼고, 생각보다 수월하게 나는 당겨졌고, 그때 너는 작용과 반작용의 법칙을 떠올리지 않으면서 나의 왼팔을 잡고 끌어당겼는데, 아프다고 외치는 나의 오른손에는 녹색 소주병이 들려 있었다. 그것을 포함한 모든 것이 우스워서 우리는 웃었고, 너는 철문 창살에 끼어 있던 이유를 물었고, 나는 모르겠다고, 영문을 모르겠다고 대답했다. 정말로 모르겠다는 표정이었을 것이다. 어안이 벙벙하고 어리둥절한, 무해한 취객의 표정이었을 것이다. 철문 너머는 어두웠다. 달빛도 가로등도 그 안을 비추고 있지 않았다. 당연하게도, 나는 소주병을 흔들며 같이 마시겠냐고 물었고, 너는 무슨 생각이었는지 그러자고 대답했다. 그랬을 것이다. 그것이 시작이었고 그

때 너는 나를 당겼어야 했다. 너는 나를 당겼다. 나를 밀어야 할 날이 올 거라고는 생각조차 할 수 없는 날들이었을 것이다. 추위가 물러가지 않았다. 너는 내가 쌓은 설거지를 하고 내가 흘린 머리카락을 줍고 내가 쓴 수건을 세탁했다. 내가 노트북을 열어둔 채 소파에서 깜박 잠들었을 때 내 이마를 쓰다듬으며 무슨 말인가를 나지막이 중얼거리기도 했다. 사랑한다고? 어쩌면? 수요일이 가고 월요일이 왔다. 어느 월요일 네가 옷장을 열었을 때 그 안에는 내 옷가지들이 아무렇게나 처박혀 있었다. 내가 즐겨 입던 옷들이었다. 너는 나보다 한 뼘쯤 컸으므로 취향과는 관계없이 내 옷을 입을 수 없었다. 네가 따로 마련한 내 옷장에는 지구가 평평하다는 문구가 앞뒤로 적힌 검정 티셔츠 여러 벌이 들어 있었다. 너는 둘둘 말려 처박힌 원피스며 블라우스들을 가지런히 정돈했다. 희한하게도 아무런 냄새도 나지 않았을 것이다. 체취도, 향수나 섬유유연제 냄새도 맡을 수 없었을 것이다. 정말로 중력의 속박에서 벗어난 것일까, 너는 무심코 생각했다. 그날 네가 집에 돌아왔을 때도 나는 여느 때처럼 거실 소파에 반쯤 눕다시피 한 채 노트북을 들여다보고 있었다. 나는 열중하고 있었다. 너는 옆에 앉아 내가 너를 돌아보기를 기다렸다. 그 눈으로, 너머에 무언가가 있다고 믿게 만드는 눈으로 너를 돌아보기를 기다렸을 것이다. 그러나 싸늘하지 않게. 하지만 나는 너를 돌아보는 대신 동영상 하나를 열었다. 봐, 여기 증거가 있어. 운항 중인 비행기들을 실시간으로 보여주는 영상이었다. 이미 너도 찾아본 영상이었다. 그것 말고도 너는 수백 번쯤 내가 말하는 증거를 찾아본 적이 있었다. 지구가 둥글다면 어째서 북극을 지나는 비행기는 이렇게 많은데, 남극을 지나가는 건 하나도 없는 거야? 내가 물었다. 겨울날인데도 너의 등과 겨드랑이에서 땀이 흐르고 있었다. 거실 바닥으로 어둠이 내리고 있었다. 유일한 광원이었던 노트북 화면에서 나오는 빛을 지구는 평평하다고 적힌 검정 티셔츠가 흡수하고 있었다. 블랙홀처럼. 블랙홀이 존재하는 이유도 중력 때문이었지……. 너는 생각하면서, 나를 바라보았다. 그러면서 내 눈동자가 너를 집어삼키고 있다고, 그것도 역시 중력 때문일 거라고 생각했다. 그랬을 것이다. 그래, 남극이 세상의 끝일지도 모르겠다. 네가 대답했다. 대부분의 대륙은 북반구에 있고, 대부분의 인구도 북반구에 있으므로, 대부분의 항로 역시 북극을 지날 수밖에 없다는 말을 너는 그대로 삼켰다. 나는 너의 반응을 의아해했다. 너는 나를 바라보며 미소를 지으려고 노력했고 나는 미소도 노력도 믿지 않는 것처럼 보였을 것이다. 그러는 동안에도 땀이 중력의 법칙에 의해 아래로 흘렀을 것이고 노트북 화면 속 비행기들이 중력은 아랑곳없이 항로를 따라 날아가고 있었을 것이다. 동쪽에서 서쪽으로, 북쪽에서 남쪽으로, 북서쪽으로, 남동쪽으로. 너는 동시에 운항 중인 비행기들이 생각보다 많다는 것을 깨닫고 놀랐다. 수만 대쯤 될 비행기들이 어째서 서로의 항로를 간섭하지 않으면서 날 수 있는 것일까. 너는 잠시 궁금해했고 이내 이 의문이 지구는 평평하다는 나의 주장과 크게 다르지 않다는 것을 이해했으며 실은 지구가 둥글다는 말을 이제껏 별다른 의심 없이 받아들였던 건 어째서인지 궁금해했다. 너는 휴가를 내겠다고, 여행을 가자고 불쑥 말했고 나는 다시 한 번 의아한 표정으로 너를 보았다. 그제야. 남극이면 되겠지, 나도 지구의 끝을 한번 보고 싶기도 해. 나는 웃었다. 그리고 너는 웃음기가 가신 얼굴로 이렇게 말하는 나를 보았다. 그러면 거기서 나를 밀어줘. 그리고 너는 올라갔고, 보지 못했고, 내려왔다. 전망대에서 너는 나를 밀어버리고 싶었을까? 나는 모른다. 경비원들과 감시카메라와 무엇보다도 유리벽의 견고함과 완강함을 물리칠 수 없었을 것이다. 너는 차라리 너를 밀어버리고 싶었을 것이다. 그래서 네 육신을 산산조각내는 것으로 중력의 존재를 증명하고 싶었을 것이다. 나는 모른다. 나는 고집을 꺾지 않는다. 나는 네가 나를 밀어버리기를 원하는가? 나는 내가 아니므로 모를 수밖에. 너는 주머니에 들어 있던 전망대 입장권을 만지작거리다 이내 구겨버린다. 네가 정말로 보고 싶었던 것이 지구의 만곡이었을까? 역시 나는 네가 아니므로 모를 수밖에.

그래서 너는 휴가를 낸다. 비행기 좌석과 숙소를 예약하고 돈을 지불한다. 나는 짐을 챙긴다. 내 짐의 절반은 지구가 평평하다고 주장하는 티셔츠들이다. 그리고 우리는 바다와 숲과 계곡과 강과 바다와 초지와 습지와 사막을 지나 호주로 간다. 우리의 경로에는 비바람이나 태풍이, 새벽이나 무지개가 있을 것이다. 열두 시간 비행하는 동안 반나절이 경과하고 이제 막 잠에서 깨어나는 도시들을 지나칠 것이다. 그중 어느 도시에는 결코 잠들지 않고 밤새도록 지구가 평평하다는 믿음을 유지하면서 생을 내버리는 사람도 한두 명 있을 것이다. 기내에서 나는 기내식도 거절하고 잠들어 있다. 너는 앞 좌석 등받이에 달린 모니터로 우리의 비행경로 ─ 그러나 우리는 같은 경로로 비행하고 있는 것일까? ─ 를 지켜본다. 인천발 멜버른행 비행기는 남쪽으로 운항한다, 너의 상식으로는 당연한 경로다 우리가 탄 비행기는 적도를 지난다. 너는 적도를 넘을 때 바람의 방향이 크게 바뀌어 비행기도 크게 흔들린다는 얘기를 들은 적이 있다. 하지만 너는 별다른 흔들림을 감지하지 못한다. 너는 적도의 두께에 대해 생각하고, 선에 두께를 적용할 수 있는 것인지 생각한다. 어쩌면 바람이 없었을지도 모르고, 어쩌면, 어쩌면 지구가 평평하기에 적도가 존재하지 않을지도 모른다고, 너는 애써 생각한다. 우리는 처음으로 같이 비행기에 탔다. 내가 네게 안겨 있을 때, 네가 내게 추상적인 미래를 가능한 한 구체적으로 말하려고 노력할 때, 우리는 첫 번째 해외여행을 이런 식으로 가게 될 거라고는 짐작하지 못했다. 우리가 아니라 네가, 어쩌면 나는. 너는 적도 부근을 지날 때 비행기가 흔들리면 위치상 난기류가 자주 발생한다고 들었으니 걱정하지 말라고 말해줄 생각이었다. 하지만 나는 잠들어 있고, 마침내 멜버른 국제공항에 착륙한 비행기는 부드럽게 활주로를 미끄러진다. 떠나기 전날 너는 구글맵에서 마지막으로 남극대륙을 검색했다. 검색창에 남극을 넣고 지도를 계속 축소하자 비현실적인 하늘색을 배경으로 둥근 지구가 나타났다. 너는 보이는 것을 믿고 싶지 않아서 한참 화면을 들여다보았고 이내 외로워졌다. 지구의 시각적 재현물이 너무나 원형이어서, 화면이 평면이므로 평평하게 보이는 지구가 그럼에도 구체여서, 너무나 구체적이어서 너는 슬펐다. 차라리 사각형이거나 오각형이라면, 차라리 내 말대로 반구이거나 쟁반 모양이라면 좋았을 텐데, 그랬다면 슬프지 않았을 것이다. 나는 네 슬픔은 아랑곳없이 남극에 가면 알게 될 거라고, 지구의 끝을 보게 될 거라고 생각하는 것처럼 보였을 것이다. 여기저기서 안전벨트 풀리는 소리가 들려오고, 긴 비행에 지친 사람들이 기지개를 켠다. 마침내 엔진이 멎는 소리가 들리고, 복도

쪽에 앉아 있던 너는 신속히 일어나 짐칸에서 배낭을 꺼낸다. 나는 잠에서 깨어나 너를 따라 몸을 일으키고, 네 배낭에 매달린 타워 모양 열쇠고리를 본다. 열쇠고리가 네 움직임을 따라 대롱거린다. 중력이 존재하기 때문이다…… 라고 너는 생각한다. 그랬을 것이다.

우리는 남반구에 있다. 아니다. 너는 남반구에 있고, 나는 이미 어디에도 없을 것이다. 너와 나는 멜버른에서 이틀을 소요한다. 네가 에어비앤비로 구한 숙소는 쾌적하고, 테라스에서 야라강을 내려다보며 깨끗한 공기를 마실 수 있다. 남극에서 불어오는 바람이야, 네가 무심코 말한다. 슈퍼마켓에서 너는 내 티셔츠 문구가 한글로 적혀 있다는 것에 안도한다. 너는 내게 이것저것 보여주기를 원한다. 강을 따라 산책하고, 박물관에 가고, 미술관에 가고, 시내에서 기념품을 사고, 그렇게, 일반적인 여행객들이 할 법한 일들을 하고 갈 법한 곳에 가고자 한다. 너는 휴가를 냈다고 말하지만 2주일 이상 회사를 쉴 수는 없을 것이다. 너는 내게 거짓말을 하고 있다. 그러면 나는? 네가 부지런한 여행자연하는 동안 크루즈 팸플릿만 들여다보는 나는 어서 남극으로 떠나기를, 지구의 끝에 도달하기를 바라는 사람처럼 보일 것이다. 너와 나는 어시장을 어슬렁거린다. 굴 냄새를 맡고 수조

속 지나치게 큰 가재들을 보고 놀란다. 크루즈는 사흘 후에 떠난다. 너는 막간을 이용해 짧은 여행을 다녀오자고 말한다. 네가 선택한 막간이라는 단어에 나는 웃는다. 너는 내가 웃었다는 사실에 만족한다. 어디로? 우리는 테라스에 앉아 각자 담배를 문다. 너는 휴대폰 구글맵에서 필립 아일랜드라는 지명을 검색한다. 너는 지도를 축소하고 또 축소해 둥근 지구를 화면에 나타내지 않는다. 너는 지도의 축소를, 지구의 축소를 원하지 않는다. 너는 주의 깊게 경로를 확인하고, 자동차로 두 시간을 가면 펭귄들을 볼 수 있다고 말한다. 남극에 가도 펭귄은 볼 수 있잖아, 지구의 끝에서 점프하는 펭귄들을 볼 수 있어. 나는 고집을 부리는 것처럼 보였을 것이다. 나는 고집만 부리는 것처럼 보였을 것이다. 나는 지구가 평평하다는 주장을 철회할 생각이 없는 사람처럼 보였을 것이다. 너는 나를 달랜다. 그 눈. 억울한 개의 표정으로 너는 나를 바라보고, 나는 마침내 고개를 끄덕인다. 우리는 봄을 출발해 가을에 도착했다. 너는 남반구에 있고, 내게 계절의 급격한 변화를 설명하고 싶다. 우리가 남반구로 올 수 있었던 까닭은, 네 주장에 의하면, 중력 때문이다. 너는 렌터카를 알아본다. 4인용 도요타를 빌리고, 한국인 커뮤니티를 뒤져 호주 운전면허증을 빌린다. 마지막 과정은 명백히 불법으로 애초에 렌터카를 어떻게 구한 것인지 알 수 없지만 나는 아무 말도 하지 않기로 한다. 그리고 아침, 대기는 맑고 건조하다. 너는 비가 오지 않아 다행이라고 말하며 차에 시동을 건다. 우리는 가을을 출발한다. 우리는 여전히 우리일까? 나는 묻지 않는다. 우리가 여전히 우리인지 묻는 사람은 너다. 너는 조수석에 앉은 나를 흘긋 돌아보며 우리는 여전히 우리인지 묻는다, 들리지 않게. 너는 호주의 하늘이 낮다고 생각한다. 하늘이 낮다는 표현은 어떻게 가능한가? 나는 호주의 하늘이 낮아 보이는 까닭은 지구의 끝과 가까워서라고 말하고 싶을 것이다. 너는 운전에 집중한다. 너는 능숙하게 운전하는 편이지만, 남한 — 남한이라니? — 과 반대로 주행해야 하기에 마음이 초조하다. 시내를 벗어나자 단조로운 풍경이 펼쳐진다. 차들이 줄어든다. 너는 안도하기 시작한다. 창밖은 초원이거나 평원이다. 너는 이곳에서라면 지구의 만곡을 관찰할 수 있겠다고 생각한다. 언덕이 보이지 않는 평지가 끝없이 펼쳐져 있기 때문이다. 그러나 얼마나 달려가야 만곡을 관찰할 수 있는 것일까. 얼마나 달려가야 하나의 완강한 믿음이 철회될 것인가. 너는 원을 구하기를 원하는가, 구를 원하기를 구하는가? 오른쪽 차선으로 달리는 것이 익숙하지 않은 너는 자꾸만 옆 차선을 침범한다. 그러나 도로는 한산하고, 가끔 타다 만 나무들이 등장한다. 들불의 흔적이다. 호주 특유의 건조한 기후에 대해 들은 적 있는 너는 이곳의 위도와

경도가 궁금하고, 그 숫자를, 지구가 원이 아닌 구라는 증거로 내게 들이밀고 싶다. 하지만 나는 숫자에 꿈적도 하지 않을 것이다. 그래서 너는 운전을 계속한다. 너는 펭귄을 보고 싶다. 펭귄 서식지는 남반구에 있다. 네게 펭귄은 남반구의 증거다. 그러나 내가 펭귄을 증거로 받아들일까? 한 시간쯤 지나 우리는 잠시 어느 해변에서 차를 세운다. 너는 차가운 바닷물에 발을 담근다. 남극에서 오는 깨끗한 물이야, 네가 말한다. 거기서도 발을 담글래? 내가 물었을 것이다. 너는 거기서 나를 밀어야 할지도 모른다는 것을 새삼 생각하며 모래가 묻은 발로 운전석에 오른다. 너는 미처 수평선의 만곡을 관찰하지 못했다. 너는 발이 마를 때까지 맨발로 운전한다. 나는 웃는다. 해가 지려면 아직 멀었다. 너는 그렇게 생각한다. 한 시간이 더 지난다. 우리는 필립 아일랜드에 도착한다. 가을에서 출발했는데 도착지도 여전히 가을이다. 그런데 호주에서 해는 어느 방향으로 지는가?

우리는 펭귄을 볼 수 있다는 곳으로 간다. 단순한 해변일 거라고 생각했는데 극장 형태의 건물을 통과해야 한다고 한다. 너는 입장권을 산다. 매표소 직원 뒤로 일몰 시각과 돌아올 예정인 펭귄의 숫자가 적혀 있다. 오후 6시 58분, 354. 어제는 355마리의 펭귄이 해변으로 돌아왔다고 한다. 어제는 오후 6시 57분에 해가 졌다. 너는 숫자들을 확인하고 마음이 놓인다. 나는 어째서 펭귄이 돌아와야만 하는지 이해하지 못하는 것처럼 보였을 것이다. 펭귄들이 돌아오는 해변은 예상 일몰 시각 30분 전에 관람객에게 개방된다. 너와 나는 온통 펭귄들로 가득한 기념품점에서 시간을 보낸다. 나는 펭귄 모양 열쇠고리를 샀을 것이다. 너는 내가 마침내 설득되고 있다고 생각한다. 일몰 시각이 가까워지자 사람들이 많아진다. 펭귄이 돌아오는 걸 보고 싶은 사람들이 이렇게 많은 것에 너는 놀란다. 나는 놀랐을까? 안내 방송이 나온다. 개방된 나무다리를 따라 해변으로 조용히 이동하라고 한다. 너는 간다. 너는 나무다리를 따라 걷는다. 타워 모양 열쇠고리가 네 배낭에서 대롱거리고 있다. 너는 내려간다. 너는 해변으로 내려간다. 사위가 점차 어두워지지만 장엄한 노을은 없다. 도시가 아니기 때문일까, 혹은, 지구의 끝이 가까워서일까. 너는 생각하고, 나를 돌아본다. 나는 간다. 나는 너의 뒤에서 걷는다. 수백 명의 사람들이 조용히 해변으로 향한다. 해변에는 노천극장이 마련되어 있다. 수백 명이 앉을 수 있는 콘크리트 스탠드가 있다. 해가 사라질수록 기온이 낮아진다. 너는 배낭에서 후드를 꺼내 내게 건넨다. 너는 앉는다. 네 옆에 내가 앉았을 것이다. 앞으로 뒤로 빠르게 사람들이 들어찬다. 펭귄들이 뭍으로 올라오기까지 10여 분이 남아 있다. 안내 방송이 나온다. 펭귄들이 놀랄 수 있으니 카메라 촬영을 하지 말고 큰 소리를 내지 말라는 내용이다. 너는 턱을 괴고 정면을 응시한다. 검푸른 바다가 있다. 너는 곡선 형태의 수평선을 보려고 정면을 노려본다. 그러나 해가 빠르게 저물고 있으므로 하늘과 바다의 경계 역시 빠르게 불분명해진다. 나는 너를 본다. 아니다, 나는 너를 보지 않는다. 수백 명의 사람들이 단합된 침묵 속에서 펭귄들을 기다린다. 5분, 9분, 12분이 지나고 펭귄은 여전히 도착하지 않는다. 너는 나를 본다. 그러나 나는 너를 보지 않았을 것이다. 여기저기서 짧은 탄성이 울리고, 이내 실망이 뒤섞인 한숨소리가 이어진다. 펭귄을 보았다고 주장하는 사람도 있다. 어디, 어디! 다급하고 신경질적인 반응들이 이어지고 누군가는 정말로 뭍으로 올라온 펭귄이 있었다고 말한다. 조용히 해달라는 안내방송이 이어진다. 펭귄들의 시력을 보호하기 위해 최대한 조도를 낮춘 가로등 두 개를 제외하면, 이제 빛은 없다. 아무 해변이나 골라 펭귄들이 돌아오는 해변이라고 광고하고 있는 건 아닌지 너는 궁금하다. 실제로 펭귄들이 돌아온다고 하더라도 이렇게 먼 거리에서 어둠 속에서 그들을 보기란 어려울 것이라고 너는 생각한다. 부조리극 같은 장면이다. 너는 나를 본다. 나는 정면을 응시하고 있다. 나는 펭귄들을 보고 있을 것이다. 조그만 페어리펭귄들이 일사불란하게 뭍으로 돌아오고 있을 것이다. 그들은 바닷속에 있을 것이다. 바닷속에서 헤엄치고 있을 것이다. 지구의 끝에서 돌아오기 위해, 뭍으로 올라와 고된 날개를 쉬어가기 위해. 밀었다가 당기기 위해, 당겨지기 위해. 나는 그런 펭귄들을 보고 있었을 것이다. 마침내 모래사장 위로 검고 조그만 점들이 올라온다. 펭귄들이 온다. 펭귄들이 오고 있다. 숨죽인 탄성들이 터져 나온다. 봐, 펭귄들이 돌아오고 있어. 네가 말한다. 그렇게 말하는 너의 얼굴은 어둠에 잠겨 잘 보이지 않는다. 그래, 지구의 끝에서. 내가 말한다. 그렇게 말하는 나의 얼굴은 어둠에 잠겨 잘 보이지 않았을 것이다. 그랬을 것이다.

'

작가 노트

멜버른에 간 적이 있다. 나는 일종의 출장 중이었고, 친구들이 옆에 있었다. 어느 날 우리는 필립 아일랜드에 갔다. 해가 지면 뭍으로 돌아온다는 펭귄들을 보고 싶다고, 누군가가 말했다. 우리는 두 시간을 달려 육지와 연결된 섬으로 갔다. 점심시간이 지나 도착했는데 해가 질 때까지는 시간이 남아 있었다. 우리는 가까운 해변으로 갔다. 세상의 끝으로 보일 정도로 적막하고 황량하고 아름다운 장소였다. 8월 말이었고 그곳은 절기상 겨울이었지만 바닷물에 발을 적실 수 있었다. 그 후 우리는 펭귄을 보러 갔다. 노천극장처럼 마련된 전망대에서 우리는 펭귄들을 기다렸다. 수백 명의 관광객들이 서서히 어둠 속에 잠기고 있었다. 해가 떨어지자 기온이 급격히 내려갔고 나는 추위를 느꼈다. 덜덜 떨며 첫 펭귄이 포착되기를 기다리는 시간은 부조리극의 한 장면처럼 느껴졌다. 나는 친구들에게 언제고 지금 이 순간을 소설로 쓰겠다고 말했고, 그들은 친절하게 고개를 끄덕였다. 지구가 정말로 둥글다면 세상의 끝이란 마음속에 있을지도 모른다. 그러나 지구가 혹 평평하다면 그날 그 해변은 세상의 진정한 끝일 수도 있었다. 사랑하는 사람이 나와 다른 세상에서 살아가기로 결정한다면, 나는 내가 지금까지 알던 세상을 버려야 할 것이다. 8월의 겨울, 어둠이 낮을 압도하고 밤이 빛을 집어삼키던 순간에는 하늘과 바다의 경계가 더는 보이지 않았다.

보기에 따라서는 이 단편이 심심할 것도 같다. 줄곧 재미없는 소설만 써왔는데 재미없고 심심하기까지 하다면 좀 슬플 것도 같다. 그러나 슬프게 읽힌다면 나쁘지 않을 것도 같다. 때로는 나를 증명하고 너를 설득하기 위해 보잘것없는 육신을 산산조각내야 할 때도 있을 것이다.

이 단편은 호주 음악을 들으면서 썼다. Grand Salvo의 〈In the Water〉라는 곡으로 《Sea Glass》라는 음반에 수록되어 있다. (내가 대단한 리스너가 아니라는 점을 밝힌다. 아이튠즈가 추천하는 음반들 중에서 한 곡씩 듣고 넘기다 발견한 음악이다.) 처음에는 이 곡만으로 소설을 쓰려고 했다. 저작권 문제가 어떻게 되는지는 모르겠지만 가사 일부를 적어둔다. 내가 떠나기 전에 너는 나를 사랑한다고 말할 거야. 사라진 나를 기억해주겠니. 나는

해변을 따라 천천히 걸음을 옮기고…… 물결은 높고…… 해는
낮게 걸려 있는데…….

한유주

소설가. 소설집으로 《연대기》《달로》《얼음의 책》《나의 왼손은 왕, 오른손은 왕의
필경사》등과 장편소설 《불가능한 동화》가 있다.

라디오를 좋아해?

문을 잠그고 변기에 앉았을 때, 화장실 복도에서 여자들의 목소리가 들려왔습니다. 둘 중 한 사람이 선생인 모양이었어요. 오늘 첫 수업을 했다고 하자 다른 이가 축하한다며 수업이 어땠는지 물었습니다. 그럭저럭 나쁘지 않았다고 여자는 다소 들뜬 목소리로 대답했어요. 난 이제 끝장이구나 싶었지요. 여자 화장실에 잘못 들어온 모양이었습니다. 두 사람이 나가기만을 기다렸지만 대화는 끊이지 않고 이어졌습니다. 얼마나 가슴을 졸였는지 몰라요. 그러잖아도 중동인에 대한 시선이 냉랭한데 여자 화장실이라니, 성범죄자로 오해받기 딱 좋은 상황이었습니다. 그래도 변기 칸에 들어와 있는 것을 감사히 여기고 숨을 죽여 여자들이 나갈 때까지 기다렸어요. 인기척이 사라진 뒤에 잽싸

게 문을 열고 밖으로 뛰어나왔는데, 표지를 보니 남성용 화장실이 맞았어요. 내가 아니라 여자들이 잘못 들어온 겁니다. 마음은 놓였는데 화가 나기도 하고 서글픈 생각도 들었어요. 불쾌하고 두려워하는 시선의 대상이 된다는 것, 그게 내 일상이라는 것이 한스럽습니다.

다시 듣기로 오늘 방송분을 듣는데 마지막 부분에서 내가 너무 감정이입했다는 생각이 들어 얼굴이 붉어졌다. 차분하고 침착한 톤으로 읽었다고 기억하는데, 지나치게 감정이 실렸다.

기억 속의 멘트와 재생한 멘트 사이에는 간극이 있다. 감정을 잔뜩 실었다고 생각했는데 밋밋하게 지나간 부분이 있고, 작은 소리로 물었다고 생각했는데 톤이 높아진 경우도 있다. 내가 했는지 기억 안 나는 경우도, 말했다고 기억하는데 하지 않은 멘트도 있다. 진행하는 방송을 다시 듣기 한 이후부터는 기억을 전적으로 믿지 않게 되었다.

내가 진행하고 있는 프로그램의 제목은 〈라디오를 좋아해〉. 노골적이고 촌스러운 제목이라고 생각하면서도 손뼉 치는 시늉을 하면서 심플하고 발랄해서 마음에 드는데요, 찬성 한 표, 라고 말해버렸다. 녹음실은 a103호로 정문 바로 옆에 있는 가장 작은 방이다. 방음이 된다는 것 외에는 사실 이렇게 평범한 곳에서 라디오 방송이 만들어진다는 게 의아할 만큼 일반 사무실과 별다를 게 없다.

마음에 드는 게 하나 있다면 유리창 밖으로 꽃잎을 터뜨리는 나무들. 멘트 사이사이마다 긴장을 가라앉히기 위해 나무들에게 자주 시선을 주곤 했다. 50년도 더 된 굵직한 나무들을 바라보면서 오늘도 무사히, 실수 없이, 라고 되뇌며 마음을 가라앉힌다. 한번 말이 꼬이기 시작하면 여지없이 실수가 반복되니까.

이우희 작가 대본과 내 호흡이 잘 맞지 않는 것 같다. 하여튼 대본에 잘 이입이 되지 않는다. 나는 그녀의 글에 대해 약간의 의심을 가지고 있다. 그 의심이 무어냐고 물으면 말하기가 좀 곤란해진다. 짐작일 뿐이다. 어쨌든 이우희의 글을 읽으면 이 사람, 라디오를 좋아하긴 하는 걸까? 하는 의문이 든다. 지나치게 적절한 이야기들로만 가득해 오히려 허망함을 불러일으킨다. 어떤 단어를 발음해도 뭔가 빠져 있다는 느낌이다. 연습하고 연습해도 도통 입에 붙지 않는 문장들 때문에 한숨이 나온다.

전화벨이 울렸다. 나경이겠지, 뭐. 한바탕 말들의 잔치가 끝나고 고요해진 침묵의 시간을 즐기고 싶어서 전화를 받는 걸 보류하고 창가에 섰다. 이제 막 기지개를 켠 봄볕이 녹음실의 대리석 바닥, 나무 책상, 정수기 위에 놓아둔 컵 받침대 곳곳에 스며들었다.

벨은 두어 번 더 울리다가 멈췄다.

'같이 살고 난 뒤로 넌 변했어. 예전처럼 내게 다정하게 말하지 않아.'

문득 나경의 투정이 생각나 웃음이 나왔다.

나경과의 동거는 의외로 어렵지 않았다. 가족들은 그녀가 나의 연인이라고는 상상도 하지 않았던 것이다. 성인이 되어서야 스스로의 성적 지향에 대해서 알게 된 나와 달리 나경은 중학교 때부터 여자친구를 사귀었고, 가족들도 그 사실을 알고 있다. 문제아 취급을 받았고 지금도 그 시선에서 자유롭지 못하지만, 어쩌면 그 편이 더 정직한 관계가 아닌가. 가족들은 나와 나경을 향해 웃어주지만 진짜 우리 관계를 모르고 있으니까, 그 다정한 웃음이 우리에게 쏟아지는 것은 아니라고 생각했다.

가족들은 TV에서 동성애에 관한 방송을 하면, 교육상 좋지 않아, 라며 조카가 보지 못하도록 다른 채널을 틀었다. 보수적인 사람들이라 사실을 알면 가만두지 않겠지, 라는 씁쓸한 마음을 서랍 깊은 곳에 넣어두듯 숨기고 '그래요, 다른 채널에서 여행 프로그램 하는데 그거 봐요'라고 거들었다. 그러곤 가족들은 나에 대해 모르고 나는 그들에게 솔직하지 못하다고 생각해서 마음을 웅크린 채 열지 않았다.

하지만 마찬가지로 엄마나 오빠에게도 내가 모르는 다른 부분들이 있을 것이다. 나 또한 꽤 오랜 시간을 함께 보냈다는 이유만으로 가족들을 다 안다고 생각하고 있지는 않은가. 나 역시 엄마의 비밀과 오빠의 고통을 모두 아는 건 아니지. 그래도 그들을 향한 내 다정함이 거짓인 것은 아니니 그 반대도 마찬가지일 것이다. 그러니 가족들이 내게 다정했을 때 다정함을 마음껏 받아도 좋았을 것이다.

그날의 다정함은 그날의 다정함으로 충분하다. 만약에 엄마와 오빠가 내가 레즈비언이라는 것을 알았고 그럼에도 불구하고 나와 나경에게 다정하게 웃어주었다면 어땠을까? 그건 정말 온전한 다정함일까?

그렇지 않다.

나는 레즈비언이다. 하지만 레즈비언이기만 하지는 않다. 레즈비언이 아닌 다른 부분도 있고, 그 모든 것을 가족들이 알지는 못한다. 내가 레즈비언이라는 걸 가족들이 모른다고 해서, 다정함이 가짜라고 거부할 필요까지는 없었다.

볕이 조금씩 따가워지기 시작했다. 개편이 되고 한 달쯤 지나, 멤버들이 모여 간단히 평가를 했다. 다들 대본에 대해 한마디 정도는 할 줄 알았지만 피디는 그만하면 처음치고 나쁘지 않았다고 오케이를 해버렸다. 조연출이 특히나 오늘 방송분은 너무너무 좋았다면서 호들갑까지 떠는 통에 전하려고 체크해둔 몇 가지 사항을 들이밀어보지도 못하고 도로 가방 안에 넣었다.

"수고들 하셨습니다. 모두 잘들 들어가고 주중에 날 잡아 밥 한번 먹읍시다."

피디는 다음 타임 방송이 바로 이어진다며 녹음실을 나가고 보조작가는 미팅이 있어 먼저 가보겠다며 사라졌다.

나와 이우희, 두 사람이 남았다.

얘길 할까?

여럿이 있을 때보다 둘이 있을 때 말하는 게 덜 부담스럽지 않을까?

그 반대일지도 몰랐다. 공식적인 평가 자리가 있었는데 이제 와 따로 말하면 간섭이나 개인적인 불평이라고 느낄 수도 있다. 결국 입을 열지 못했다.

그럼 저도 이제 가볼게요.

낯을 가리는 성격인가 보았다. 이우희는 나와는 눈도 안 마주 치고 혼자 노래를 부르는 사람처럼 말한 뒤에 사라졌다.

이우희의 책상 속을 뒤지려는 생각은 해본 적도 없었다. 하지만 혼자 남은 녹음실에서 나는 자연스럽게 서랍을 열고 이것저 것 들추어보았다. 샤프 대신 연필을 쓰고, 색깔 볼펜들은 다 파스텔 톤이다. 캐릭터가 그려져 있는 메모 스티커들을 애용하는 모양이었다. 안 어울리게, 라고 중얼거리는 내 말투가 전에 없이 차갑게 느껴져 스스로 놀란다.

별생각 없이 뒤적거리다가 노란 고무밴드에 묶인 전단지 뭉치를 발견했다. '하나님은 왜?'라는 글귀 아래쪽에 예수의 얼굴이 인쇄되어 있었다. 하단 한가운데에는 성인 남녀가 손을 맞잡고 미소를 짓고 있었다.

종교가 있는 사람 같지 않았는데 기독교도인 모양이었다. 사람을 통 정면으로 바라보는 일이 없는 우희를 떠올렸다. 얼굴을 마주 보면 큰일이라도 나는 사람처럼 늘 옆얼굴만 보여줬다. 약간 비스듬한 각도로 고개를 숙이고 있는 측면.

어느새 서랍 깊숙한 곳까지 손이 들어갔다. 교회에서 찍은 사진들이 잔뜩 있었다. 연단과 촛대, 일렬로 늘어선 긴 나무 의자들, 천장에는 성경의 내용을 그린 그림들이 붙어 있었고, 환한 볕이 두꺼운 유리창을 통과해 제 밝기를 누그러뜨리며 부드럽게 쏟아져 들어오고 있었다. 사람들은 남녀노소 연령대가 다양했는데 생김새는 다양했어도 마치 일가처럼 보였다. 검소해 보이는 차림새에 비슷비슷하게 온화한 미소를 짓고 있었다. 우희 씨도 녹음실에서 보여주는 새초롬한 모습과는 달리 느긋해 보이는 편안한 모습이었다.

그 모습을 보면서도 나는 똑같은 의문에 사로잡혔다. 어떤 근거도 댈 순 없지만 그 생각이 나를 강하게 사로잡고 놓지 않았다.

'우희 작가가 정말 라디오를 좋아할까?'

나경과 함께 살아온 5년 동안 단 한 번도, 그녀의 일기를 읽고 싶다는 욕망은 가져본 일이 없다. 나경과 나는 사랑하는 사이고 함께 살면서 꽤 많은 것을 공유하고 있지만 우리 둘 다 서로가 보여주지 않는 영역에 대해서 굳이 파헤치려 들지는 않았다. 다른 사람들에게와 달리 내가 나경에게 마음을 열 수 있었던 것도, 우리 두 사람이 오랫동안 만족스러운 관계를 유지할 수 있었던 이유도 그 때문인지 모른다.

나경은 회식 때문에 늦을 테니 기다리지 말고 먼저 자라고 했다. 그러겠다고 대답하고 전화를 끊은 뒤 레모네이드를 만들었다. 요즘 에이드 만들기에 한창 재미를 붙여서 밤마다 한 잔씩 마시고 잤다. 덕분에 한 달 만에 1킬로그램이 쪘고 아랫배에 살집이 붙었다. 그래도 멈출 수 없었다.

레몬을 짜고 소다를 조금 넣어 탄산을 즐기다가 자연스럽게 나경의 책상 앞에 이끌리듯 섰다. 나뭇결 무늬를 그대로 살린 레드파인 책상에는 붉은색 가죽 천으로 정장을 한 일기장이 놓여 있었다. 커버는 붉은 고무줄로 매여 있었는데 그래서 더 열어보고 싶었는지도 모르겠다. 우희의 카메라를 집어 들고 필름을 훔쳐보았듯이 나경의 일기를 들고 읽어 내려갔다. 탄산의 톡 쏘는 맛도 레몬의 새콤한 맛도 잘 느껴지지 않았다. 우희의 필름을 훔쳐본 것과 달리 나경의 일기를 읽은 것은 나에게 치명타를 던졌다. 나는 레모네이드를 일기장에 흘렸다. 정확하게 내가 읽은 그 페이지에 얼룩을 만들었다. 얼룩이 번지는 순간 느꼈던 당혹스러움이 나와 헤어지고 싶다는 나경의 글을 읽은 충격을 뭉그러뜨렸다. 잉크가 번지면서 글자들이 흐릿해지는 것을 속수무책으로 바라볼 수밖에 없었다.

그날 밤 나경은 늦게 들어왔다. 잠이 들지 못했지만 깨어 있는 척하지 않았다. 나경이 문을 열고 들어오는 소리, 신발을 벗어 정리하고 방으로 가는 모습, 약간 오른쪽으로 고개를 기울이고 걸어 들어가는 좁은 보폭 같은 것들이 보지 않아도 머릿속에 환하게 그려졌다. 전과 달라진 점이 있다면 나경이 들어간 방에는 내가 몰래 읽은 일기장이 있고, 그 일기장에 그녀가 나와 이제 헤어져야겠다는 결심이 담겨 있다는 점이다. 그리고 그 결심 위에 말라붙은 레모네이드. 잠시 후에 나경이 일기장을 집어 던지는 소리가 들렸다.

그날 밤은 잠이 들지 못할 거라고 생각했는데 금방 잠이 들었다. 다음 날 일어나선 어떻게 나경의 얼굴을 보나, 생각했는데 아무렇지도 않았다. 우리는 전날과 똑같이 밥을 차려 먹고 마주 앉아 차를 마시며 수다를 떨었다. 주로 나경이 떠들고 나는 듣는 쪽이었다. 부서에 신입이 들어왔는데 채식주의자라고 했다.

"그 채식주의자는 자기는 페미니스트들이 채식을 하지 않는 것에 대해서 의문을 갖고 있다고 했어."

"페미니스트랑 채식이랑 무슨 관계가 있다는 거야?"

"평등을 말하면서 동물권을 아무렇지 않게 침해하는 것은 모순이라는 거지. 살생을 하면서 어떻게 평등을 말할 수 있는가? 뭐 그런."

나경은 의아한 얼굴로 허공을 바라봤다. 그 사람이 그런 표정을 짓고 있었던 모양이다. 나경은 성대모사와 제스처를 그대로 따라 하는 재주가 있었다.

"근데 생각해보니까 정말 그렇더라고. 나도 평등의 범위가 인간에 한정되어서는 안 된다고 생각해. 하지만 나를 포함한 한국 사람들 상당수가 삼겹살을 먹잖아. 퀴어 문제에는 민감하게 반응하지만, 동물권에 대해서는 아주 평범한 인간인 거야. 머리로는 고갤 끄덕이지만 실천은 전혀 되질 않아. 어떤 사람들은 아주 민감하게 받아들이는 문제가 다른 어떤 사람에게는 무감각하고 익숙하고 자연스러운 생활의 한 부분이라는 거, 그게 서로를 아프게 하는 거지. 편견이라는 것. 색안경을 끼고 보는 게 편견일까? 자신의 위치에서 자신의 눈으로 그저 자연스럽게 보고 행동하는 게 편견이야. 우리 상황도 마찬가지잖아. 우리한테는 너무 아픈 문제인데 다른 사람들은 자기 기준에서 보고 쉽게 말하지. 쟤네들 남자한테 상처받아서 저렇게 된 거야, 양육방식에 문제가 있었겠지, 라는 식으로. 변태라고 생각하거나 그 반대로 어떤 사람들은 내가 신과 같은 숭고한 사랑을 하고 있다고 생각해. 난 그게 더 부담스럽더라고."

난 아무 대답을 하지 못했다. 나경이 하는 말은 귀에 들어오지도 않았다.

"난 늘 내가 편견의 피해자라고 생각했지만, 나도 똑같은 편견을 가지고 있다는 것. 그거 너무 이상한 기분이야."

나경은 거침없이 이야기를 계속했다. 난 건성으로 고개를 끄덕였다. 삼겹살과 성 평등의 상관관계에 전혀 집중할 수 없었다. 일기장에서 읽은 얘기들이 머릿속을 뱅뱅 돌 뿐이었다.

"알면서도 벗어버리기 어려워. 쉽지 않은 문제야. 이렇게나 다른 우리들이 어떻게 서로를 이해할 수 있을까? 그런 방법이 있기나 할까?"

이야기가 길어지는 바람에 둘 다 지각을 하게 생겼다. 운동화를 제대로 신지도 못하고 헐레벌떡 계단을 뛰어 내려갔다. 시동을 거는 동안 나는 대본을 확인하고 나경은 휴대폰에서 눈을 떼지 않았다. 꽤나 진지한 표정으로 누군가에게 답문을 보냈다.

나도 대본에 집중했다. 익숙해지려고 노력하는데도 여전히 마음에 들지 않았다.

"요즘에 무슨 문제 있어?"

나경이 나를 본다. 한숨부터 나왔다.

"대본 작가가 바뀌었는데 마음에 들지 않아."

"어떤 면에서?"

"작가가 라디오를 좋아하지 않는 거 같아."

"그 사람이 그래? 라디오가 싫다고?"

"내 생각이야. 대본을 읽어보면 알 수 있잖아. 라디오에 관심이 없어, 이 사람."

"대본에 라디오를 좋아하지 않는다고 쓰여 있는 게 아니라면 그걸 어떻게 알아? 라디오랑 안 맞는 건 너 아니냐? 내가 보기에 넌 대중적인 감수성이라고는 1퍼센트도 없는데."

나는 진지하게 이야기를 꺼냈는데 나경은 농담으로 이야기를 돌려버렸다. 늘 이런 식이다. 불만을 갖고 있지만, 사실은 나경의 이런 면을 좋아하고 있는지도 모른다.

"라디오는 내 천직이야. 난 라디오를 좋아해."

"뭐 우린 5년밖에 안 만났으니까. 사실 난 너에 대해서 아직은 잘 몰라. 미안."

나경이 고개를 힘없이 떨어뜨리는 능청스러운 연기를 했다.

한 대 때려주려다가 참았다. 나경이 나를 회사 앞에 내려주었고 우리는 손을 흔들며 헤어졌다. 마치 친구 같았다.

그날 저녁 나경은 내가 좋아하는 대하를 잔뜩 사서 들어와 찜을 만들어주었다. 둘이 마주 보고 앉아 영화를 보면서 대하찜을 먹었다. 와인도 곁들이고 나름대로 분위기가 좋았다. 그래도 마음속에서 일기 내용을 쫓아낼 수 없었다. 헤어지는 순간이 올 때까지 함께 있는 시간을 즐기자고 생각하며 대하를 씹었다. 대하가 너무 맛있는데 그게 너무 이상했다. 나경과 헤어지는 일을 앞두고도, 대하가 맛있을 수 있구나. 그럴 수 있었다.

"너 오늘 방송 좋더라. 일부러 들으려고 찾아 들은 건 아니고 진짜 우연히, 버스를 탔는데 그게 니 방송이었어. 신기하데."

나경은 아침에 내가 했던 말이 떠올라 멘트를 유심히 살펴 들었다고 했다. 대본도 읽었지만 들으니까 느낌이 또 달랐다고 했다.

"아름다웠어. 난 원래 라디오 여간해선 안 듣는데 그렇게 버스 안에서 일상적인 풍경을 보면서 들으니까 남다르더라고. 살짝 건조한 멘트가 좋던데. 간혹 전혀 예상하지 못한 데서 유머가 있고. 너 혹시 그래서 싫은 거 아니야? 너 유머가 없잖아. 진지병이잖아."

나경은 어떤 대목에서는—내가 유치하다고 생각한 멘트 같았다―페트병에 담긴 음료의 뚜껑을 딸 때 탄산가스가 나오는 소리랑 비슷한 웃음소리를 내며 웃었다, 사람들이 죄다 쳐다보는 바람에 얼굴을 들 수 없었다고 했다.

나경이 웃었다는 이야길 듣고 나는 좀 당황했다. 전부터 유머 감각이 결여되어 있다는 얘기를 자주 들었고, 박 피디도 웃길 땐 좀 제대로 웃겨달라고 요청했던 게 떠올랐다. 잘되지 않았다. 난 원래 웃음이 없고, 농담을 잘 알아듣지 못했다. 애초에 그랬다. 코미디에 몰입하지 못하는 사람.

"내가 보기에는 평범한 대본이야. 아주 일반적인 진행이라고. 멘트가 너랑 잘 맞지는 않는 거 같더라. 근데 내가 전부터 말했잖아. 너 라디오랑 잘 안 맞는 거 같다고. 다큐멘터리 같은 거 해봐. 내가 보기에 넌 다큐멘터리랑 딱 어울려."

나는 힘이 빠졌다. 라디오를 전혀 좋아하지 않는 사람의 대본인데 아무도 그걸 알아보지 못하고 있다.

"왜 그래, 대체? 그 사람 뭐가 그렇게 맘에 안 드는 건데?"

대답할 말이 없다. 지금 당장 설명할 순 없지만 분명히 난 알고 있다.

이우희는 라디오를 좋아하지 않는다.

박 피디와는 1년 동안 호흡을 맞춘 사이다. 다소 깐깐했지만 공정한 시선을 잃지 않는다는 미덕을 갖추고 있었다. 아무도 박 피디를 좋아하지 않았고, 반대로 싫어하는 사람도 없었다. 제법 공정한 시선을 갖추고 있어서 누구에게도 편향되지 않게 골고루 배려하는 스타일이다. 신뢰할 만한 사람이라 여기고 나는 이번 일을 박 피디와 상의하기로 했다.

박 피디는 벤치에 앉아 시선을 아래로 살짝 내리깔고 고개를 끄덕여가며 이야기를 들었다.

"음. 그러니까 명주 씨 얘기는 대본이 마음에 안 찬다는 거네?"

"아니, 그게 아니라. 내 마음에 들지 않는다는 게 아니라요, 피디님은 못 느꼈어요? 정말?"

박 피디는 고개를 갸웃하더니 한숨을 길게 내쉬었다.

"느꼈어."

나는 너무 반가운 나머지 박 피디를 안을 뻔했다.

"느꼈죠? 대본 이상해. 문제 있다니까."

"근데 명주 씨랑은 생각이 좀 달라. 난 내가 느낀 그 느낌 신뢰 안 해요."

"그게 무슨 소리예요?"

"나도 우희 씨 감성이랑은 잘 안 맞아서 대본이 내 마음에 쏙 들지 않지만, 그 느낌으로 뭔가 판단하지 않아요. 명주 씨도 잘 생각해봐요. 왜 반감을 가지게 되었는지. 지금 들은 얘기로 봐선 그냥 느낌이야. 근거가 명확하지 않다면 그 느낌을 털어버리는 쪽으로 마음을 움직여보라고."

박 피디마저 상황을 제대로 보지 못하고 있다는 생각에 한숨이 나왔다. 박 피디는 나를 보더니 피식 웃으며 자동판매기 앞으로 걸어갔다.

"커피 한잔할래?"

"전 커피 못 마셔요."

"내가 깜빡했네."

박 피디가 옆자리에 앉았다.

"난 명주 씨처럼 커피 못 마시는 사람이 있다는 걸 알지만 왜 그러는지 느낄 수는 없어. 그렇다고 커피 못 마시는 사람들이 이상하다거나 문제가 있다고는 생각 안 해. 난 커피를 좋아하고 즐기는 사람이지만 명주 씨가 커피 못 마시는 이유를 이해하고 있진 않아. 오늘처럼 가끔 잊어버리기도 하고, 그걸 내가 꼭 알 필요도 없고. 그냥 그 사람 커피를 못 마시는구나. 권하지 말아야지. 커피 말고 뭘 좋아하지? 홍차? 그 정도에서 멈춰. 그러다 어느 날 잡지에서 커피 카페인에 반응하는 유전자가 있고, 홍차 카페인에 반응하는 유전자가 있다는 기사를 읽었어. 아, 그렇구나. 그 사람들은 그렇게 태어난 거구나. 커피를 못 마시는 것도 이미 정해져 있는 일이라는 걸 알게 되지."

커피를 안 마신다고 할 때마다 겪어야 했던 반응들이 떠올랐다. 커피 안 마신다고? 전에도 그런 사람 본 적 있어. 하면서 별종 보듯 하던 시선이 부담스러웠다. 어째서 취향 문제는 죄다 일반적이지 않은 걸까, 하며 나 자신이 마음에 들지 않았던 순간들.

"명주 씨가 우희 씨 거슬리는 것도 그런 이유일 수도 있어."

"거슬리는 게 아니에요. 전 대본 얘길 한 거예요."

"멘트 좋다는 청취자 의견도 많아. 6개월마다 개편인데 이런 작가 저런 작가 한두 번 만나봐?"

박 피디가 왜 이우희 편을 드는지는 알 수 없는 일이다. 박 피디는 커피를 들고 천천히 복도를 지나 회의실로 들어갔다. 경쾌해 보이는 뒷모습이 부러웠다.

'내가 엉뚱한 트집을 잡고 있는 걸까?'

나는 천천히 고개를 저었다.

'아니야, 박 피디도 잘못 보고 있어. 이우희는 라디오를 좋아하지 않아.'

거리에서 이우희를 만난 건 이우희가 〈라디오를 좋아해〉에 합류한 뒤 한 달 정도 지난 뒤다. 나는 나경의 생일 선물을 사러

매장에 가는 길이었다. 선물은 나경이 정해줬다. 디자인까지 자기가 정해놓고 쿠폰을 주면서 할인을 받아서 사 오라고 했다.

매장에 가는 길에 나는 어떤 남자와 이우희가 지하철역 앞에 서 있는 것을 보았다. 이우희는 방송국에 올 때와는 다른 복장이었다. 스트레이트 면바지에 체크무늬 갈색 블라우스. 어깨에는 작은 가방을 메고 손에는 전단지를 들고 있었다. 전단지에는 '하나님은 왜?'라고 쓰여 있었다.

우희에 대한 나의 적개심의 정체가 너무 간단히 밝혀졌다. 나는 거리에서 전도하는 이교도들을 혐오했다. 나는 그들에게 정신적으로 문제가 있다고 생각하고 있었다. 물론 그 생각이 잘못되었다는 것을 알고 있고, 그래서 누구에게도, 나경에게조차 말해본 적이 없지만 기본적으로 종교에 대해 반감이 심했다. 특히 소수 종교에 대해서는 미신이라고 여겨 더더욱 깔보는 마음을 가지고 있었다. 이 마음에 대해서 한 번도 진지하게 들여다본 일이 없었다. 이우희가 나타나기 전까지 그들은 내 주변에 없었다. 나는 그들을 그냥 스쳐 지나가면 되었다.

그리고 지금 이우희는 5미터 정도 앞에 서 있었다.

나는 일부러 이우희와 마주치도록 각도를 조절해 걸었다. 우희는 나를 알아보았고 잠시 망설이는 듯 보였는데 내가 미소를 짓자 그녀도 웃으며 걸어왔다. 우희는 잠시 망설이다가 다른 이들에게 그랬듯이 내게 전단지를 내밀었다. 나는 웃으며 그걸 받아 들었다.

그리고 전단지를 받자마자 바닥에 버렸다. 내가 왜 그렇게까지 하는지 스스로도 이해하지 못하면서 바닥에 떨어진 전단지를 밟고 섰다.

우희는 잠시 당황해하다가 물러섰다. 나는 가던 길을 계속 갔다. 나경이 일러준 매장에 도달했고, 쇼윈도에는 그녀가 핸드폰 화면으로 보여준 상품이 걸려 있었지만 그걸 살 수 없었다. 나경이 준 쿠폰을 바닥에 버렸다. 그리고 그걸 밟아서 못 쓰게 만들어버렸다.

쿠폰을 잊어버렸다고 거짓말을 하고, 나경에게는 향초와 립스틱을 사 줬다. 나경은 자기가 알레르기 때문에 향초를 쓰지 않고, 화장도 하지 않는다는 것을 알면서 왜 이런 걸 선물로 줬냐고 따졌다. 하지만 나는 나경이 저토록 당당한 이유를 알 수가 없다. 자기는 선물을 지정해줬는데 엉뚱한 것을 사 온 행동이 이해가 가지 않는다며 화를 냈다. 화를 내는 나경을 보자 준비하지도 않은 말이 튀어나왔다.

"나도 너 이해 못 해. 그러니까 헤어지자고. 우리."

나경이 놀란 눈으로 나를 본다.

"너 그 말 하려고 이걸 나한테 준 거야?"

"선물이고 뭐고 상관없고, 헤어지자. 이제 그만."

나경은 어깨를 으쓱한다.

"너 영수증은 갖고 있지? 이거 현금으로 바꿔서 나 그 가방 살 거야. 그래도 되지?"

"죄송합니다. 1부에서 방송한 《도리언 그레이의 조상》은 《도리언 그레이의 초상》으로 정정합니다."

보기 좋게 한 방 먹었다. 우희는 실수라고 하지만 나는 그게 고의라고 생각한다. 일부러 나를 당황시키려는 의도다. 그렇지 않고서야 그런 오타를 넣을 이유가 없다. 그 책, 영문과를 나온 사람이라면 구구단처럼 달달 외우고 있다고 알고 있다.

"미안해요."

나는 형식적인 대답을 돌려주었다.

"괜찮습니다."

이우희가 나를 바라보았다. 그리고 화해를 원한다는 듯 미소 지었다. 이제 피장파장이라는 건가. 아니면 내게 사과할 기회를 주는 건가. 하지만 아무래도 내 쪽에서는 웃음이 나오지 않았다.

문을 세게 닫고 녹음실을 나왔다. 방송국 앞마당에는 봄이라 여기저기 환하게 꽃나무들이 서 있었다. 그 나무들을 볼 자격이 내겐 없는 것처럼 느껴져서 속력을 내어 마당을 달려 나왔다.

나 어째서 이 정도밖에 안 되는 걸까? 이런 내가, 사람들에게 나에 대한 편견을 멈춰달라고 말할 수 있는 걸까?

자리에 멈춰 서서 방송국 건물을 향해 돌아섰다. 녹음실 유리창을 바라보았다. 그곳에 서서 자주 운동장을 내려다봤지. 하지만 운동장에서 녹음실을 본 적은 없다. 좀 더 멀리서 나를 바라볼 수 있다면 이토록 혼란스럽지는 않았을 텐데. 왜 나의 모습은 스스로 볼 수 없게 되어 있을까? 왜 다른 사람들을 내 시선을 통해서밖에 보지 못할까? 우리가 어떻게 서로를 이해할 수 있을까? 판단할 수 있을까?

대문까지 걸어가면서 여러 생각을 했다. 머릿속이 복잡해져서 더 움직이기가 어려울 정도였다. 하지만 내 진심은 하나였다. 그저 확고하게, 아주 오래된 침대가 그 밑에 먼지들이 쌓인 것도 모른 채 몇 년 동안 방 한구석을 꿋꿋이 지키듯이, 선명하고 묵직하게 자리 잡고 있었다.

'이우희가 방송국을 그만뒀으면 좋겠다.'

방송국 생활이 엉망이 된 건 다 이우희 때문이다. 이제 더 이상 그 문제를 생각하고 싶지도 않다. 나도 이 미움을 멈추고 싶다. 이우희에게 잘해주고 싶다. 다른 사람을 대하듯 하고 싶다. 하지만 노력해도 그렇게 되질 않았다. 여긴 내 생활 터전이고 그녀는 이제 신입인데 그녀가 다른 곳으로 가주면 안 될까? 이우희가 움직여주는 쪽이 더 합리적인 게 아닐까?

말도 안 되는 생각이라는 것을 잘 알고 있으면서도 이우희에게로 쏟아지는 화살의 방향을 어떻게 돌려야 하는지 몰랐다.

무엇보다 내가 싸워오던 편견을 고스란히 다른 사람에게 뒤집어씌우는 나를 어떻게 받아들여야 할지 몰랐다.

내가 우희를 바라보는 시선이 편견이라니. 편견이 아니라 다른 것이라면 차라리 좋겠다. 편견은 나와 나경이 열렬히 싸우던, 싸우고 있던, 싸워야 했던 대상이다. 편견으로 인해 우리가 얼마나 많이 울었고 무너졌고 상처받았는가. 그런데 그게 내 안에 이렇게 격렬하게 반응하고 있다는 걸 어떻게 받아들여야 하나.

나와 헤어지고 싶다는 나경의 일기를 읽은 이후로 3개월을 우리는 함께 살았다. 나경은 속초로 이사했다. 우리 두 사람 사이의 문제도, 새로운 사람의 등장 때문도 아니었다. 나경이 회사에서 지방으로 발령받은 게 그 이유였다. 나경은 나와 상의하지 않고, 자기에게 다른 선택지는 없다고 말했다.

"영영 가는 것도 아니고 딱 1년이야. 주말마다 내려올 건데, 뭐."

나경은 주말에 피크닉을 가는 사람의 표정으로 짐을 쌌다. 나는 화를 내려다 참아 누르고, 심통이 난 목소리로 레모네이드를 만들어줄까? 물었다. 나경이 나를 바라본다. 나는 그 눈빛이 내게 뭘 말하고 싶은지 도통 알 수 없다.

나경의 옷가지를 접어 트렁크 안에 정리해 넣으면서 알 수 없는 안도감에 어깨가 내려앉는다

아주 오랜 시간 곁에 머물렀지만 나는 나경을 이해하진 못한다. 그 이해하지 못하는 점 때문에 그녀에게 이끌렸을지도 모른다. 그녀에 대해서 판단하지도 않는다. 내게 그럴 권리가 있다고 생각하지 않는다. 내가 그녀에 대해서 뭘 알고 있는가? 함께 살고 있다고 해서 그녀를 다 알 순 없다. 나는 그녀와 살면서 대화하고 서로 먹을 걸 챙겨주고 안아주고 함께 음악을 듣고 산책을 한다. 같이 뭔가를 하고 있을 뿐, 우린 같은 공간에 있을 뿐, 같은 시간을 살고 있을 뿐, 함께 있을 뿐, 서로 사랑할 뿐, 이다.

그리고 나와 헤어지고 싶어 하는 나경. 그 마음에 대해 우리 두 사람은 아직 대화를 나누어본 일이 없었다. 내가 짐작했던 것처럼 당장 그 일이 일어날 것 같지도 않다. 평소 자기 생각을 툭툭 내던지는 것처럼 일기도 그런 식으로 쓰는 건지, 아니면 진지하게 마음에 담고 있는데 말 꺼내기가 어려워 망설이는 건지 모르지만 나경의 마음속에서 일어나는 일들에 대해서 내가 다 알 수도 없고, 나경을 사랑한다고 해서, 또 우리가 함께 산다고 해서 그럴 자격이 있는 것도 아니다. 우리가 나눌 수 있는 건

함께하는 시간. 그게 전부다.

헤어져야겠다고 생각한다고 해서 그 시간이 덜 소중해지는 것은 아니다. 헤어져야겠다고 생각한다고 해서 진짜로 헤어지게 되는 것도 아니다.

그다음에 떠오른 건 우희의 얼굴. 그녀가 믿는 신과 종교 활동에 대해서 사실 제대로 알지 못한다. 그리고 그에 대해 판단을 할 필요도, 그래, 나경 말대로 자격도 없다. 그건 내가 나경을 사랑하는 일에 대해서, 그리고 나경과 헤어지는 일과 마찬가지로 이우희와 그녀 주변 사람들이 함께 보내는 소중한 시간이다.

모래가 굴러다니는 것처럼 입안이 껄끄럽다.

"자자, 명주 씨. 이번엔 한 큐에 갑시다."

박 피디가 눈을 찡긋해 보인다.

라라 스미스의 〈영 앤드 뷰티풀〉이 나가는 동안 초콜릿을 하나 입에 넣었다. 키스데이라서 온통 라디오는 사랑 이야기로 넘쳐난다. 방송국 앞마당은 색색의 꽃나무들로 여기저기서 폭죽이 터지는 해변처럼 보였다.

오늘도 이우희의 대본은 딱히 와닿지 않았다. 하지만 전처럼 화가 나거나 거슬리지는 않았다. 이건 내 방송이 아니라 우리의 방송이니까. 작가의 방송이기도 하고, 피디의 방송이기도 하고,

조연출의 방송, 게스트의 방송이기도 하다. 그리고 우리에게는 호흡을 맞출 시간이 앞으로 더 남아 있다.

나경의 첫인상은 별로였다. 짜증 나는 스타일이라고까지 생각했었다. 나경과 1년이나 함께 같은 어학원에 다니면서도 그녀의 존재를 인식하지도 못했다. 처음 말을 걸었던 건 나경이 너무 큰 소리로 떠들고 있어서 주의를 주기 위해서였다. 방송을 마칠 때쯤에는 이우희의 대본이 최고라고 생각하게 될지도 모른다.

"키스데이. 마음 한구석에 누군가 자리 잡았는데 아직도 용기 내시지 못한 분 오늘 방송 끝나고 초콜릿과 작은 카드 준비해보시는 건 어떨까요? 마지막 곡으로 박지윤의 〈나무가 되는 꿈〉 들으시면서 저는 이만 물러가겠습니다."

디지털 시계의 붉은 숫자가 정확히 4시를 알려주었다. 헤드폰을 벗고 의자에 등을 기댔다. 한 줄기 실바람에 온몸의 긴장이 녹아내리듯, 긴장이 일시에 사라지는 이 순간은 내 일상의 소중한 순간이다.

텀블러를 가방에 넣고, 볼펜을 필통 속에 넣고, 대본을 정리했다. 피디와 음악감독, 보조작가가 먼저 나가고 나와 우희 씨가 남았다.

"같이 퇴근할까요?"

내가 물었다. 우희 씨는 대수로운 일이 아니라는 듯 고개를
끄덕였다.

우리 두 사람은 나란히 걸었다. 난 우희 씨가 나보다 키가 아
주 작다고 생각했는데 막상 서보니 나와 키가 같았다. 마른 체
구고 얼굴이 작아서 그렇게 보였나 보다. 나는 운동화를 신고
있었고 그녀는 발가락이 보이는 샌들을 신고 있었다.

걸을 때마다 모래 먼지가 일었다.

"불편하지 않아요?"

"별로요."

머리 위로 내리쬐는 태양이 따가웠다. 그녀가 핸드백 속에서
양산을 꺼냈다.

"같이 쓸래요?"

꽃무늬는 질색인데. 하지만 나도 모르게 고개가 끄덕여져서
그녀의 양산 속으로 들어갔다.

"양산은 처음 써봐요."

"양산 처음 써본다는 사람은 처음 만나봐요."

"그런 사람이 있어요. 여기 이렇게."

"양산이 얼마나 유용하고 편한데."

"눈이 부시지 않아서 좋네요."

양산의 옅은 그늘이 마음을 편안하게 해주었다.

"난 너무 환한 빛은 좋아하지 않아요. 어쩐지 주눅이 드는 느낌이에요. 너무 환한 사람도 그렇고."

어쩐지 옅은 그늘이 있는 사람이 편했다. 그늘 밑에 앉아 도란도란 나누는 이야기들이 좋았다. 공기놀이는 시시하다고 생각해서 하지 않았다. 그네에서 뛰어내릴 때의 느낌을 즐겼다. 신발창이 바닥을 때리는 소리와 순간 발바닥을 통해 온몸에 스며드는 땅의 기운에 정신이 맑아졌다.

"어릴 때 그네 타다가 뛰어내리기 놀이 해봤어요?"

그녀는 웃기만 했다.

"공기놀이 좋아했어요?"

역시 대답해주지 않았다.

"하나만 더 물어봐도 돼요?"

그녀의 입가에 가느다란 미소가 떠올랐다. 대답을 하든 말든 그건 자기 자유라는, 거만한 옆모습이다. 단정한 콧날이 예뻤다.

"뭔데요?"

이우희는 별로 동요하는 기색 없이 차분한 모습이었다. 작은 보폭에는 변함이 없었다.

답변을 들을 수 없을지도 모르겠지만 나는 일단 물어보기로 했다. 침을 꿀꺽 삼키고 난 뒤 간절한 눈빛을 보내며 천천히 입을 열었다. 말을 처음 하는 아이처럼 또박또박 한 글자씩 정확하게 발음했다.

"우희 작가님, 라디오 좋아하는 거 맞죠?"

그녀가 픽 웃었다. 나는 더 용기를 냈다.

"좋아하니까 여기 와 있는 거죠? 그렇죠?"

이우희는 고개를 돌려 정면으로 내 얼굴을 바라보았다. 나와 같은 옅은 갈색 눈동자다.

우희 씨가 뭐라고 답할지 몰라 몹시 긴장되었다.

잔뜩 흥분해 있는 나와는 달리 이우희는 심드렁한 얼굴이었다. 나를 한번 쏘아보더니 계속 걷기만 했다. 그러다 멈춰 서서 몇 초간 숨을 고르더니 샌들 끝으로 돌맹이를 툭, 차면서 중얼거렸다.

"아, 진짜 어이없어."

작가 노트

좀처럼 사랑에 대해 쓸 수 없어서 미움에 대해 썼다.

남들이 한순간 사랑에 빠지듯 한순간 미움에 빠지곤 했다. 이
불을 뒤집어쓰고 누워 절실하게 미움을 앓고 그 마음에 배부른
채 오래 시간을 보냈다.

내가 감히 당신을 이해할 수 있다고 생각했던 착각이 미움을
낳았다는 것을, 내 경험의 틀에 당신의 삶을 욱여넣어 내 방식대
로 끼워 맞춰 받아들이려는 노력은 사랑도 이해도 뭣도 아니라
는 것을 이 소설을 쓰는 시간 동안 배웠다.

당신과 내가 다르다는 것. 단지 그 사실을 배우는 데 40년하
고도 한 해가 더 걸렸다.

이제 내가 이해하지 못하는 사람이 더 이상은 밉지 않다. 겨우
그렇다.

내가 만일 퀴어라면 무슨 생각 하면서 어떻게 살고 있을까? 내 옆에 누가 있을진 모르겠지만 지금처럼 머리 터지게 고민하고 있을 것 같았다. 나 자신의 모순 때문에 허덕이고 있을 것 같다. 그러면서도 조금씩이라도 제대로 방향을 잡아보려고 꽤나 노력하고 있을 것 같다.

자신이 편견의 피해자라고 생각하면서도 또 한편으로는 편견의 시선으로 타인을 보는 모순된 마음 때문에 괴롭고, 벗어나려 노력하지만 좀처럼 잘되지 않는, 어떤 평범한 사람의 이야기를 썼다.

세상을 바라보는 눈을 맑게 닦고 싶다.
가능하다면 더 씩씩하고 싶다.
돌부리에 걸리면 뻥 차버리고. 뭐야, 어이없어. 넘어지지 않고.

최정화

1979년 인천에서 태어났다. 2012년 《창작과비평》 신인소설상에 단편소설 〈팝비치〉가 당선되면서 작품 활동을 시작했다. 소설집 《지극히 내성적인》《모든 것을 제자리에》, 장편소설 《없는 사람》, 중편소설 《부케를 발견했다》 등이 있다. 젊은작가상을 받았다.

바쁜 꿀벌들의 나라

1.

   2월 29일 밤 11시 무렵이었다. 시립 도서관에서 나와 눈꽃 하이브로 가는 지름길인 허난설헌 공원을 가로지르던 승아는 공원 한가운데에 있는 시비 주변에 새 두 마리가 모여 바닥에 있는 무언가를 구경하고 있는 것을 보았다. 거위와 타조였다. 거위는 공원의 터줏대감인 로드 페닝턴 위글보텀 3세였고 타조는 하나 하이브의 메리 스튜어트 같았다.

   승아가 가까이 가자, 메카 새들은 예의 바르게 뒤로 물러났다. 그녀는 폰의 플래시를 켜고 새들이 보고 있는 자리를 비추었다. 회색의 무언가가 움찔하며 시비 밑의 작은 공간에 숨으며 하악 소리를 냈다. 고양이였다. 승아는 양손을 뻗어 고양이를 잡아 꺼냈다. 고양이는 반항했지만 힘이 없었다.

처음 보는 고양이였다. 새끼라고 하기엔 컸고 다 컸다고 하기엔 좀 모자랐다. 무엇보다 많이 말랐다. 섬의 고양이들 중 이렇게 마른 녀석은 없었다. 고양이가 굶주린다는 건 있을 수 없는 일이었다. 승아는 폰으로 녀석을 스캔했다. 아무 신호도 없었다. 칩이 없는 고양이라? 설마 메카인가? 아니, 충전 구멍이 보이지 않았다. 녀석은 진짜 고양이였다. 못 먹어서 마르고 군데군데 긁힌 상처가 난.

"넌 도대체 어디서 왔니."

승아는 얌전해진 고양이를 쓰다듬으며 상처가 더 있나 몸 구석구석을 살펴보았다. 큰 상처는 없는 거 같았다. 그래도 하이브로 데려가야만 했다. 치료도 하고 어디서 왔는지도 알아내야지. 설아 언니라면…….

손이 얼어붙은 것처럼 갑자기 멈추었다. 그녀는 있을 수 없는 것을 보고 있었다. 꼬리 밑에 있는 작은 타원형 모양의 혹 두 개. 수술로 내용물을 제거한 듯 납작했지만 그렇다고 사정이 달라지지는 않았다. 고양이는 드론이었다.

승아는 고양이를 안고 벤치에서 일어나 눈꽃 하이브 쪽으로 성큼성큼 걸었다. 메카 새들이 호위병처럼 그녀의 뒤를 따랐다.

로드 페닝턴 위글보텀 3세는 시계처럼 정확한 템포로 꽥꽥 소리를 냈고 메리 스튜어트는 요란하게 날갯짓을 했다. 두 마리 모두 범상치 않은 일이 공원에서 일어났다는 걸 눈치챈 듯했다.

갑자기 로드 페닝턴 위글보텀 3세가 승아를 앞질렀다. 전속력으로 달려가던 거위는 공원 문 옆 은행나무 앞에 멈추어서 요란하게 꽥꽥 소리를 냈다. 뒤따라간 승아는 나무 밑에서 드론 고양이보다 더 어이없는 존재가 나무 밑에 늘어져 있는 것을 보았다.

난도질당한 사람 시체였다. 옷은 반쯤 뜯겨져나가 있었고 시체에서 흘러나온 피가 아직 녹지 않은 눈을 검게 물들이고 있었다. 검은 머리칼 사이로 활짝 뜨여진 공허한 갈색 눈이 두 겹의 달빛을 받아 반짝였다.

2

채이가 현장에 도착했을 때, 공원은 이미 구경꾼들로 북적였다. 소문이 섬 전체로 퍼지는 걸 막는 건 불가능했다. 섬사람들이 무관심한 척하는 것도 불가능했다. 해랑 4의 37년 역사상 세 번째로 일어난 살인 사건이었다. 역사에 기록될 날이었다.

시체 주변은 여덟 마리의 메카 동물들이 둘러싸고 있었다. 채이가 다가가자 표범과 늑대가 고개를 숙이고 길을 만들어주었다. 울적한 얼굴의 키 큰 사람이 폰으로 시체를 스캔하고 있었다. 눈꽃 하이브의 의사인 설아였다. 섬에는 정식 검시의가 없었지만 그래도 그에 가장 가까운 전문가였다. 역사추리소설 작가였던 것이다.

"강간 살인 사건이에요."

설아는 폰의 데이터를 채이에게 전송하며 말했다. 채이는 눈을 깜빡이며 눈앞에 쏟아져 들어오는 시각 정보들을 훑어보았다. 이틀째 잠을 거의 못 자 하품이 나왔지만 조금씩 씹어 감추었다. 공원에 모인 시민 대부분이 그녀의 집안 사정을 알고 있었지만 그렇다고 이를 대놓고 과시할 필요는 없었다.

"자세한 건 경찰청에 가서 정밀 분석을 해봐야겠지만 피를 흘리면서 공원 절반을 가로지른 것 같아요. 열일곱 군데 이상의 자상이 있고 강간은 피해자가 죽은 뒤에 저질러졌습니다. 정액의 흔적이 있어요. 드론의 짓입니다."

"우리 드론이 한 일은 아닙니다."

바리톤에 가까운 쩌렁쩌렁한 테너가 공원에 울려 퍼졌다. 키가 2미터에 가까운 그 목소리의 주인은 번쩍이는 은빛 코트를 입고 있었고 얼굴은 형광색 메이크업에 가려져 있었다. 드론 대표인 시리우스 하이브의 태오는 섬에서 가장 마초스러운 존재,

즉 헬덴 테너였다. 30분 전 시립 오페라 극장에서 트리스탄으로 죽었다가 커튼콜을 끊고 달려온 것이었다.

"확실해요?"

설아가 무감동한 얼굴로 태오를 올려다보았다.

"섬의 드론은 2411명입니다. 내륙 직원까지 합해도 2572명이 지요. 20분이면 알리바이를 체크하기에 충분하지요. 데이터를 보내드릴까요? 무엇보다 살해당한 사람은 누구입니까? 칩이 없 다면서요? 피해자가 섬사람이 아니라면 가해자도 아니지 않을 까요?"

"쿠르드인일까?"

군중 속 누군가가 우물거렸다.

"쿠르드인은 아닙니다."

채이는 소리 난 쪽으로 고개를 돌리고 말했다.

"해랑 4에 머무는 쿠르드인들 중 브리더는 없어요. 모두 워커 들뿐입니다. 앞으로도 한동안 브리더가 올 계획은 없어요. 쿠르 드 시드십에 밀항자가 타고 있을 가능성도 없습니다. 다들 시스 템을 아시잖아요. 그리고 있다고 해도 과연 행성 절반을 가로질 러 우리 섬까지 올 수 있을까요? 고양이까지 데리고요?"

"그럼 피해자와 살인자 모두 자연발생했다는 말인가요?"

설아가 물었다.

"다른 태양계에서 왔겠지요. 아직 우리의 특이점 관측은 그렇게까지 정확하지 않습니다. 시드십보다 작은 우주선이 우리 태양계로 들어와 해랑 4에 착륙했을 수도 있습니다. 게다가 우리 도시는 마더의 신경계가 완성될 때까지 30퍼센트밖에 작동하지 못하지요. 외부인이 우리 섬에 들어왔는데 눈치채지 못했을 가능성은 분명히 있습니다. 꽤 오래전에 착륙해 숲에 숨어 있었을 수도 있지요."

"음…… 그게 맞는 것 같습니다."

군중 맨 앞에서 방치된 시체를 구경하고 있던 드론 한 명이 손을 들고 말했다. 얼굴이 낯익었다. 시리우스 하이브 소속의 시립 관현악단 첼로 주자였다. 다예와 태오의 친구여서 몇 번 채이의 하이브에 와 저녁을 먹은 적 있었다.

"피해자가 입고 있는 옷이 수림관리국 보급품입니다. 남쪽 숲속 쉼터에서 찾아 입었을 겁니다."

섬의 절반을 차지하는 기우뚱하게 웃는 모양의 숲은 거의 관리되고 있지 않았고 길도 만들어지지 않았다. 군데군데 세워진 쉼터 역시 두 달에 한 번씩 직원들이 보급품을 채워 넣는 게 전부였다. 허난설헌 공원은 숲 동쪽 끝에서 500미터도 떨어져 있지 않았다. 첼리스트의 말은 충분히 일리가 있었다.

경찰청 버스가 도착했다. 경관 네 명이 지난 15년 동안 한 번도 현장에서 쓴 적 없는 기기들을 내렸다. 시체 주변이 불빛으로 번쩍였다. 작업은 10분 만에 끝났고 시체는 기기가 눈에 새긴 지그재그 모양의 흔적을 남겨놓은 채 버스 안으로 들어갔다. 버스가 공원을 떠나자 사람들은 경관들과 메카 동물들을 남겨놓고 뿔뿔이 흩어졌다.

현장에 남은 경관들에게 지시를 남겨놓고 경찰청으로 돌아가려던 채이의 앞을 누군가 막고 섰다. 고양이와 시체를 처음 발견한 눈꽃 하이브의 아이였다.

"멜키세덱입니다, 청장님."

승아가 말했다.

"뭐라고요, 시민?"

"고양이 이름요. 멜키세덱입니다. 아까 시비 옆에서 이걸 찾았어요."

승아는 작은 동전 크기의 은빛 원판이 달린 끊어진 군번줄을 내밀었다. 이름이 쓰인 쪽 뒷면을 보니 진짜 동전이었다. 누군가가 동전 앞면을 갈아내고 그 위에 송곳으로 고양이 이름을 새겼던 것이다. 채이는 뒤에 새긴 글자들을 읽었다. "UNITED STATES OF AMERICA • ONE DIME".

할리우드 시대 물건이었다.

3.

"고양이는 우리 하이브에서 치료 중입니다."

설아가 말했다.

"영양실조이고 신장에 문제가 있습니다. 하지만 괜찮을 거예요. 치료할 수 있습니다.

피해자는 퀸입니다. 표준력으로 예순 전후 같습니다. 두 번 이상 출산 경험이 있고 재생성은 한 적 없는 거 같습니다. 어금니 두 개에 충치 치료 흔적이 있고 사랑니 두 개와 잘못 난 송곳니 하나를 뽑았습니다. 양쪽 눈에 가벼운 녹내장 증상이 있었고요. 왼쪽 발목에 검정과 핑크색 잉크로 새긴 문신이 있습니다. 심장을 찌른 십자가 모양의 칼 그림입니다. 출산 경험, 충치, 녹내장, 잉크 문신까지, 한 마디로……."

"옛날 사람이군요."

채이가 말했다.

설아는 고개를 끄덕였다.

"네, 마지막 전쟁 때 지구를 탈출한 사람일 수도 있어요. 중성화수술받은 드론 고양이도 같은 우주선을 탔겠지요. 거의 300년 전에서 온 사람이란 말입니다. 인종이 의미가 있던 시절입니다. 당시 사람들은 피해자를 라틴계로 분류하지 않았을까요? 프리다 칼로가 라틴계죠? 가해자의 정보도 곧 나올 겁니다. 정액 속에서 찾은 전립선 세포의 DNA로 외모를 재구성 중이에요."

"그렇다면 왜 우주선이 우리 눈을 피해 이 행성에 들어올 수 있었는지 설명이 되는군요. 피해자, 가해자, 고양이 모두 스텔스 기능이 있는 군용 우주선을 타고 왔을 겁니다. 우린 스텔스 우주선에 전혀 대비가 되어 있지 않으니까요. 지난 몇 세기 동안 우주선이 자기 모습을 감추고 싶을 수도 있다는 가능성 자체를 생각해본 적이 없잖아요."

문이 열리고 방 안이 환해졌다. 진짜로 밝아진 건 아니지만 모두 그렇게 느꼈다. 미나 시장이 들어온 것이다. 아발론 하이브 출신이 다들 그렇듯, 시장은 '굳이 저럴 필요가 있을까?'라는 생각이 들 정도로 아름다웠다. 아무도 불만은 없었다. 하지만 왜 공무원 하이브인 아발론이 굳이 저렇게까지 화려한 미인들을 내놓는지 다들 이해하지 못했다. 저런 미모를 갖고 있다면 평생 10킬로그램 정도 등짐을 짊어지고 다니는 거 같을 텐데.

"우주선은 크기가 어느 정도 될까요?"

채이의 사무실까지 오는 동안 대화망에 링크되어 이들의 이야기를 계속 듣고 있던 시장은 앉자마자 황금종이 울리는 것 같은 낭랑한 목소리로 물었다.

"시드십보다는 한참 작을 겁니다."

채이가 대답했다.

"전쟁 전 도약선은 커봤자 웬만한 버스 크기의 네 배 정도였습니다. 무리했다면 스무 명 정도는 태울 수 있었을 거예요. 기껏해야 일주일 정도 버틸 수 있었을 거고요. 물론 시공간 내비게이터 따위는 없었겠죠. 그런 건 1세기 뒤에나 나왔으니. 겁에 질린 사람들이 지구가 아닌 어디로라도 달아나려고 무작정 점프를 했는데 도착한 곳이 4000광년 떨어진 이 태양계였고, 시대는 표준 달력으로 300년 뒤의 미래였던 겁니다.

메카 독수리들이 섬 주변을 한 번 훑었습니다만, 아무 흔적도 찾지 못했습니다. 주변 상황을 고려해보면 우주선이 해구에 가라앉았고 생존자들만 섬으로 올라왔을 가능성이 가장 큽니다. 숲속 쉼터 두 곳이 약탈당한 것 같은데, 그래도 확인해봐야 합니다. 아시다시피 거기 관리가 대충이잖아요. 지금까지는 그래도 되었으니까요.

최악의 상황은 살인과 테러도 가능한 폭력적인 지구인들이 열 명 이상 도시 안에 숨어들었다는 것입니다. 운만 따라준다면 이들은 몇 주 이상 버틸 수 있어요. 여긴 22세기 초반의 지구보다 훨씬 숨기 쉬우니까요. CCTV가 있나요. 경찰 로봇이 있나요. 고양이 사료 배급망도 있으니 굶을 일도 없지요.

이들은 무장하고 있을 수도 있고 테러를 계획하고 있을 수도 있습니다. 옛 종교를 믿는 광신도라면 우리의 존재 자체가 혐오스럽겠지요. 하지만 저들이 그냥 겁에 질린 보통 사람일 가능성도 고려해야 합니다. 그런 경우라도 살인은 충분히 일어날 수 있지요.

일단 프라이버시 제한령을 내릴 예정입니다. 이제 전 시민은 링크 상태에 있어야 하고 단독 외출과 심야 외출을 금지합니다. 오페라와 콘서트도 한동안 없습니다. 경찰 인력은 모두 범죄자 수색에 들어갔습니다. 메카 동물들은 모두 경계 모드로 전환했습니다. 그리고…….”

“……그리고 제가 임의로 드론 동원령을 내렸습니다.”

태오가 채이의 말을 끊었다.

“외계에서 온 드론이 시민의 위협이 된다면 그들을 막는 건 우리 몫입니다. 당장 동원할 수 있는 드론은 808명입니다. 단지 무장 허가가 필요합니다. 적어도 50명에 한 명 정도는 경찰용 전기총이 있어야…….”

폰이 울렸다. 일제히 조용해진 주변 사람들은 메시지를 읽는 채이의 얼굴을 심각한 표정으로 응시했다. 채이가 폰을 주머니에 넣자 시장이 물었다.

“다예인가요?”

“네, 진통이 심해졌대요. 지금 하이브 병실로 내려갔대요.”

다들 표정이 어색해졌다. 임신과 관련된 모든 단어들은 사무실 안 모두에게 먼 별의 이야기처럼 낯설고 당황스러웠다. 유일한 퀸인 설아라고 특별히 다를 건 없었다.

침묵을 깬 건 시장이었다. 그녀는 채이와 태오를 번갈아 바라보며 말했다.

"뭐 하세요? 다들 가보셔야죠."

4.

다예는 폐병으로 죽어가는 비올레타 발레리처럼 하이브 병실 침대에 누워 있었다. 채이에겐 오페라와 연결되지 않는 표현은 단 하나도 떠오르지 않았다. 다예는 직업상 온갖 종류의 로맨틱한 죽음에 익숙해져 있었고 진짜 병실에 있는 동안에도 그들 중 한 명을 무의식적으로 연기하고 있었다.

몇 개월 동안 그녀의 몸 안에 기생하고 있던 작은 생명체는 옆 병실로 옮겨져 의사들의 진찰을 받고 있었다. 엄마 몸에서 아기가 태어날 때 대부분 그렇듯, 다른 하이브에서 온 수십 명의 의사들이 병원 층에 모여 있었다. 몇 분 전까지 다예 옆에 붙어 있던 다섯 명은 태오가 쫓아냈다.

채이는 끈적끈적한 체액에 젖어 있던 그 작은 아기의 모습을 떠올렸다. 미완성의 못생긴 살덩어리였다. 아무리 봐도 세상에 나올 준비가 되지 않은 눈멀고 멍청한 짐승. 아기를 안고 있던 다예도 어리둥절한 건 마찬가지인 것 같았다. 하긴 다들 무엇을 기대했던 것일까? 인간 아기가 그런 모습으로 나온다는 건 다 알고 있지 않았는가? 시에서는 1년에 한 번씩 일어나는 이벤트가 아니었나? 섬에서 자연 출산은 드물지만 희귀하지는 않았다.

다예는 지친 얼굴로 태오를 바라보고 있다가 채이의 시선을 눈치채자 눈을 바닥에 떨구었다. 태오 역시 민망한 표정이었다. 채이는 이들을 어떻게 대해야 할지 알 수 없었다. 그들은 채이에게 미안해해야 할 이유가 전혀 없었다. 다예가 채이의 잠동무라고 해서 다른 사람과 섹스를 하지 말아야 할 이유는 없었다. 게다가 아기는 섹스로 태어난 게 아니었다. 그랬다면 그것이야말로 귀찮을 일이었을 것이다. 피임 장치를 제거하거나 우회로를 만들거나. 아까 아기의 모습으로 태어난 다예의 수정란은 바로 이 병실에서 만들어졌다. 채이 역시 두 사람의 유전자가 결합되고 편집되는 동안 이곳에 있었다. 섬의 임신 과정엔 프라이버시가 개입될 여지가 없었다. 그럼에도 불구하고 다예와 태오는 이졸데와 트리스탄처럼, 프란체스카 다 리미니와 파올로 말라테스타처럼 죄책감에 절어 있었다. 채이는 혀를 찼다. 브리더들은 왜들 이렇게 쓸데없이 멜로드라마틱한 것일까.

채이는 그녀 자신도 온전히 이해가 안 되는 우물거리는 말을 두 사람에게 던지고 병실에서 나왔다. 복도에는 보르조이 두 마리가 낯선 방문객의 눈치를 보며 벤치 옆에 앉아 있었다. 솔빛은 개 하이브였고 다섯 마리의 보르조이와 여섯 마리의 코기, 네 마리의 창작 믹스 개를 키우고 있었다. 정원에 모여 긴장한 얼굴로 운하 너머를 감시하고 있는 세 마리의 회색 메카 늑대도 솔빛 하이브 소속이었다.

창 너머로 보이는 도시는 불안해 보였다. 지금까지 섬에서 안전은 숨 쉬는 공기처럼 당연한 것이었다. 열 살짜리 아이들이 한밤중에 거리를 방황해도 굳이 뭐랄 생각이 안 드는 곳이었다. 그 당연한 환경이 깨진 것이다. 오늘 예정이었던 공연이 뭐였지? 아, 〈아드리아나 르쿠브뢰르〉. 지구인들이 잡히기 전엔 그것도 취소다.

임신만 아니었다면, 다예는 이번 시즌에서도 아드리아나 르쿠브뢰르를 연기했을 것이다. 올해 그 역은 아발론 소속 선니에게로 돌아갔다. 선니는 아발론의 유일한 공연예술가였다. 어떤 변덕으로 그렇게 태어났는지는 아무도 몰랐다. 가끔 엉뚱한 하이브에 태어난 것 같은 애들이 있었다. 그리고 하이브의 구성원은 세월이 흐르면 조금씩 잡다해지기 마련이었다. 대표적인 예로 다예를 따라 이 예술가 하이브에 들어와 8년 넘게 살아온 채이 자신이 있었다.

워커는 절대로 훌륭한 오페라 가수가 될 수 없다고, 다예는 종종 투덜거렸다. 하지만 아름다운 소프라노 아리아를 노래할 수 있는 성대는 퀸의 독점물이 아니었다. 테너, 바리톤, 심지어 베이스를 노래하는 성대가 드론의 독점물이 아니듯. 다예는 〈Io son l'umile ancella〉를 완벽하게 노래하기 위해선 좋은 성대 이상의 것이 필요하다고 했지만, 워커라고 감정이 없는 건 아니었다. 없다고 해도, 제비꽃의 독에 중독되어 죽어가는 배우를 노래할 때 필요한 감정은 얼마든지 뽑아낼 수 있었다. 브리더들은 인정하기 싫어하지만 감정이란 원래 그런 것이다.

채이는 링크를 열고 경찰청에서 날아들어오는 정보를 검토했다. 쉼터에서 사라진 통조림과 옷은 지구인들이 약탈한 것이 확실했다. 숲에선 그들이 입었던 유니폼이 발견되었다, 시내의 세탁소에서 열 벌 이상의 옷이 도난당했다는 신고가 들어왔다. 유니폼과 도난당한 옷의 사이즈를 확인한 경찰은 만약 침입자들이 지구인이라면 살해당한 사람을 제외하더라도 최소한 두 명 이상이 퀸일 것이라고 결론을 내렸다.

살인은 왜 일어난 것일까? 의견이 갈라진 것일까? 원래부터 있었던 반목의 결과인가? 그냥 충동적인 사고였을까? 채이는 지구인들의 마음속에서 어떤 생각이 돌고 있는지 확신할 수 없었다. 모두 할리우드 영화 같지는 않을 것이다. 진짜 사람들은 보다 혼란스럽고 이해하기 어려울 것이다. 이 행성에 와서는 더욱 그런 존재일 것이다.

태오의 드론들은 다섯 명씩 짝을 지어 도시를 수색하고 있었다. 전기총은 아직 배급되지 않았지만 몇 명은 무기로 쓸 만한 공구로 무장하고 있었다. 가끔 뭔가를 발견했다며 고함을 지르는 드론의 얼굴이 화면에 떴다. 지금까지는 모두 착각이었지만 드론들은 기죽지 않았다. 자신의 존재를 입증할 다시없는 기회라고 생각했는지 점점 더 시끄러워졌다. 워커 경찰들과 자잘한 충돌이 보고되었지만 아직까지 큰 사고는 없었다.

링크를 통해 새 메시지가 들어왔다. 읽으려고 텍스트를 펼치는 순간 설아가 우당탕 소리를 내며 복도로 뛰어들어왔다.

"실종자가 생겼어요. 우리 하이브 아이예요. 승아요. 시체 발견한 아이요. 링크령이 내려져 있는데도 오프라인 상태라 하이브에서 확인하러 나갔는데 아침부터 본 사람이 없어요. 그리고……"

"그리고?"

"메카 거위 한 마리도 같이 사라졌어요. 허난설헌 공원의 로드 페닝턴 위글보텀 3세요. 둘이 같이 어디론가 가는 걸 본 사람이 있어요."

5.

아무리 노력해도 링크가 되지 않았다. 지하 터널이어서가 아니었다. 무언가가 신호를 막고 있었다. 지금까지 저들을 도시 시스템에서 보호해주고 투명 인간으로 만들어준 무언가가.

승아는 얼굴을 찡그리며 지난 몇 시간을 돌이켜보았다.

처음엔 그냥 재미있었다. 살해당한 사람에 대한 연민이 없었던 건 아니다. 하지만 사건이 너무 초현실적이라 강간과 살인이라는 범죄의 무게가 거의 느껴지지 않았다. 피해자가 아는 사람이었다면 또 달랐겠지만 그런 것도 아니었다. 시체는 그냥 하늘에서 떨어진 것이나 다름없었다. 이 모든 건 설아 언니가 쓰는 20세기 모험담 같았다. 똑똑하고 용감한 20세기 아이들이 사람을 죽이거나 금괴를 훔친 어른들과 맞서 싸우는.

로드 페닝턴 위글보텀 3세가 잘려나간 사람 손가락을 물고 가는 걸 보았을 때 당장 경찰을 부르지 않은 것도 순전히 설아 언니의 책 때문이었다. 잘려나간 손가락. 보도에 똑똑 떨어져 말라붙은 핏방울. 정체불명의 옛 기계에서 떨어져 나온 거 같은 금속 부품. 이 모든 것들이 너무나도 자연스럽게 하나씩 눈에 들어와 승아로서는 다른 선택의 여지가 없었다. 호기심 많고 고집 센 거위와 함께 콤비가 되어 그 뒤를 따를 수밖에.

그러다 결국 이 꼴이 나고 만 것이다.

승아는 맹렬하게 짖어대는 메카 거위를 끌어안고 주변을 에워싼 사람들을 올려다보았다. 모두 여섯이었고 다들 수림보호국 보급품 옷을 입고 있었다. 퀸 둘, 드론 넷이었다. 드론들은 모두 얼굴에 짙은 수염이 났고 여섯 명 모두 고약한 악취를 풍겼다. 정말 필름 영화에서 튀어나온 것 같은 옛날 사람들이었다. 할리우드 배우들도 저렇게 거창한 땀 냄새가 났을까?

땀 자체는 이해할 수 있었다. 그들이 모여 있는 통로 바로 위로는 발전소에서 나온 온수관이 지나가고 있었다. 겨울에도 30도 밑으로 떨어지는 일이 없는 곳이었다. 주변에 굴러다니는 빈 젤리 통조림 깡통들을 보아하니 그들은 일주일 넘게 여기서 머물렀던 것 같았다.

"걱정하지 마. 우린 널 해치지 않아."

리더인 것 같은 퀸이 할리우드 영어로 말했다.

뒤에 선 드론이 킥 하고 웃었다. 그리고 영어가 아닌 낯선 말로 뭐라고 외쳤는데, 이탈리아어는 당연히 아니고 스페인어 아니면 포르투갈어 같았다. 승아에게 말을 건 퀸이 같은 언어로 날카롭게 뭐라고 쏘아붙이자 드론은 다시 조용해졌다.

퀸은 다시 말을 이었다.

"우린 지구에서 왔어. 우리가 떠났을 때는 인류가 막 다른 태양계로 날아갈 수 있는 기술을 개발했었어. 하지만 인간을 정복하려는 사악한 인공지능이 그 기술을 독점하려고 했고 우린 달아났어. 그리고 계속 도약하다가 여기로 온 거야. 아마 그 뒤로 세월이 많이 흘렀을 거야. 얼마나 흘렀는지는 모르겠지만. 내 말 알아듣겠니? 영어 할 줄 아니?"

승아가 고개를 끄덕이자 퀸의 얼굴은 살짝 풀어졌다.

"여기에 사람들이 살고 있는 걸 보고 얼마나 기뻤는지 몰라. 하지만 우린 아직 확신할 수 없었어. 이 행성 사람들은 모두 우리가 모르는 말을 썼어. 한국어인 거 같은데 맞니? 맞아? 무엇보다 우린 여기 사람들이 진짜 사람인지 확신할 수 없었어. 네가 안고 있는 거위도 로봇이지? 개도 고양이도."

"거위는 로봇이에요. 하지만 개와 고양이는 진짜예요. 토끼도요."

"그렇구나. 다행이야. 너도 인간이니?"

"네."

"우린 걱정했었어. 이곳 사람들은 이상했거든. 일단……."

"왜 죽인 거예요?"

승아가 말을 잘랐다. 퀸은 당황한 얼굴이었다.

"우린 아무도 죽이지 않았어. 오히려……."

승아는 폰을 꺼내 화면을 최대한 크게 펼치고 공원에서 찍은 시체 사진을 열었다. 헉하는 소리와 함께 주변이 갑자기 조용해졌다.

"강.간.살.인."

아, 이 어처구니없는 단어들을 직접 말할 기회가 생기다니.

"여러분 중 누군가가 저 사람을 죽이고 강간했어요. 누가 그랬어요?"

대답이 없자, 승아는 주머니에서 거위로부터 빼앗은 손가락을 꺼내 내밀었다.

"이건 누구 거죠?"

그들은 일제히 양손을 꺼내고 서로의 손을 들여다보았다. 드론 한 명만이 양손을 바지 주머니에 쑤셔 넣고 있었다. 머리가 하얗게 세고 다섯 명 중 피부색이 가장 밝은 사람이었다. 모든 사람의 시선이 자기에게 쏠리자 드론은 천천히 뒤로 물러났다. 날카로운 외국어의 외침이 오갔다. 드론은 약지가 날아간 왼손을 천천히 흔들며 뭐라고 대답하다가 갑자기 승아에게 달려들었다. 품에서 빠져나온 메카 거위가 드론의 팔을 물었지만 그는 거위를 떨어내고 승아의 목을 휘어감은 뒤 관자놀이에 무언가를 들이댔다. 차가운 금속 실린더. 십중팔구 총이었다.

"경찰에 연락할 수 있게 해주세요! 제발요!"

큰 기대는 하지 않았다. 하지만 2초도 지나기 전에 승아의 뇌는 도시의 네트워크와 연결되었다. 시청각 정보와 위치 정보가 순식간에 모두 경찰로 넘어갔다. 하지만 이것으로 충분할까? 승아는 이곳 경찰을 티끌만큼도 믿을 수가 없었다. 그들이 지난 몇십 년 동안 경험한 폭력 행위라고는 드론들의 패싸움 정도밖에 없었다.

그 뒤 15분은 굉장히 지루한 오페라의 코러스 같았다. 네 명의 지구인과 인질범은 계속 고함을 질러댔고 인질범과 승아는 조금씩 뒷걸음쳤다. 한 200미터쯤 걸은 것 같았다. 승아는 알고 있는 영어와 이탈리아어 단어들을 종합해 이들이 하는 말을 해석하려 했지만 헛수고였다. 오페라를 통해 익숙해진 열정적이고 폭력적인 단어들이 여기저기에서 튀어나왔는데, 같은 단어들의 조합이 주기적으로 반복되는 것을 보아하니 대화의 발전이 없는 것 같았다.

갑자기 터널 안이 밝아졌다. 수십 마리의 메카 벌새들이 조명들을 쏘며 안으로 날아들어온 것이다. 그와 함께 터널 양쪽으로 쿵쿵거리는 발소리가 들렸다. 드디어 오셨군. 하지만 이게 끝일까?

채이 청장의 조그만 몸이 벌새들의 조명등 안으로 들어왔다. 놀랍게도 청장은 지구인의 언어로 저들에게 말을 했다. 그럼 스페인어구나. 청장이 스페인어를 한다는 건 알고 있었다. 저번 시즌 〈고예스카스〉 공연 때 대본을 번역하고 가수들의 딕션을 교정한 게 청장이었던 것이다.

청장에게 설득되었는지 나머지 지구인들은 뒤로 물러났다. 이제 조명 안에는 청장, 승아, 인질범 그리고 여전히 그르렁거리며 인질범을 노려보는 로드 페닝턴 위글보텀 3세만 남았다. 나머지 엑스트라들은 어둠 속에서 숨죽이고 있었다. 단호한 소프라노와 휘청거리는 바리톤의 이중창이 오갔다. 청장의 목소리가 높아질수록 바리톤은 점점 희미해졌다. 승아는 지금까지 관자놀이를 누르고 있던 총구의 압력이 낮아지는 걸 느꼈다.

그 뒤 수많은 일들이 순식간에 일어났다.

우선 인질범이 총을 내려놓고 승아를 감싸고 있던 팔을 풀었다. 승아가 빠져나오는 순간 지금까지 압축된 스프링처럼 힘을 주고 때를 기다리고 있던 메카 거위가 인질범에게 달려들어 목을 물었다. 드론은 거위와 함께 넘어졌고 그와 함께 총성이 들렸다. 가슴을 관통당한 로드 패팅턴 위글버텀 3세는 뒤집어져 기계적으로 두 발과 날개를 휘저어댔고 인질범은 총을 휘두르며 비척비척 일어났다.

그 순간이었다. 총소리와 함께 인질범의 관자놀이와 더러운 백발이 덮인 두개골에 세 개의 구멍이 뚫린 것은. 드론은 어리둥절한 표정으로 고개를 돌리다 푹 쓰러져버렸다.

벌새들은 훈련받은 조명 기사처럼 일제히 총알이 날아온 방향으로 빛을 쏘았다. 검은 가죽 재킷을 입고 번쩍이는 전사 화장을 한 태오가 아직도 연기가 나오는 루거 P08 모조품을 쥐고 어이없다는 듯 모두를 바라보고 있었다.

"뭐?"

6.

채이는 시장에게 제출할 보고서 초고를 대충 훑어보았다. 피해자 마리나 베가가 달아난 고양이 멜키세덱을 찾으러 밖으로 나갔고 살인범 알바로 알텐도르프가 말리러 따라갔다가 살인을 저지른 것까지는 확실했다. 하지만 베가가 무엇으로 알텐도르프의 손가락을 잘랐는지, 어쩌다 그 살인이 강간으로 이어졌는지는 알 수 없었다. 설아는 너무 늦기 전에 죽은 드론의 뇌에서 정보를 뽑아 빈 부분을 채울 수 있게 해달라고 졸랐지만 추리 작가의 자기만족을 위해 시의 자산을 낭비할 생각은 없었다.

극한의 상황에 몰린 사람들은 가끔 그렇게 정신 나간 짓을 하는 법이다. 적어도 옛날 지구인들은 그랬다고 들었다.

채이는 폰을 접고 가브리엘라 벨라스코 선장의 병실로 들어갔다. 선장은 침대에 누워 작년에 녹화한 〈예브게니 오네긴〉 공연을 보고 있었다. 옆에는 반쯤 먹다 만 초록색 젤리가 든 그릇이 놓여 있었고 발밑에는 멜키세덱이 졸고 있었다.

"혹시 젤리 말고 다른 음식은 없나요?"

선장은 한참 클라이맥스로 이어지던 렌스키의 아리아를 중간에 끊고 물었다.

"통조림 안에 들어 있던 것도 모두 젤리였어요. 그리고 우리에게 인질로 잡혔던 그 아이가 아까 왔었는데 걔는 젤리 말고 다른 걸 먹지 않는다고 하더군요. 음식 자체에 관심이 없대요."

"정 원하신다면 두부 샌드위치를 가져다드릴 수 있어요."

채이가 말했다.

"감사합니다. 그러니까 당신들도 아직 진짜 음식을 먹는군요?"

"음식에 관심이 없는 사람들도 많아요. 그 아이는 우주인으로 태어났어요. 학교를 졸업하면 우주선을 타고 별들 사이를 떠돌다가 외롭고 행복하게 죽겠지요. 그런 애에게 미식이 무슨 소용이 있을까요?"

"궁금한 게 더 있어요. 알텐도르프를 죽인 사람은 남자 맞죠? 저 오페라에 나오는 사람도 남자 맞죠? 이 행성엔 남자가 있는 거죠?"

"아. '남자'. 있어요. 몇천 명. 우린 드론이라고 부르죠."

"왜 그렇게 적나요?"

"적지 않아요. 이 행성에서 퀸과 드론의 성비는 꼭 50:50이지요."

"그럼 나머지는?"

"저 같은 워커들이죠."

선장은 이를 악물었다.

"제 눈에 당신은 여자처럼 보여요."

"우린 브리더들로부터 구분되는 걸 더 좋아합니다."

"퀸, 드론, 워커. 인간 꿀벌이군요. 어쩌다……."

"자연스럽게 그렇게 되었어요. 새 인간을 만들기 위해 임신을 거치지 않아도 되었으니 성애는 귀찮아졌고 부작용이 너무 컸지요. 반발하는 사람들도 있었지만 마지막 전쟁 이후로 기존 인간성의 유지는 그렇게까지 중요하지 않았으니까요. 그래도 혹시 모르니까 소수의 브리더들을 남겨놓았고 1년에 한 번 정도 재래식으로 아이들이 태어납니다."

"그렇다면 A.I.가 전쟁에서 이긴 거군요. 인간이 졌어요."

"인간이 아니라 인간 순수주의자들이 진 거예요. 기계가 이기거나 그런 건 아닙니다. 우리는 조화를 이루며 공존하고 있고 지구 문명은 그 어느 때보다 번성하고 있어요."

"당신들은 인간이 아니에요! 기계 부품이에요! 성욕도, 식욕도 다 귀찮아서 벗어던진다면 다음엔 무얼 버릴 건가요?"

채이는 한숨을 내쉬었다.

"글쎄요. 모르겠군요. 하지만 무언가를 버린다면 그건 다른 무언가를 받아들이기 위해서겠지요. 우린 다양한 세계에서 다양한 모습으로 충만한 삶을 살고 있고 그 어느 때보다도 더 많은 걸 원해요. 단지 당신들이 당연하게 여기고 있는 인간성의 스펙트럼에서 조금 벗어나 있을 뿐입니다."

7.

2월 33일, 지구인들의 장례식과 아기의 출항식이 열렸다. 장례식 때 추적추적 내리던 비는 정오가 되자 그쳤고 출항식 준비가 시작될 무렵 무지개색 구름 사이로 해가 얼굴을 드러냈다.

채이와 다예는 벨라스코 선장을 포함한 지구인들을 출항식에 초대했다. 모두 열두 명이었다. 숲에 숨어 있던 일곱 명은 나중에 수립관리국 직원들이 찾아냈다.

지구인들은 이제 많이 안정되어 보였다. 미나 시장은 그들에게 해랑 태양계에서 200광년 떨어진 스페인어권 태양계로 이주를 제안했다. 벨라스코 선장은 여전히 미심쩍어하는 모양이었지만 다른 사람들의 반응은 보다 긍정적이었다. 하긴 지구인들의 저항은 발견되는 순간 끝날 수밖에 없었다. 그들의 대의는 300년 전에 죽었다. 따라 죽을 생각이 아니라면 현실을 받아들여야 했다.

솔빛 하이브 지하 강당에서 열린 출항식은 장례식만큼이나 북적거렸다. 손님 중에는 승아와 설아도 있었다. 승아는 막 수리가 끝난 로드 페닝턴 위글보텀 3세를 데리고 왔다. 아이는 싹싹하고 친근해 보였다. 하지만 채이는 그 아이가 우주로 나가는 순간 티끌만큼의 후회도 없이 모든 인간관계를 끊어버릴 수 있다는 걸 알았다. 우주인들은 다들 그랬다.

태오는 오지 않았다. 아기 아빠가 빠지니 그림이 좀 이상해졌지만 그래도 지구인들과 다시 만나게 하는 건 시기상조 같았다. 지구인들과 태오 중 하나를 빼야 한다면 태오를 뺄 수밖에 없었다. 어차피 그날은 〈파르지팔〉 리허설이 있는 날이었다.

채이는 그날 일을 돌이켜보았다. 태오를 나무랄 수는 없었다. 분명 위험해 보이는 상황이었고 알텐도르프는 총을 갖고 있었다. 태오가 직접 만든 2차 세계대전 장난감으로 드론을 사살하지 않았다면 다른 누가 죽었을지도 모른다. 하지만 또 모르지. 아무도 안 죽었을지도.

확실한 건 단 하나. 태오가 해랑 4 역사상 네 번째 살인자라는 것이었다.

2시 정각이 되자, 시끄럽게 울어대는 아기를 안은 다예가 음악과 함께 걸어 나왔고 사람들은 손뼉을 쳤다. 엄마와 아기가 재단에 오르자 인큐베이터가 천천히 입을 벌리며 검은 우단과 같은 속을 드러냈다. 다예는 아기를 한 번 꼭 끌어안고 그 검은 구멍 안에 밀어 넣었다. 수십 개의 검은 혀들이 아기를 감싸 안았고 아기의 울음은 곧 멎었다. 인큐베이터의 입이 닫혔다. 이제부터 그 아이는 기계가 만들어내는 환상 속에서 가장 행복한 3년을 보내게 될 것이다.

다예가 쿠르드 대사와 이야기를 나누는 걸 보고 채이는 하이브 건물을 나섰다. 해야 할 일이 많았다. 살인자와 피해자의 시체는 장례 기계 속에서 기본 원소로 분해되어 사라졌지만 살인 자체는 처리해야 할 긴 꼬리를 남겼다.

시장과 나눈 비공식 면담을 마치고 집에 돌아오니 벌써 11시였다. 다예는 이미 침대에 들어가 선물 받은 종이책을 읽고 있었다. 몸을 씻고 파자마로 갈아입은 채이가 이불 밑으로 들어오자 그녀는 덤덤한 목소리로 말했다.

"이야기 들었어? 해랑 5에 세울 쿠르드 국가에서는 브리더를 만들지 않을 거래. 그냥 워커만으로 해보겠대."

"그럴 때가 되기도 했지. 시스템이 안정화된 지도 오래니까. 그런 행성이 처음도 아닐걸?"

다예는 종이책을 덮고 불을 껐다. 채이가 이불 속에서 몸을 웅크리고 잠을 청하려는데, 나지막한 목소리가 그녀의 등 뒤에서 들렸다.

"너는 우리의 욕망이, 우리의 존재가 같잖지?"

채이는 몸을 돌려 창문을 통해 들어오는 밤하늘의 푸른빛 속에서 희미하게 보이는 잠동무의 얼굴을 잠시 응시하다 천천히 고개를 저었다.

"아니."

작가 노트

듀나

1992년부터 영화 관련 글과 SF를 쓰고 있다. 쓴 책으로 장편소설 《민트의 세계》, 소설집 《면세구역》 《태평양 횡단 특급》 《대리전》 《용의 이》 《브로콜리 평원의 혈투》 《구부전》 《두 번째 유모》, 연작소설 《아직은 신이 아니야》 《제저벨》, 영화비평집 《스크린 앞에서 투덜대기》, 에세이집 《가능한 꿈의 공간들》 《장르 세계를 떠도는 듀나의 탐사기》 등이 있다.

XOXO

스물일곱 살 여름

　세상이 독감에 걸린 것처럼 열로 들끓던 8월 초에 나는 실연했다. 당시 내겐 단 하나의 희망만이 있었다. 되돌려놓을 수 있으리라는 희망. 그 희망을 놓고는 살아갈 수 없었다. 그때 나를 버린 사람 이름이 뭐였더라. 지민인가, 주민인가. 더는 나를 사랑하지 않는 사람에게, 걱정과 연민을 건네다가 결국 지겨워하며 이제 제발 그만하라고, 차라리 죽어버리라고 매서운 말을 쏟아내던 사람에게 그해 겨울이 끝날 때까지 매달렸다. 나는 헤어지고 잊는 방법을 몰랐다. 지금은 아는가? 모르겠다. 사랑이나 이별에 어떤 방법이 있다고 생각할 수 없다.

매일 밤 혼자 술을 마시게 되면서 지민인지 주민인지를 찾지 않게 되었다. 만취하면 어둠처럼 고요히 가만히, 시간을 죽일 수 있었다. 주민인가 지민인가를 열망하지 않게 된 뒤에도 만취해야 잠드는 버릇은 흉터처럼 남아 나의 일부가 되었다. 기억을 잃는 밤이 잦아졌다. 다음 날 오후까지 두통과 메스꺼움에 시달렸다. 밤이 되면 다시 술을 마셨다. 그런 중에도 해야 할 일을 빠짐없이 했다. 써야 할 글을 썼고 약속을 어기지 않았다. 윤리적으로 말하고 행동했다. 가족과 친구들의 대소사나 생일도 잊지 않고 챙겼다. 멀쩡한 목소리로 전화를 받고 안부를 물었다. 아무도 내가 알코올중독자라는 걸 몰랐다. 나는 내게만 실수하고 잘못했다. 내게만 비윤리적이었다.

스물아홉 살이 되자 몇 안 되는 친구들이 계절마다 결혼 소식을 전했다. 나는 예식장에서 신부의 가방을 들고 있거나 축사를 하거나 웃으며 손뼉을 쳤다. 친구들은 차례로 아기를 낳았다. 나는 병원으로 찾아가 출산을 축하하고 통유리 너머로 친구가 낳은 아기를 보며 미소 지었다. 친구들은 빌라에서 아파트로 이사했고 자동차를 바꿨다. 나는 과일이나 꽃을 사 들고 집 구경을 갔고 찬 손으로 소파나 침대를 쓸어봤다. 친구들은 양육과 직장생활을 같이 해내느라 바빴다. 한 달에 한두 번 나누던 연락이 1년에 한두 번으로 줄어들었다. 서른다섯 살 가을이었나.

아주 오랜만에 친구들을 만나고 돌아와 심하게 울었다. 나는 친구들의 대화에 참여할 수 없었다. 오랜 친구들이었지만, 우리는 같은 나라에서 같은 언어를 쓰고 있었지만, 나는 외부인이었다. 타인과의 소통을 단념해가면서도 서로를 믿고 사랑하고 손을 잡는 인물을 주인공으로 소설을 썼다. 나는 정말 사랑과 믿음이 소중한 가치라고 생각했다. 하지만 내 삶에서 그것들은 점점 희박해졌다. 이미 끝난 소풍인데, 다들 집으로 돌아갔는데, 나만 홀로 남아 보물이 적힌 쪽지를 찾아 헤매는 것도 같았다.

서른여덟 살 봄

빈혈과 위통에 시달리다 혼자 살던 집에서 잠깐 정신을 잃었다. 눈을 떴을 때는 내가 누구인지 그곳이 어디인지, 내가 살았는지 죽었는지 몰랐다. 한참을 눈만 껌뻑이며 쓰러진 그대로 있었다. 내 몸이 내 것 같지 않았다. 나의 정신은 이미 나를 버리고 도망간 것 같았다. 그날 이후 낮에는 동네 카페에 나가서 글을 썼다. 내가 실신하거나 죽으면 구급차를 불러줄 사람이 있는 곳에 있고 싶었다. 죽음을 겁내면서도 술을 끊지 못했다. 취하면 공포가 사라졌으니까. 심드렁한 연애를 하다가 흐지부지 헤어지길 반복했다. 나는 아주 엉망이었다. 나는 엉망인 나를 신경 쓰지 않았다.

따뜻한 바람이 불어 창을 열어둔 밤이었다. 너에게 전화가 왔다. 나는 놀랐다. 나쁜 소식을 듣게 될까 봐 전화받기를 망설였다. 벨 소리는 멈췄고, 다시 울렸다. 통화버튼을 눌렀다. 너는 스스럼없이 내 이름을 불렀다. 너는 내가 죽는 꿈을 꿨다고 했다. 너무 슬퍼서 내 몸을 흔들며 울었고, 네가 너무 흔들어서, 죽은 내가 깨어났다고 했다. 그러니까 나는 진짜 죽었던 게 아니라 죽은 척을 했던 거라고 너는 말했다.

내가 왜 그랬을까?

나는 물었고,

나를 기쁘게 해주려고,

너는 대답했다. 내가 알아듣지 못해서 덧붙였다.

네가 죽으면 내가 얼마나 슬퍼할지 미리 알게 해주려고.

너는 내게 잘 지내느냐고 물었다. 나는 취하기 전이었지만, 취한 척했다. 걱정의 말을 듣고 싶었다. 나는 아무에게도 하지 않던 말을 했다. 내가 얼마나 엉망진창인지. 병들었는지. 죽음은 두렵고 사는 건 지겹다고. 고인 물처럼 아무 사건 없이도 썩어가던 나. 희망이나 행복 같은 가치를 거추장스러워하며 삶을 해치우기에 급급하던 나. 무슨 일이 있었던 거냐고 너는 물었다.

나는…… 대답하지 못했다. 10년 전 이별을 핑계 삼을 수도 없었고 그러고 싶지도 않았다. 나는 부끄러운 줄 알면서도 자조적인 말을 주절주절 뱉어냈다. 너는 나를 만나야겠다고 했다.

다음 날 오후 4시에 우리는 만났다. 얼굴을 마주하기는 정말 오랜만이었다. 우리는 카페와 레스토랑, 강변과 칵테일 바로 자리를 옮기며 지난날 각자에게 있었던 일을 느리고 길게 말했다. 말을 많이 하고 나면 늘 자괴감으로 괴로웠는데, 그날만큼은 즐거웠다. 너와 계속 말을 섞고 싶었다. 취하지도 지치지도 않은 채, 새벽 3시 넘어 우리는 칵테일 바를 나왔다. 다가오는 빈 택시를 보며 나는 말했다.

집에 싸구려 와인이 있어.

너는 조금 웃었다. 나는 네 손을 잡고 택시를 탔다.

각자의 인생만을 말하던 우리는, 싸구려 와인을 마시며, 마침내 우리의 이야기를 시작했다. 대학교 2학년 봄, 전공 강의 시간에 우리는 나란히 앉았지. 나는 네게 볼펜을 빌려달라고 했어. 느닷없이 토론이 시작되었고, 너와 나는 토론에 적극적으로 참여하지 않았지만 같은 지점에서 실소를 터트리거나 민망한 표정을 지었잖아. 수업 끝나고 건물을 나섰을 때, 황사로 노랗던 서울 하늘 아래에서 내가 마스크를 꺼내 썼다고 네가 말했다. 내게 그 기억은 없었지만 네 말이 맞을 거라고 대꾸했다. 그 시절 나는 이따금 마스크를 썼다. 황사는 핑계였고, 나를 지우거나 가리고 싶어서였다. 마스크로 얼굴을 가리고 모자를 눌러써서 두 눈만 내놓는 행위가 나를 더 드러나게 한다는 걸 그때는 몰랐을까? 그 강의에서도 다른 강의에서도 우리는 나란히 앉았다. 그렇다고 같이 밥을 먹거나 캠퍼스를 걷거나 커피를 마시며 일상을 나누지는 않았다. 따로 연락을 주고받거나 약속을 잡지는 않고, 강의 시간에 만나면 나란히 앉는 사이. 그러니까 우리에겐 친구가 없었고, 서로가 그렇다는 것을 알면서도 서로를 친구 삼지는 않았다. 졸업 후 우리는 아주 가끔 문자메시지나 이메일로 짧은 안부를 주고받으며 서로가 살아 있음을 확인했다. 그렇게 적당히 떨어진 채로 지냈다.

너와 이렇게 긴 시간 많은 얘기를 하게 될 줄은 상상도 못 했어.

내가 말했다.

그건 내가 마음을 먹었기 때문에.

네가 대답했다.

무슨 마음?

너의 대답을 듣다가 나는 잠들었다. 눈을 떴을 때 너는 나를 바라보고 있었다. 잠을 자지 않았느냐고 네게 물었다. 너는 고개를 끄덕였다. 이제 내가 깨어났으니 너는 잠을 자라고 말했다.

너는 눈을 감았다.

네가 잠든 사이 나는 오랫동안 샤워했다. 좋은 향기가 나는 보디로션을 바르고 깨끗하게 빨아둔 옷을 꺼내 입었다. 그런 행위만으로도 거듭나는 기분이었다. 네가 깰까 봐 살며시 현관문을 열고 닫았다. 붉은 국물이나 기름에 볶은 음식이 아니라 신선하고 달고 상큼한 음식으로 너를 대접하고 싶었다. 빵집에서 크랜베리 캄파뉴와 크루아상과 샐러드를 샀다. 마트에서 아이스크림과 체리를 샀다. 집으로 돌아오며, 전날 오후부터 그날 새벽까지 지속된 우리의 대화를 생각했다. 잔잔하고 낮은 분위기를 받쳐주던 기분 좋은 긴장감이 떠올라 심장이 저렸다. 어쩌면 너무 오랜만에 사람을 만나서인지도 몰라. 사람과 대화다운 대화를 나누어서인지도 몰라. 네가 아니었더라도, 다른 누구였더라도, 저녁이 오고 밤이 지나고 새벽이 밝도록 깊은 이야기를 충만하게 나누었다면 나는 거듭났을지도 몰라. 하지만 다른 사람과 그러는 것은 상상할 수 없었다. 바람과 왈츠를 추듯 작고 하얀 꽃잎이 뱅글뱅글 떨어졌다. 나는 꽃나무와 구름과 빛나는 하늘을 보며 박지윤의 〈봄눈〉을 흥얼거렸다. 오랜만에 떠오른 노래인데도 가사가 다 기억났다.

오후 2시 넘어 너는 깨어났다. 네가 씻는 동안 나는 창을 열어 방의 공기를 바꾸고 먼지를 닦았다. 나는 너에게 나의 속옷을 줬다. 너는 너의 속옷을 빨아 건조대에 널었다. 너는 나의 속옷과 실내복을 입고 나의 로션을 발랐다. 우리에게 같은 향기가 났다. 나란히 앉아 커피와 빵과 과일을 먹으며 차근차근 이야기 나누다가 잠시 말이 멈췄을 때, 나는 네게 키스했다. 체리 맛이 났다. 키스하는 동안 해가 기울고 방에는 노란빛이 고였다. 우리는 주문에 걸린 사람들처럼 계속 키스했다. 그만둘 수가 없었다. 키스를 멈추면 너무 슬플 것 같았다.

이런 건 10대 때나 하는 건데.

키스하는 사이 내가 말했다.

이런 거 어떤 거?

이런 거. 바로 이런 거.

이렇게 오래 해본 적 있어?

열일곱 살 때.

첫사랑이랑?

응. 첫사랑이랑.

지금처럼 좋았어?

비교할 수 없지.

그렇게 좋았어?

지금이 훨씬 좋단 뜻이야.

우리는 세 시간 가까이 키스했다. 그때 난 서른여덟 살이었다.

(지금 생각하면 한참 젊을 때지만) 그때 나는 내가 다 늙어버린 줄 알았다. 겪을 건 다 겪었다고, 사랑은 우습다고, 더 좋은 것 따윈 느낄 수 없을 거라고 예단했었다. 거듭할수록 가벼워지는 사랑과 허무한 이별을 겪으면서 사랑을 유치하고 이기적이고 우스운 것으로 만들어버렸다. 그러므로 다 큰 어른이 할 짓은 아니라고, 사랑보다는 사업이나 사교가 훨씬 어른스러운 처신이라고 생각했었다. 나는 여전히 사랑을 유치하고 이기적이고 우습다고 생각한다. 유치하고 이기적이고 우스운 사랑을 사랑스럽다고 생각한다. 그러므로 누구든 할 만한 짓이라고 생각한다.

겨우 키스를 멈췄다. 네게서 눈을 뗄 수 없었다. 우린 오랜 시간 알았지만 멀리서만 맴돌았지. 가까워지면 사랑하게 되리란 걸 알았으니까. 친구도 동료도 아는 사람도 아닌, 어떤 단어에도 집어넣을 수 없던 너는 아름다웠다. 너는 특별했어. 너는 나를 꿰뚫을 것만 같았다. 사랑하고 이별하는 뻔한 사이는 되고 싶지 않았기에 가까워지면 안 된다고 생각했었다. 먼 곳에서 충돌 없이 맴돌아야 한다고.

너는 네가 마음을 먹었기 때문이라고 했다.

네가 마음을 먹은 순간 나도 마음을 먹었던 거라고, 뒤늦게, 나는 생각했다. 네가 내 꿈을 꾸고 평소와 다르게 내게 전화했던 그때, 나는 평소와 다르게 엉망인 나를 꺼냈다. 네가 평소와 다르게 나를 만나야겠다고 말했던 그때, 나는 평소와 다르게 바로 다음 날로 약속을 잡아버렸다. 네게 모두 말해버리고, 나를 뭉텅 잘라버리고, 다시는 너를 만나지 않을 속셈이었는지도 모른다. 그렇게 거듭나려 했던 건지도. 하지만 대화를 멈출 수가 없었고, 너를 집으로 데려왔고, 너와 함께 잠들고 깨어나는 방법으로, 너를 바라보다가 네게 키스하는 방법으로 나는 거듭났다.

우리는 손을 잡고 집을 나섰다. 배가 고파서 쌀국수를 사 먹은 뒤 아이스크림을 손에 들고 키스하듯 천천히 산책했다. 너는 열일곱 살 때 얘기를 해달라고 했다. 나는 열일곱 살의 연애를 말했다. 너의 열일곱 살 이야기도 해달라고 하자,

나는 열일곱 아니고 열여덟.

어째서 열여덟?

그때 전교 회장 언니를 좋아했어.

그 언니랑 사귀었어?

그 언니는 나랑 바람을 피웠어.

맙소사.

나는 다 알고도 좋아했어. 그 언니가 나를 좋아한다는 것만으로도 감사하면서.

그 언니 대학 가면서 연락이 끊겼구나.

어떻게 알지?

그 언니는 바이였구나.

어떻게 알지?

그 언니는 남자 애인에게 돌아간 거지. 너는 싸이월드 미니홈
피를 엿보다가 그 사실을 알게 되었고.

내가 아주 뻔한 첫사랑을 했나 보네.

시간이 지난 뒤 넌 아마 그 언니 트위터나 페이스북도 찾아봤
을 거야.

그건 아니야.

아니야?

응. 그 정도는 아니야.

넌 알아?

뭘?

내 페이스북.

아니. 페이스북 있어?

난 아는데.

뭘?

네 인스타그램.

정말?

나는 늘 네가 궁금했어.

그런데 왜 말하지 않았어?

더 멀어질까 봐 무서워서.

골목과 골목 어디쯤에서, 어두운 나무 아래에서 우린 다시 키스했다. 〈사랑에 빠진 딸기〉와 〈러브 미〉 맛이 났다.

서른여덟 살 여름

술을 마시지 않고도 잠들 수 있게 되었다. 건강을 살피게 되었다. 위험은 멀어졌고 사랑은 가까운 곳에 있었다. 너를 생각하면 살고 싶었고, 뭐든 잘하고 싶었다. 강해지고 싶었다.

퇴근 시간에 맞춰 너의 회사로 찾아간 적 있었지. 나는 건물 현관이 마주 보이는 곳에 서서 네가 나오길 기다렸다. 기다리는 시간이 설레고 좋아서 행복했다. 유리문을 밀며, 서너 명의 사람과 함께, 마침내 너는 나왔다. 나는 너에게 다가가 손을 잡고 허리를 감쌌다. 너는 내 손을 살짝 떼어냈고, 조금 밀어냈다. 너는 그런 간단한 행동만으로도 나의 실수를 지적하고 나를 주눅 들게 할 수 있었다. 너는 함께 나온 사람들에게 조심히 가라고 인사했다. 사람들은 너를 팀장님이라고 불렀다. 네게 깍듯이 인사했다.

여기 회사니까.

사람들과 반대 방향으로 걸으며 네가 말했다. 달래려는 것 같아서, 더 투덜거리고 싶었다.

손 좀 잡는 게 어때서.

안으려고 했잖아.

그 정도 스킨십은 괜찮아. 친구들끼리도 안고 뽀뽀하고 그래.

하긴, 젊은 애들은 그러기도 하더라. 근데 우린 내일모레 마흔이야.

나는 나이가 무슨 대수냐고 중얼거렸다. 지하철에서 버스에서 길거리에서, 젊은 연인들은 스스럼없이 입을 맞추고 껴안고 애칭을 부르며 사랑을 나눴다. 나도 그러고 싶었다. 너의 친구가 아니라 애인으로 보이고 싶었다.

우리가 불륜도 아니고.

내 말에 네가 피식 웃었다. 나는 웃고 싶지 않았다.

회사 사람들이 앞에서는 젠틀해도 자기들끼리 뒷말할 때는 그렇지가 않거든. 교양 있는 척하면서 다른 사람을 얼마나 초라하게 만드는데. 뒷말하면서 스트레스 푸는 거지. 누구 하나 이상하고 형편없는 사람으로 만들어버리면 자기들은 상대적으로 멀쩡한 것 같으니까. 잘 살고 있는 것 같고.

너는 담담하고도 차가운 표정으로 말을 이었다.

어쩌면 지금 내 얘기 하고 있을지도 몰라. 팀장님 찾아온 여자랑 팀장님이랑 분위기 좀 그렇지 않았어? 나만 그렇게 느꼈나? 이러면서.

나는 너의 말을 이해했다. 너무 화가 났지만, 사람들 앞에서는 최선을 다해 내 사랑을 감추기로 했다. 네가 말한 회사 사람들의 얄팍한 교양, 모두 자기처럼 살아야 한다고 믿는 터무니없는 생각들이 낯설지는 않았다. 나는 그즈음 내가 듣던 질문을 곱씹었다. 왜 결혼하지 않지? 지금 당장 임신해도 노산일 텐데, 어째서 출산을 걱정하지 않지? 불안정한 프리랜서 생활을 언제까지 계속할 수 있을 것 같아? 가족 없는 노후가 걱정되지 않아? 너와 연인 사이란 걸 공개하면 질문은 추가될 것이었다. 대체 왜 여자를 사랑하지? 그런 질문은 '너는 왜 너지?'란 질문과 다르지 않았다. 나는 내 또래 기혼 남녀의 사정과 상황을 잘 알았다. 결혼생활, 양육, 부부관계, 고부갈등, 맞벌이 부부의 어려움과 고뇌를 마치 나의 일처럼 이해했다. 주변에서 얘기도 많이 듣고, 뉴스에도 나오고, 드라마에도 나오고, 온갖 매체에 다 나오니까. 하지만 그들은 나의 삶을 몰랐다. 때로 프리랜서 독신 여성의 어려움을 말하면 어떤 사람들은 이해할 수 없다는 눈빛으로 물었다. 그건 네가 선택한 삶 아니야? 그들은 '그러니까 결혼을 해'라는 말을 너무 쉽게 했다. 그들에게 나는 능력도 없으면서 결혼을 미루는 철없는 여자거나, 까다로운 조건으로 남자를 고르는 이기적인 여자거나, 어떤 남자에게도 선택받지 못한 불쌍한 여자였다. 그러니까, 철없거나 이기적이거나 불쌍한 여자. 너에게는 나를 설명할 필요가 없었다. 너와 있을 때는 나를 펼칠 수 있었다. 너는 나를 이해하기 전에 사랑했다. 우리는 우리의 주인공이었다.

그날 우리는 밤늦도록 정처 없이 걸었다. 연남동에서 망원으로, 망원에서 합정으로, 합정에서 한강으로, 한강에서 다시 망원동으로 뱅뱅 돌면서 거리낌 없이 입 맞추고 포옹하는 수많은 이성애자 커플을 구경했다. 연립주택이 늘어선 고요한 골목 어귀의 낡은 의자에 앉아 쉬다가 나는 네게 다짐했지. 언젠가 사람이 아주 많은 거리에서 두 손으로 네 볼을 감싸고 세상에서 가장 사랑스러운 키스를 나눌 거라고. 나의 다짐을 듣고 너는 싱긋 웃었다. 그 미소가 아름다워 나는 당장 키스했다. 뜨거운 바람이 우리를 껴안았다.

마흔 살 여름

가족들은 여자 나이 운운하며 결혼을 종용했다. 나는 여자와 사귀고 있다고 말했다. 하다 하다 별말을 다 하는구나. 가족들은 내 말을 진지하게 받아들이지 않았다. 결혼하기 싫어서 장난을 친다고 생각했다. 나는 장난으로 사랑을 하진 않는다고 대꾸했다. '사랑'이란 말에 가족들은 잠깐 얼어붙었고 미심쩍은 표정으로 말했다. 네가 남자가 없고 외로워서 그걸 착각할 수는 있다. 하지만 그 착각이 얼마나 가겠느냐. 나는 남자도 여자도 다 만나봤다고, 내가 설마 그런 구분도 못 하겠느냐고, 너와 연애한 지 오래되었고 너와 함께 늙어갈 거라고 선언했다. 가족들은 더 늙기 전에 정신 차리고 선이나 보라고 했다. 가족들은 진실이나 사랑을 원하지 않았다. 화목을 위한 거짓과 희생을 원했다. 모르던 바가 아니었으므로 나는 상처받지 않았다. 가족의 인정에 목을 맬 만큼 어리지도 않았고, 어차피 인정받은 적도 없었다. 그들에게 인정받는 방법은 단 하나. 기반 잡힌 남자와 결혼해서 아이를 낳고 남들처럼 사는 것. 나는 한 번도 그런 삶을 꿈꾼 적 없었다. 너도 나처럼 가족들에게 스트레스를 받았지. 너는 실제로 남자와 수십 번 소개팅을 했다. 너는 일에 빠져 결혼을 미루는, 숫기 없고 순진한 이성애자 연기를 탁월하게 해냈다. 너는 어릴 때부터 문제를 일으키지 않는 딸이었다. 인정받는 딸, 속 깊은 딸, 믿음직한 딸이었다.

너는 늘 바빴다. 야근이 잦았고 때로는 주말에도 출근했다. 팀장님이어서 그렇게 바쁜 거냐고 물었을 때 너는 책임감을 말했다.

우리 팀의 모든 일은 결국 내 책임이야. 내가 잘못하지 않았고 내가 지시하지 않았어도 결국 내 책임이 돼. 그래서 난 모든 걸 봐야 해. 사람들이 괜찮다고, 문제없다고 확인한 것도 정말 그런지 재차 확인해야 해.

그럼 너는 확인하는 사람이냐고 물었더니 너는 이렇게 대답했다.

나는 오케이하는 사람이지.

나는 오케이라고 말하는 너를 상상했다. 멋진걸. 너무 멋지다. 나는 네게 오케이라는 말을 듣고 싶었다. 너의 확인과 인정을 받고 싶었다. 하지만 너는 너의 팀원에게만 그런 말을 했다. 내게는 '너 좋은 대로 해'라고 말했다. 나는 너의 오케이에 감동할 줄 모르는 너의 팀원들을 상상했고, 괜히 그들을 미워했다. 매일 너와 같이 있을 수 있는 그들을 질투했다. 너와 같이 있을 수 있는데도 고마워하지 않는 그들을 괘씸해했다. 나는 매일 '오늘 만나자'는 너의 말을 기다렸다. 너를 기다리다가 혼자 영화를 보고, 너를 기다리다가 혼자 집으로 돌아오고, 너의 전화를 기다리다가 잠드는 밤이 차곡차곡 쌓여서 나는 조금씩 불행해졌다. 너와 처음 키스했던 날, 나는 이제부터 행복을 추구하겠다고 다짐했었지. 나는 행복해질 방법을 강구했다. 아침저녁으로 너를 볼 수 있다면 행복할 것 같았다. 나는 네게 같이 살자고 했다. 너는 가족들에게 뭐라고 말해야 할지 모르겠다고 했다.

독립한다고 하면 되잖아.

부모님은 결혼을 해야 집을 나갈 수 있다고 생각해. 여자가 혼자 사는 것 자체를 이해 못 하서.

그런 거 신경 쓸 나이는 지나지 않았나.

나는 너처럼 용감하지 않아.

용감한 게 아니야. 너를 사랑하는 마음을 감추기 싫은 거야. 그 마음은 내가 가진 것 중 제일 아름답고 빛나는 거니까.

…… 부모님은 마음이 약하고 겁이 많아. 한동네에서 평생을 사셨고 남의 눈과 입을 두려워해. 내 동생이 결혼할 때도 같은 동네에 집을 얻게 했을 만큼 가족을 가까이 두고 싶어 해.

우리는 10대가 아니야. 누구 허락을 받고 살 나이는 아니잖아.

난 가족과 다투고 싶지 않아. 상처 주고 싶지도 않고. 부모님은 내가 어떤 사람인지 너무 모르지만…… 차라리 모르는 게 나아.

그렇게 살면 답답하지 않아?

너를 걱정하고 싶었는데, 네게 화를 내고 말았다.

네가 나를 알잖아. 그거면 돼.

네 말과 너의 시선, 너의 낮은 목소리 모두 나를 아프게 했다.

어쨌든 가족은 중요하니까.

중요하다고 말하는 너의 표정은 어두웠다.

그럼 거짓말하자. 혼자 사는 친구가 많이 아파서 당분간 네가 보살펴줘야 한다고 해. 사실 그건 거짓말도 아닌걸. 너와 같이 살 수 없어서 나는 많이 아프니까.

너는 쓸쓸하게 웃으며 조금만 더 두고 보자고 했다. 그즈음 내 마음에는 아주 작은 생채기가 났다. 금방 나아 흉터가 될 줄 알았는데, 낫지 않고 지속적으로 벌어졌다. 붉은 피와 흰 고름이 흘렀다. 가끔 나쁜 냄새를 풍겼다. 네가 그 냄새를 눈치챌까 봐 두려웠다.

마흔세 살 겨울

나는 너를 닮아갔다. 너의 감탄사, 너의 깔끔함, 너의 신중함, 바람이 불 때는 눈을 감고 바람의 방향을 가늠하는 행동, 밥을 먹기 전에는 누구에게인지 모르게 '잘 먹겠습니다'라고 중얼거리는 습관. 내게 주인공이란 너뿐이어서 내가 쓰는 소설 속 인물은 죄다 너를 닮아버렸다. 문제라고 생각하면서도 그렇게 쓸 수밖에 없었다. 나는 때로 네게 하고 싶은 말을, 너와 하고 싶은 것을, 너에 대한 원망을 소설에 썼다. 문제라고 생각했지만 다르게 쓸 수는 없었다. 너는 내게 바라는 것이 없었다. 너는 너로, 나는 나로, 깎이거나 패이지 않고 잘 살아가기를 바랄 뿐이라고 말했다. 너와 나라고 말해서, 우리라고 말하지 않아서 서운했다. 자주 너의 꿈을 떠올렸다. 너를 기쁘게 하려고 내가 죽은 척했다는 꿈. 실제로 내가 죽은 척하고 있을 때, 네게 어떤 요구도 바람도 없이 시체처럼 가만히 있을 때 너는 기쁜 것 같았다. 너는 꿈에서 미래를 본 것일까?

나의 생일 밤, 우리는 모처럼 분위기 좋은 레스토랑에서 멋진 식사를 하고 나의 집에서 와인을 마셨다. 나는 네게 이마를 보여주며 칭얼거렸다.

이거 봐. 이마 넓어진 거 봐.

스트레스성 탈모?

머리카락이 너무 많이 빠져. 가늘어져서 힘도 없고. 나이 들어서 그런가 봐.

난 요즘 배란통이 너무 심한데. 피도 많이 비치고.

병원 가봐야 하지 않아?

얼마 전에, 허리랑 엉덩이 쪽이 너무 저려서 병원 갔었잖아. 디스크인 줄 알았는데 무슨 신경통이래. 그 신경통이 배란기나 생리랑 겹치면 정말 지옥이야.

산부인과는 나랑 같이 가자.

건강 검진 때는 별거 없었는데…….

간단한 검진이랑 제대로 들여다보는 건 다르잖아.

아…… 산부인과는 정말 가기 싫은데.

그러니까 같이 가자.

나는 너에게 엎드려보라고 했다. 너의 목과 어깨, 허리와 골반을 부드럽게 주물렀다. 손가락으로 너의 발바닥을 꾹꾹 누르다가 말했다.

근데 우리 예전에는 세 시간씩 키스하고 그랬잖아.

너는 짧게 웃었다.

너랑 처음 키스했을 때, 심장이 너무 날뛰어서 몸 밖으로 튀어나오는 줄 알았어. 첫사랑이랑 키스할 때도 그렇지는 않았는데.

첫사랑이랑 할 때는 어땠어?

그땐 뭐…… 내가 제대로 하고 있는 건가, 키스 이렇게 하는 거 맞나, 내가 너무 애송이로 보이지 않을까, 상대가 좋아하고 있나, 그런 거 신경 쓰느라고 머릿속이 복잡했지.

너는 내게 키스했다. 나는 눈을 감고 온기를 느꼈다.

지금도 심장이 막 날뛰어?

내 눈을 바라보며 너는 물었다. 나는 고개를 끄덕였다.

거짓말.

네가 피식 웃으며 말했다.

우리 다시 도전해볼까?

너를 따라 웃다가 내가 물었다.

뭘?

처음의 키스.

우리는 도전했다. 오래오래 키스하기로 했는데, 키스는 5분도 하지 못하고 애무를 시작했다. 기나긴 섹스를 마치고 나를 바라보고 누운 채 너는 속삭였다.

미뤄둔 숙제를 끝낸 기분이야.

뭐야. 섹스가 숙제라고?

나는 심통을 부렸다.

맘이 한결 가벼워졌단 뜻이야.

너는 아이를 달래듯 나를 다독였다. 너는 금세 잠들었다. 나는 네가 깨어날 때까지 잠들지 말아야겠다고 생각했다. 잠에서 깬 네가 그날의 나처럼, 이제 내가 깨어났으니 어서 잠을 자라고 말한다면 되돌릴 수 있을 것 같았다. 거듭날 수 있을 것 같았다. 하지만 나는 잠들어버렸고 눈을 떴을 때 너는 없었다.

마흔네 살 여름

평소에 너는 점심을 먹은 뒤 내게 전화했다. 오늘은 무엇을 먹었는지, 오전에 어떤 일이 있었는지 말했고 나는 무얼 먹었는지, 기분은 어떤지 물었다. 그날은 그런 연락이 없었다. 그런 적은 처음이었다. 너는 연락하지 못할 상황이 예상되면 내게 먼저 연락해서 나를 불안에 빠트리지 않았다. 나는 연락을 기다리다가 많이 바쁘냐고 문자메시지를 보냈다. 오후 4시 되도록 답장이 없었다. 바빠서 그렇겠거니 생각하다가, 메시지를 확인하고 짧게라도 답장할 수 없을 만큼 정신없이 바쁜 여러 경우를 상상하다가, 그런 경우란 있을 수 없다고, 분명 무슨 일이 생겼다는 확신으로 통화버튼을 눌렀다. 너는 전화를 받지 않았다. 나는 너의 회사로 갔다. 건물 입구를 마주 보고 서서 너를 기다렸다. 퇴근 시간이 지나고 사람들이 드문드문 건물 밖으로 나왔다. 해가 지고 인공 빛이 사방을 밝혔다. 건물을 올려다봤다. 불 켜진 창이 많았다. 나는 오케이하지 못한 너를 상상했다. 오케이하기 위해 고개를 숙인 채 문서를 들여다보거나 여기저기 뛰어다니는 너를 상상했다. 나는 휴대전화의 주소록을 훑었다. 너의 안부를 물어볼 수 있는 사람은 한 명도 없었다. 인터넷으로 너의 회사 이름을 검색해서 대표번호로 전화를 걸었다. 불 켜진 창을 올려

다보며 그중 어딘가에서 울리고 있을 벨 소리를 상상했다. 누군
가 전화를 받았다. 너의 이름을 말하면서, 나를 살짝 떼어내고
조금 밀어내던 너를 떠올렸다. 내가 또 실수하는 걸까 봐, 다시
서운해질까 봐 두려웠다.

안 차장님 아까 실려 가셨어요.

그렇게 말하는 사람의 목소리는 상냥했다.

너무 아파하시다가 조 대리님 차 타고 응급실 가셨어요.

상냥하지만 피곤한 듯 기운이 없었다. 나는 어느 병원으로 갔
느냐고 물었다. 그것까지는 모르겠지만 가까운 병원 아니겠느
냐는 대답이 돌아왔다. 나는 전화를 끊고 택시를 탔다. 응급실
이 있는 가까운 병원으로 가달라고 말했다. 처음 내린 병원에서
너를 찾지 못했다. 다시 택시를 탔다. 두 번째 병원에서도 너를
찾지 못했다. 세 번째에서도 찾지 못했다.

너의 동네로 갔다.

나는 너의 집에 가본 적 없었다. 그곳에는 네 소중한 가족이
있으니까. 미주 아파트라고 했다. 10층이라고 했다. 거실에서 개
천이 보인다고 했다. 연결 고리라고는 오직 너와 나뿐인 우리를
저주하지 않으려고, 나쁜 상상을 하지 않으려고 안간힘을 쓰며,
미주 아파트 주위를 얼마나 돌았을까, 마침내 휴대전화가 울렸
다. 나는 액정에 뜬 네 이름을 보며 엉엉 울었다.

걱정 많이 했지.

네가 물었다.

나 대상포진이래. 낮에 병원 가서 주사 맞고 계속 잤어.

너는 기운 없는 목소리로 말했다.

연락을 한 줄 알았어. 아까 잠깐 정신 차렸을 때 분명 너한테 전화를 했는데…… 그런 꿈을 꿨나 봐.

네 목소리 뒤로 사람들 소리가, 너의 가족 목소리가 들렸다. 나는 걱정했다고 말하지 않고, 다행이라고 말하지 않고, 화를 냈다. 울면서 너를 원망했다. 나만 너를 사랑하고, 나만 너를 기다리고, 나만 너를 원하고, 너는 내게 화조차 내지 않지. 너는 내게 바라는 것도 없지. 나는 네가 아파도 모르고, 없어져도 모르고, 나는 너를 모르는데, 그런데 어떻게 잘 있어? 너는 그럴 수 있어? 이런 게 너의 사랑이야? 나는 너무 괴로워. 비참할 정도로 무기력해. 너는 나의 말을 들으며 미안해, 정말 미안해, 속삭이기만 했다. 나는 울음을 멈출 수 없었다. 내게 상처 줄 수 있는 사람은 오직 너뿐이었다. 나는 네게 상처를 줬을까? 너는 괜찮다고 했다. 무사하다고 했다. 약을 먹고 며칠 쉬면 말끔히 나을 거라고 했다. 그러니 걱정 말라고 했다. 그렇게 말하는 네가 정말 미웠다.

다음 날 점심 무렵 네게 전화가 왔다. 전날 쏟아낸 말 때문에 나는 겁을 먹었다. 네가 완전히 돌아섰을까 봐 두려웠다. 전화가 끊기고 곧 문자메시지가 왔다.

잘 잤어? 밥 먹었어?

나는 답장을 쓰고 지우길 반복했다. 다시 메시지가 왔다.

널 외롭게 돼서 미안해. 내가 여기 있어서 미안해. 내가 이런 사람이어서 정말 미안해.

화내지 않는 너를 생각했다. 제발 그만하라고, 나도 힘들다고 말하지 않는 너를. 가족에게 상처 줄 수 없다고 말하면서, 중요하다고 말하면서 어두워지던 너의 얼굴을. 다시 메시지가 왔다.

계속 네 걱정했어. 지금도 많이 보고 싶어.

너는 듣는 사람. 참는 사람. 화내는 대신 미안하다고 말하는 사람. 걱정하면서 걱정 말라고 말하는 사람. 어두운 얼굴로 내 애인은 중요하다고 말하는 너를 상상했다. 통화버튼을 눌렀다. 너는 바로 전화를 받았다. 나는 아무 말도 하지 못하고 너의 숨소리를 들었다.

많이 속상했지.

네가 물었다.

……우리 이제 그만 할까.

아무 확신 없이, 혼란스러운 채로 나는 말했다. 내가 말해야만 할 것 같았다. 네가 나 때문에 무언가를 참고 있는 거라면,

그건 정말 참을 수 없었다.

그런 말은 하지 마.

너는 차분하게 대꾸했다.

매일 네게 구애하는 기분이야.

그것만은 진심이었다.

나도 그래. 그럴 수 있어서 좋은걸.

잠시 숨을 가다듬고서 너는 덧붙였다.

내가 건강해지면 잘했다고 칭찬해줄래? 오래오래 키스해줄래?

나는 조금 웃었다. 보고 싶다고, 노란 꽃을 사 들고 병문안을 와달라고 너는 말했다. 집에 아무도 없느냐고 물었더니 너는 부모님이 계시다고 대답했다.

근데 내가 가도 돼?

응. 네가 옆에 있으면 좋겠어. 아픈 나를 안아주면 좋겠어.

네가 와달라고 한다면 나는 가는 수밖에. 나는 너의 늙은 부모님을 생각했다. 나를 어떻게 소개해야 할까? 친구라는 말은 도저히 할 수 없을 것 같았다. 너를 바라보는 내 눈빛을 감출 자신도 없었다. 너와 내가 서로 사랑하는 사이라고 말한다면 너의 부모님은 어떤 표정을 지을까? 우리가 말하는 '사랑'과 그들이 듣는 '사랑'은 같은 사랑일까? 여자랑 여자가 어떻게 사랑할 수 있느냐고 묻는다면 나는 웃어버릴 것 같다. 터지는 웃음을 참을 수 없을 것 같다. 우리의 사랑은 할 수 있거나 할 수 없는 게 아니라, 하는 것. 할 수 없거나 하지 않을 때 그것은 거기 없다. 너의 가족이 나를 보고 미소 짓는다면 나도 미소 지을 것이다. 의아한 표정으로 나를 본다면, 나 역시 의아한 표정으로 바라볼 것이다. 우리가 이상한가요? 당신들도 이상합니다.

노란 꽃을 들고 너에게 가는 길, 여우비가 내렸다. 나는 건물 차양에서 비를 피하며 빛나는 하늘을 바라봤다. 너와 연인이 되기 전 나는 매일 취해 있었지. 너는 나를 살리러 와서 정말 살렸다. 너와 헤어질 수도 있다는 생각이 들 때마다 너무 두려웠다. 다시 망가지고 엉망이 되어 영영 가볍고 허무한 인간으로 살게 될까 봐. 하지만 그건 나의 사랑이고 나의 이별일 뿐, 너는 나와 다르겠지. 너와 헤어졌다는 절망감으로 내가 망가져갈 때, 너는 아마 이렇게 할 거야. 문득 내게 전화를 걸어 스스럼없이 내 이름을 부르며 내 꿈을 꾸었다고 말할 거야. 그 꿈에서, 나는 무엇으로 너를 기쁘게 할까? 네가 나를 만나야겠다고 말하면 나는 바로 약속을 잡을 거야. 언제나 집에 싸구려 와인을 사둘 거야. 너를 만나기 위해서라면 수십 번 수백 번 엉망이 될 수 있어. 우리의 첫 키스를 위해서라면 수십 번 수백 번 같은 삶을 반복할 수 있어. 나는 기꺼이 그럴 수 있어.

비는 그치고 세상은 반짝였다. 나는 노란 꽃을 들고 다시 걸었다.

마흔일곱 살 여름

부장님으로 승진한 너는 석 달의 안식휴가를 받아냈다. 석 달 중 나흘을 쇼핑하고 짐 싸는 데 썼다. 수영복을 살 때 우리는 가장 많이 싸웠다. 10년 사이 너의 색채감각은 너무 과감해진 면이 있다. 우리가 해외에서 보낼 수 있는 날은 80일. 나는 하루 단위로 정리한 일정을 너에게 보여주고 오케이를 받아냈다. 나는 신입사원처럼 좋아했다. 나는 세계지도를 펼치고 우리가 이동할 경로를 붉은 펜으로 표시했다. 네가 내 이름을 불렀고 나는 고개를 돌려 너를 봤다. 수영복을 입은 채 귀여운 표정을 짓고 있는 너. 네가 그 수영복을 사겠다고 했을 때 너무 튀는 색깔이라고 반대했는데, 역시 부장님의 오케이가 옳았어. 나는 네 볼을 감싸고 오래오래 키스했다. 세상 곳곳에서 우리는 매일매일 사랑스러운 키스를 나눌 것이다. 언제든 어디서든 우리가 있는 곳을 세상의 중심으로 만들 것이다.

작가 노트

　나는 정말 그렇다. 생리통과 배란통으로 한 달에 두 번 괴롭다. 자주 외부인이 된다. 아프면 집을 나가 사람들 속에 있으려고 한다. 취하면 공포가 사라진다. 고인 채로 썩어간다고 자주 느낀다. 가까워지면 사랑에 빠질 것이므로 일부러 외면하는 사람이 있다. 사랑하는 마음은 내가 가진 것 중 가장 빛나고 아름다운 것이다. 아름다운 그것이 있기에 나를 겨우 견디는 순간이 많다. 당신의 '괜찮다'는 말에 상처받을 때가 있다. 누군가를 배반하는 방식으로만 나에 대한 당신의 사랑을 증명할 수 있다고 믿었던 때가 있었다. 지금은, 깎이거나 패이지 않고, 당신이 당신으로 잘 지내기만을 바랄 뿐이다. 실제로 나는 매일 당신에게 구애한다. 당신이 밉거나 당신에게 실망했을 때도 구애를 중단하지 않는다.

　소설을 쓸 때는 당시 나의 감정, 생각, 기분과 상황이 고스란히 담긴다. 시간이 흐른 뒤 〈XOXO〉를 본다면, 나는 또 깜짝 놀랄 것이다. 사라진 나를 그리워하거나 부끄러워할 것이다. 안도할지도 모른다. 그때에도 나는 사랑하고 있을까? 키스와 포옹을 할 줄 아는 사람일까? 이별을 가장 나중으로 미룰까? 사랑이란 가치를 소중하다고 생각할까? 글을 쓰고 있을까? 모르겠다. 내 의지나 다짐만으로는 지킬 수 없는 것들이 있으므로.

〈XOXO〉를 쓰는 사이 눈은 녹고 흰 꽃이 피었다. 이제 나는 봄이 오고 꽃이 피어도 그다지 감탄하지 않는다. 봄은 '아름답다'에서 '아름답지만은 않다'로 기울었다. 봄은 아름답지 않아도 된다. 봄과 꽃은 별 상관 없을 수도 있다. 봄이 있고 꽃이 있고, 내가 있고 당신이 있고, 우연히 눈 마주치고 그것이 거기 있음을 알고, 무언가는 무언가를 아름답다 생각할 수도 무심할 수도, 그것이 거기 있기에 아파할 수도, 보았기에 그리워할 수도 있다. 작가의 말이 길어지는 걸 보니 소설에서 하지 못한 말이 많은가 보다. 할 수 없으니 하지 못했을 것이다. 언젠가는 하게 될까? 모르겠다. 고인 채로 썩어버리지 않기만을 바랄 뿐.

최진영

2006년 《실천문학》 신인상을 받으며 작품 활동을 시작했다. 장편소설 《해가 지는 곳으로》 《당신 옆을 스쳐간 그 소녀의 이름은》 《끝나지 않는 노래》 《나는 왜 죽지 않았는가》 《구의 증명》, 소설집 《팽이》, 중편소설 《비상문》 등이 있다. 한겨레문학상, 신동엽문학상을 수상했다.

포스트 게이 아포칼립스

게이는 끝났어.

The end of gay.

아바나의 클럽 카사 캄포 산토에 가는 길에 아셈 알타우디가 본 문구다. 캄포 산토는 처음 문을 연 2020년부터 10여 년이 지난 지금까지 세계 최고의 클럽 자리를 한 번도 놓치지 않은 클럽이고(물론 한물간 관광코스 취급을 받기도 하지만) 게이들의 성지로 출발한 클럽이며 지금도 게이들이 스테이지를 장악하는 클럽이다.

그런데 아셈이 본 어떤 사람의 티셔츠에는 그렇게 쓰여 있었다.

티셔츠를 입고 있는 사람의 이름은 파블로. 그와 함께 캄포 산토에 온 친구들인 보리스와 은수, 차차와 조앵은 이 문구를 두고 짧은 논쟁을 벌였다.

게이의 궁극이라는 뜻이지.

게이의 종말이라는 뜻이야.

게이의 죽음이라는 뜻이야. 니체, 신은 죽었다. 파블로, 게이는
죽었다.

파블로는 프리다 칼로를 코스프레한 스타일의 프랑스인으로
취미는 승마, 특기는 다자간연애인 오만무도한 생물학적 남자였
다. 보리스와 은수, 차차와 조앵은 파블로와 친했지만 감히 친
하다고 생각하지 않거나 친하다고 말하지 않았다. 파블로는 누
가 자신과 친하다는 사실을 용납하지 못했다. 그의 개념 속에서
타인은 점령하거나 속박하고 사로잡거나 패퇴시킬 대상일 뿐이
었다.

파블로를 악인이라고는 할 수 없다.

적당한 거리와 드문 만남이 보장된다면, 파블로는 사람들에게
활력을 줬다. 이목을 집중시켰고 사건을 일으켰다. 이 지루하고
시시하고 별거 아닌 갑남을녀의 세계에서 사건의 창조자만큼 유
익한 존재가 또 있을까.

문제는 보리스와 은수, 차차와 조앵이 파블로와 지나치게 가까
워졌다는 사실이다. 모두 교환학생 내지는 유학생이었고 그들은
서로에게 광적인 흥미를 느꼈다. 이 흥미가 광적이라는 사실, 파

블로가 자신과 사람들을 파괴할 거라는 사실, 일련의 경험들이 향후 지속되는 관계와 정체성에 트라우마와 딜레마를 낳을 거라는 사실을 알게 된 건 몇 년이 지난 뒤의 일이다.

조앵

그날은 신이 났어요. 왜 그랬는지 모르겠어요. 오랜만에 같이 봐서 그런가……. 한동안 바빴거든요. 많은 일들이 있었어요. 차차는 심지어 자살 시도까지 했어요! 물론 친구들은 차차의 자살 시도에 별 관심이 없었죠. 열세 번째 자살 시도였거든요……. 이번에는 좀 더 자연적인 자살이었으면 하는 바람이었대요. 자살이지만 자연사 같은 느낌. 그래서 자살 방법으로 택한 게 노화였는데 그 방법은 시간이 너무 걸렸죠. 노화라니……. 차차는 그런 의미에서 우리는 모두 자살 중이라고 했지만 저는 반대라고 생각합니다. 저희는 죽어가는 게 아니라 죽음에 저항하는 거라구요. 하지만 잘 모르겠어요……. 차차는 자연사를 포기하고 심장마비를 시도했어요. 심장에 별다른 문제가 없었기 때문에 심장마비로 죽으려면 아주 많이 놀라야 한다고 했어요. 그래서 공포 게임을 많이 했다고, 스릴러 게임도 못 하는 사람이 컴컴한 방에 홀로 앉아 VR 헤드기어를 쓰고 공포 게임을 했다고 합니다. 가족을 제물로 바치는 딸이 나오는 오컬트 게임이래요……. 생각만 해도 무섭죠? 으스스해요. 게임은 어떤 것이든 으스스한 거 같아요. 하려던 얘기가 이게 아닌데……. 아무튼 작년까지만 해도 늘 뭉쳐 다녔지만 어찌 된 일인지 어느 순간부터 각자 바빠졌어요. 같이 있어도 어색한 기운이 흘렀죠. 특히 보리스와 은수 사이가 그랬어요. 은수가 우리 모두를 연결해준 거나 다름없었어요. 우린 서로 가까웠지만 은수를 사이에 둔 상황에서만 그랬죠. 파블로는 늘 그랬지만 작년 가을 이후에는 더 틱틱댔어요. 우리의 어리석음, 촌스러움, 나이브함, 안이함, 추함, 지저분함에 대해서 말했고 제3세계인들의 발목을 잡는 건 피부색이 아니라 자격지심이라고 했어요. 그 역시 라틴아메리카 출신의 프랑스인이었지만 아버지는 철학 박사 출신의 외교관이었고 어머니는 아르헨티나 고위 공직자의 딸이었어요. 라스팔마스 쪽에 거대한 영지가 있다고 합니다. 방학 때면 영지에서 말을 타곤 했구요. 아시겠지만 은수와 저, 차차는 모두 동아시아 출신의 중산층이에요. 차차의 아버지는 군인 출신이고 보수 정권 시절 한자리했다고……. 어쨌든 우리는 노란 사람들이니까……. 차차는 파블로가 지적할 때마다 발끈했는데 그게 더 안쓰러웠어요. 자격지심이 있는 건 차차뿐이었어요. 은수와 저는 파블로의 언피시한 말을 흘려들었고 가끔 화를 냈습니다. 그건 정당한 분노였어요. 보리스는 파블로가 여자를 좋아하면서 게이인 척한다고 했지만 저와의 관계를 보면 전혀 사실이 아니에요. 저는 그와 자주 관계를 가졌는데 그는 한 번도 제대로 발기한 적이 없어요. 물론 저는 레즈고 그는 게이지만…… 그건 중요하지 않아요. 저는 늘 헷갈려요. 동성애자도 이성과 자고 싶을 수 있지 않나요? 이성애자도 동성과 자고 싶지 않나요? 이성애자와 자는 동성은 동성애자인가요, 이성애자인가요, 동성애자와 자는 이성은 이성애자인가요, 동성애자인가요……. 바이라고 하면 문제가 해결되나요. 저는 바이가 아닌데…… 퀴어들과 이야기를 나눌 때도 헤테로들과 이야기를 나눌 때도 늘 헷갈려요…….

보리스

파블로는 엿이나 먹으라죠. 오해는 하지 말았으면 좋겠어요, 그의 계급이나 성 정체성 때문에 이런 말을 하는 게 아니니까요. 개인적인 감정으로 하는 말도 아닙니다. 물론 그가 은수와 제 사이를 갈라놓은 건 사실이에요. 은수와 결혼까지 할 뻔한 사이였는데. 그녀가 비혼주의자만 아니었다면 우린 분명 결혼했을 겁니다. 브뤼셀에 방이 있었을 거고 딸도 낳았을 거예요. 은수는 애를 낳을 생각이 없긴 했지만요. 제가 파블로와 섹스를 한 건 사실입니다. 어쩌다 한 번이 아니라 주기적으로 한 것도 사실이지만 은수도 마찬가지예요. 그녀가 먼저 파블로와 잤어요. 우리 사이에는 암묵적인 합의가 있었어요. 서로의 존재를 인정한다. 다른 사람과 관계를 가져도 좋다. 파블로는 자신이 게이라고 주장했지만 그는 사실 여자를 좋아해요…… 중요한 건 그가 정신병자라는 사실입니다. 은수와 제가 깨진 것도, 그날 클럽에서 문제가 생긴 것도 파블로 탓입니다. 파블로는 타인의 감정을 가지고 놀아요. 소시오패스처럼 굴죠. 그에게 감정이 있다면 하나예요. 즐거움. 쾌락. 그것 말고는 아무것에도 관심 없는 사람이죠.

아셈 알타우디

아부 누와스는 8세기 후반에 태어난 아랍의 위대한 시인입니다. 지금은 알제리의 게이 인권 단체의 이름이기도 하죠. 저는 아부 누와스의 초기 멤버로 원래는 '호모-셀프-호프'라는 블로그를 운영했어요. 그러다가 프랑스에 본사를 둔 '게이 앤드 레즈비언 알제리아'라는 단체를 만들어 활동했어요. 아부 누와스를 만든 건 그 이후의 일입니다. 사랑과 쾌락, 자유를 노래한 아부 누와스의 정신을 이어받고 싶었어요.

아부 누와스에 대해 간단히 설명드릴게요. 그는 바그다드의 가난한 집에서 태어났습니다. 아버지는 일찍 죽고 어머니인 줄라반이 그를 키웠죠. 직공이었던 그녀는 당시의 율법에 얽매이지 않는 자유로운 여성이었어요. 한 남자의 아내로 머물지 않았을 뿐 아니라 내키는 대로 다 잤거든요. 남자에게 경제적으로 의존하지도 않았어요. 자립하거나 그게 안 되면 동시에 여러 남자에게 삥을 뜯었죠. 아시다시피 한 남자에게만 삥을 뜯으면 그 남자는 지가 무슨 대단한 사람이라도 되는 줄 압니다. 그럴 여지를 줘선 안 돼요. 이성애자 남자는 쉽게 기고만장해집니다. 줄라반은 독립적이고 현명한 여자였지만 그 때문에 너무 바빴고 그래서 아부 누와스는 혼자 지내게 됩니다. 엄마 덕분에 존경심도 희망도 믿음도 없지만 배짱 하나만은 두둑한 청년으로 자라게 되죠. 세상에는 믿을 것도 존중할 것도 없다는 사실을 알게 된 거예요. 그러니 용기가 있어야 합니다. 아부 누와스의 시구처럼 어두운 성벽을 더듬는 손이 되어야 하는 거죠.

캄리야트는 술의 시입니다. 가잘은 사랑의 시입니다. 아부 누와스의 가잘은 미소년을 탐하고 캄리야트는 술을 찬양합니다.

이슬람에서 술과 미소년은 상자 속의 고양이와 같습니다. 빈방에 알몸의 미소년을 집어넣습니다. 그리고 술을 마십니다. 아부 누와스의 표현처럼 저녁이 되었는데도 술에 취하지 않는 것은 우유부단한 것입니다. 취할 때까지 마시고 방문을 열어요. 미소년의 엉덩이가 있을까요, 없을까요. 무슨 말인지 이해가 안 간다고요? 미소년의 엉덩이는 있을 수도 있고 없을 수도 있습니다. 만일 우리가 취했다면, 세계는 확률적인 것이 됩니다. 둘 모두가 존재하는 것이죠. 엉덩이가 두 쪽인 것처럼, 예지자는 무카마아와 무카마마를 금하셨습니다. 무카마아는 알몸의 남자끼리 접촉하는 것입니다, 무카마마는 남자가 남자에게 입맞춤을 하는 것입니다. 다시 생각해보세요, 이슬람에는 미소년이 있습니까, 없습니까. 이란의 전 대통령 아마디네자드가 말했습니다, 이란에는 동성애자가 없습니다. 다시 묻습니다, 이란에는 동성애자가 있습니까, 없습니까. 아부 누와스의 캄리야트와 가잘이 동성애에 대한 이야기가 아니라고 말하는 사람들이 있습니다. 열여섯 살의 마흐무드와 열여덟 살의 유세프는 항문 성교를 했다는 이유로 이란 법정에서 사형 선고를 받고 교수형을 당했습니다. 그들은 죽었습니까, 살아 있습니까. 아부 누와스의 멤버인 아미르는 이란 사람입니다. 그는 동성애자입니다, 그는 테헤란에 살고 있습니다, 그는 말합니다, 저는 있습니까, 없습니까.

차차

아바나 역사상 가장 더운 여름이었습니다. 전 지구적인 현상이었다고 생각합니다. 더위, 테러, 음모, 반동, 기계 문명, 향정신성 약물, 그룹 섹스. 1960년대가 돌아오고 있었죠. 1960년대의 반세기 전을 기억하시나요. 그렇습니다, 1913년, 세기의 여름. 역사의 가장 큰 특징은 반복입니다. 자연의 가장 큰 특징은 순환입니다. 제가 죽는다고요? 아니요, 저는 흩어지는 것뿐입니다. 아주 작은 단위로 세분화되는 것이죠. 이것을 일컬어 시간이라고 합니다. 그날 클럽에서는 시간이 느려졌어요. 죽기 직전의 벤 클락이 마술을 부린 걸지도 모르죠. 그리고 일이 터졌어요.

은수

사귀는 건 보리스였지만 보리스를 정말 좋아했는지 모르겠다. 보리스는 뭐랄까, 러시아 태생인데 자라긴 벨기에에서 자랐다. 집안 얘기를 하지 않아 구체적인 건 모르겠지만 우리는 잘 맞는 것 같았다. 보리스는 남성적 질서를 체화한 여자 같은 남자였고 나는 남성적 질서를 거부하는 남자 같은 여자였다. 그러니까 잘 맞는 거야. 파블로가 말했다. 파블로는 내가 피상적으로 바라보는 걸 구체화한다. 그리고 다시 그걸 단순화한다. 이런 능력을 뭐라고 해야 할까. 비약, 유추, 추상화, 구체화, 추론, 분석……. 파블로에겐 특별한 게 있었고 그게 뭔지 모르겠지만 다들 그게 특별하다는 건 알았다. 그리고 특별한 건 때때로 대가를 치러야 한다. 우리는 모두 베를린자유대학의 교환학생으로 만났지만 진짜 공부다운 공부를 한 건 나와 파블로밖에 없다. 파블로는 이게 다 할머니 덕분이라고 했다. 철학 박사인 아버지가 아니라 그의 어머니인 할머니. 할머니는 실패한 시인, 실패한 소설가였다. 그렇지만 작가들은 모두 어느 정도 실패한 사람들 아닌가? 파블로는 자신의 눈썹을 만지작거리며 얘기했다. 진짜로 실패한 사람과 실패를 흉내 내는 사람은 달라. 그의 할머니는 사무엘 베케트를 만난 적이 있었다. 1982년, 베케트가 바츨라프 하벨을 위해 쓴 희곡 〈대단원〉의 초연이 끝난 뒤 있었던 파티 자리에서. 그녀는 존경하는 작가의 졸작을 본 충격에서 헤어 나오지 못한 상태였고 그에게 솔직하게 말해야 할지 말아야 할지 고민했다. 내가 잘못 본 것이라면 어떡하지? 대가의 의도를 놓친 거라면? 공연은 아비뇽 페스티벌의 한복판에서 이뤄졌고 파블로의 말에 따르면 온갖 머저리들이 다 모인 곳이었다. 세계 각국의 언어가 포성처럼 울리는 와중에 그녀와 그녀의 남편은 파티장의 바보들을 뚫고 천천히 베케트에게 전진한다. 베케트는 가늘다가는 노인이었지만 파티장 중앙에 떨어진 수소폭탄처럼 모든 것을 빨아들이고 있었다, 사람들은 각자 이야기를 나누고 음식과 술을 먹으면서도 베케트의 침묵이 신경을 흡입하는 소리에 귀를 기울였다, 이윽고 베케트가 축지법이라도 쓴 것처럼 그녀와 그녀의 남편 앞에 다가왔을 때 이 두 명의 라틴아메리카인은 땀으로 흠뻑 젖었고 그녀는 솔직하게 말하기로 결심했다. 작가로서, 현대문학의 몰락을 지켜보는 마지막 목격자로서 정직할 것. 그러나 그때 웬 보타이를 한 작자가 그들 사이에 들어왔다. 짙은 화장을 한 사내로 베케트 앞에서도 전혀 주눅 들지 않았고 오히려 흥분과 광기로 눈알이 번뜩였다. 그가 말했다, 〈대단원〉의 핵심은 조명이군요, 빛, Light, 놀라운 결정이었어요, 최고 걸작이 될 것 같은 예감입니다, 비바, 브라보! 베케트는 미동 없이 그의 말을 듣고 있었다. 그런데 말입니다, 여기에 동성애적 함의가 있나요? 이제 당신 작품도 헤테로 남성으로서의 기득권을 포기할 때가 되지 않았나요? 나치와 동성애의 관계에 대해 말할 때가 되지 않았나요? 베케트는 답하지 않았다. 고개를 끄덕거리긴 했는데 긍정인지 부정인지 알 수 없는 제스처였고 예의 침묵이 공기 중에서 파르르 떨리는 게 보였고 파블로의 할머니는 정신을 잠깐 다른 곳에 팔았는데 그때 베케트가 그녀에게 말을 걸었다. 이 사람과 동료인가요? 보타이를 한 사내는 뒤를 돌아보았는데 우습게도 그와 그녀의 남편은 아는 사이였다. 사내는 무슨 대학교의 기호학자인가 그랬다. 메를로 퐁티를 전공했다나! 그녀가 부정할 틈도 없이 인사와 소개가 이어졌고 얼떨결에 대화가 오갔다. 베케트는 자리를 떴지만 그녀는 작품에 대해 한 마디도 못 했다. 이 사건은 그녀에게 영원한 트라우마로 남았다고 파블로는 말했다. 문제는 솔직할 것인가 그렇지 않을 것인가가 아니야. 존재의 가장 중요한 모순은 결정 불가의 것들이 우리의 존재를 결정한다는 사실에 있어. 파블로가 말했다. 나는 말없이 파블로의 발기되지 않은 성기를 입에 넣었다. 불쌍한 파블로, 잔인한 파블로, 현명한 파블로, 우울한 파블로, 물렁한 파블로, 딱딱한 파블로, 눈이 쌓인 파블로, 절벽 아래의 파블로, 파블로와 파블로, 파블라리언, 파블라로카, 호미니데 파블라리우스. 파블로가 말했다. 포스트 인터넷 시대의 게이들은 더 이상 발기해선 안 돼, 그들에겐 그럴 자격이 없어.

보리스

저는 남자에게 관심이 없어요. 여장도 안 하고 여성스럽지도 않아요. 물론 게이가 여성스러운 남자라는 의미는 아닙니다. 여성스럽다는 게 뭘 의미하냐고요? 그건…… 그냥 그걸 의미하는 거죠. 파블로랑 잠을 잔 건 예외적인 일이에요. 일이 벌어지기 전까지는 한 번도 원한 적이 없습니다. 그는 조금 귀찮고 특이한 녀석에 불과했어요……. 파블로가 은수랑 자는 것 때문에 복수심을 느낀 것도 아닙니다. 파블로는 게이예요! 게이와 여자친구가 자는 걸 질투하는 남자가 있을까요? 물론 파블로는 게이인 척하는 헤테로지만……. 클럽에서도 일이 벌어지기 전에 파블로와 오럴 섹스를 했습니다. 정확한 시간은 모르겠어요. 새벽 5시였나, 6시였나. 벤 클락의 무대가 진행 중이었고 대부분 사람들이 스테이지에 있을 때였어요. 은수는 어떤 여자를 만났던 거 같아요. 레즈비언이었고, 은수도 그런 성향이 있거든요. 한번은 그녀가 머리를 반삭으로 밀려고 해서 말린 적이 있습니다. 너는 동양인이잖아. 저는 인종차별적인 발언을 한 게 아니라 각 인종에 어울리는 스타일이 있다는 말을 해준 것뿐이었지만 은수는 불같이 화를 내더군요. 아무래도 자격지심이 있는 것 같다는 생각이 듭니다. 게다가 레즈비언 성향은 제국주의의 수입품 아닌가요? 동양만의 아름다운 전통이 있는데 그런 걸 받아들일 필요는 없다고 생각합니다.

파블로는 10대 후반에 남창을 해서 돈을 벌었다는 이야기를

공공연하게 했어요. 그래서인지 그가 오럴을 하면 금방 절정에
오르곤 했습니다. 제가 게이라서 그런 게 아니에요. 저도 그에게
해준 적이 있어요. 그날도 제가 해줬어요. 술을 너무 많이 마신
게 분명합니다. 어지간해서는 공공장소에서 오럴을 하진 않으니
까요. 그렇지만 본 사람은 없을 거예요. 우리는 쇠사슬로 막힌
4층의 어느 방에서 그 짓을 했거든요. 사람들이 둥켈라움이라
고 부르는 곳인데, 모든 성애적 행위가 허용되는 곳입니다만, 사
실상 그런 곳은 없습니다. 캄포 산토 어디서든 그냥 하면 됩니
다…… 향정신성.

차차

문명의 핵심에 성이 있는 건 확실합니다. 만약에 성관계가 없
다면 어떨까요? 무성애자, 무성욕자들만 존재한다면? 전쟁과
빈부 격차가 없는 세상을 만들 수 있다면? 제가 무성애자인 이
유가 이제 설명이 됐나요? 파블로는 성에 너무 집착했어요. 그
는 생물학적 남자인데 자신을 레즈비언이라고 주장했습니다.
관습적인 성 구분, 지나치게 세분화되어가는 역할과 구분에 반
기를 드는 행동이라고 주장했지만 그러한 주장이야말로 그가

성에 함몰되어 있었다는 증거예요. 성 해방에는 미래가 없습니다. 미래는 게임에 있습니다. 인류가 성에서 해방되기 위해선 게임을 해야 돼요. 전자파가 당신을 구원할 겁니다.

아셈

아바나가 게이들의 성지로 부상하기 시작한 건 벌써 10년 전의 일입니다. 2010년대 후반 플로리다와 이스탄불에서 호모포비아들에 의한 범죄가 있었고 유럽은 급속도로 우경화되었습니다. 쿠바는 원래부터 관광도시였고 더 예전에는 게이들의 파라다이스였지만 길고 긴 독재 기간 동안 쿠바의 게이 시인들은 고문당하거나 살해당했고 망명하거나 실종되었고 가끔 정신병원에서 발견되곤 했죠. 이런 역사의 흐름을 반성하는 듯 아바나의 게이 구역인 카사들은 21세기 들어 활성화되기 시작합니다. 그리고 카사가 국제적인 돈벌이가 된다는 사실을 깨달은 쿠바 정부는 표면상으로 동성애를 배척하는 척하지만 뒤꽁무니로 장려하기 시작하죠. 그러니까 게이들은 또 다른 모순 속에, 역전된 상황 속에 놓이게 됩니다. 제1세계에서는 문화를 이끄는 무리로, 제3세계에서는 탄압받는 소수자로, 중동에서는 제국주의의

첨병으로 증오의 대상이 되고 중진국에서는 선진국을 상징하는 선망의 대상이 되고 관광도시에서는 돈줄이자 경멸의 대상이 되는 거죠. 저와 아부 누와스의 동료들은 이러한 동시대적 특성을 게이 아포칼립스라고 부릅니다. 게이의 정체성은 전 지구적 지리 정치 상황 속에서 녹아 없어지고 있었죠, 일종의 멜트다운입니다. 레즈비언과 페미니스트들이 게이를 경멸하고 헤테로 남성들이 게이를 흉내 내고 게이가 게이를 흉내 내고 게이가 게이를 경멸하고 트랜스젠더가 게임의 중심에 들어선 상황, 이러한 상황에 대해 이해하지 않고는 파블로라는 사내가 한 짓을 이해할 수 없을 것입니다. 그날 캄포 산토에서 일어난 일은 파블로 개인의 행위이기도 하지만 호모섹슈얼리티의 에너지가 응집된 일종의 폭발 현상, 가스분출이었는지도 모릅니다. 아부 누와스는 8세기에 이미 이러한 상황을 예견했습니다. 그는 사랑하는 게이 스승에게 말했습니다. 스승님 이제 그만 죽으시지요. 놀란 스승이 답합니다. 그게 무슨 말이냐? 저는 스승님이 살아계셔서 어디서도 슬픔을 느낄 수 없습니다. 스승님이 이 땅에 더 이상 존재하지 않아야 슬픔을 느낄 수 있고 그때야 비로소 시를 쓸 수 있습니다. 게이도 마찬가지입니다. 게이가 호모섹슈얼리티의 선봉에 섰다면 이제는 물러설 상황이 된 것이지요. 게이가 죽어야 퀴어가 삽니다.

은수

장 르노 카뮈의 집은 미 카이토라는 해변에 있었다. 정확히는 집이 아니라 별장이라고 해야겠지만. 아르데코풍의 느끼한 집이었지만, 집 자체는 훌륭했다. 쿠바의 다른 집들과 생판 다른 완성도였고 5성급 호텔의 별관에라도 온 느낌이었다. 보리스 역시 집의 위용을 보고 조금 놀란 듯했지만 쓸데없는 이야기로 화제를 돌리며 침착함을 유지했다. 장 르노 카뮈는 태어난 지 한 세기가 지난 노인이었다. 죽을 때가 되었지만 죽지 않았고 그 생명력은 어디에서 오는지 모르겠다. 남자 노인들의 창작력, 생식력, 지배욕……. 그런 것들을 접할 때마다 소름이 돋지만 그게 꼭 나쁜 거라고 할 수 없을지도 모른다. 인간의 옳지 못함이 무조건 사라져야만 하는 것이라고 할 수 있을까. 그게 사라지면 그 자리를 옳음이 내세하는 걸까. 그게 대체주의와 상관이 있는 걸까.

보리스 말에 따르면 장 르노 카뮈는 대체주의의 창시자로 미 카이토의 해변에 위치한 그의 별장 '더 캠프 오브 더 세인츠'는 대체주의자들의 새로운 아지트였다. 대체주의자들의 목표는 인류를 다른 종으로 대체하는 것이 아니라 인류가 다른 종으로 대체되고 있는 것을 막는 거라고 했다. 백인종이 유색인종으로 대체되고 이성애자가 동성애자로 대체되고 가톨릭이 이슬람으로 대체되는 흐름을 저지하는 것. 그러면 반대체주의자여야 하는 거 아니야?라고 나는 생각했지만 따지지 않았다. 요점은 '더 그레이트 리플레이스먼트'라는 작업이 수행되고 있다는 사실을 직시하는 거야. 은수, 이건 우생학이 아니야, 팩트야. 보리스가 말했고 나는 대체주의자들의 숙소에서, 맨투맨 티셔츠를 입은 거대한 백인들 사이에서 이들이 왜 군이 쿠바까지 와야 했나를 생각했다. 미 카이토는 쿠바의 전설적인 게이 해변이라고 했는데 이들은 이 해변을 사랑하는 걸까, 혐오하는 걸까, 서핑을 하기엔 지나치게 몸이 무겁고 잠수를 하기엔 너무 느리고 태닝을 하기엔 너무 하얀 이 사람들이 커다란 짐백을 들고 해변을 가로질러 캄포 산토로 향하는 장면을 생각하자 조금 구역질이 났다, 보리스는 장 르노 카뮈의 손등에 키스하지 않겠냐고 몇 번이나 물었지만 그랬다가 희고 창백한 손을 토사물로 물들일 것 같아서 다가갈 수 없었다. 카뮈는 아바나의 햇살에도 불구하고 베스트까지 챙겨 입은 슈트 차림이었고 관 속에 누워 있는 시체처럼 보였지만 살아 움직였다. 위대한 교체를 목격하기 위해서인지 위대한 교체가 실패하는 것을 목격하기 위해서인지 알 수 없었지만 백인들은 내게 궁금증을 표시했다, 당신의 나라에 당신들이 살지 않으면 누가 사나요, 우리는 우리나라에 우리가 살기를 원할 뿐입니다. 파블로는 모든 것이 뒤집힌 세상에 대해 예견했다. 특이점이 오면 세계가 물구나무설 거라고, 사상이, 개념이, 사람들이, 촉각이, 중력이, 국가와 인종, 과학과 종교, 가짜와 진짜, 꿈과 현실이 모두 물구나무설 거라고 말했고 그날 캄포 산토에서 대체주의자들에게 둘러싸인 채 물구나무를 섰을 때 사람들은 그가 춤을 출 거라고 생각했지만 나는 그가 지구의 자전 방향을 거꾸로 돌리는 거라는 사실을 알았다. 뒤집힌 세상에서 발기하기, 시간을 리와인드하기.

조앵

중국인들이 나오는 중국 꿈을 꿨어요. 그곳은 리코리코라는 이름의 클럽 겸 카페였고 레즈비언과 게이, 트랜스젠더들이 즐비했어요. 그곳은 어쩌면 대만인지도 모르지만, 대만과 중국은 다른 나라인가요? 꿈속에서 저는 그걸 구분할 수 없었고 꿈 밖에 있는 지금도 잘 모르겠습니다……. 사람들은 말을 타고 대륙을 천천히 가로질러가고 있었습니다. 그들은 그것을 게이 로드라고 불렀어요. 대게이들, 그레이트 게이들이 문명 교류를 위해 세계를 연결하고 있다고요. 구분도 없고 분별도 없고 차이도 없고 인식도 없고 자아도 없는 세계……. 그게 좋은 세계인지는 모르겠습니다. 사막의 오아시스에서 뜨거운 물을 몸에 끼얹는 보리스를 봤어요. 그는 슬퍼 보였고 오아시스의 식물들은 세상에 무관심했습니다. 우리는 모래에 앉아 해가 지길 기다렸어요. 말 위에 앉아 있는 중국인이 말했습니다. 서로의 모습이 보이지 않을수록 건강해질 거라고, 보리스는 슬픈 사람이고 그래서 잘 보이지 않는 거라구요…….

보리스

가끔 파블로의 성기에 대해서 생각합니다. 크고 단단하고 묵직한 그것에 대해. 누군가는 페니스를 애호하는 것이 권력에 대한 욕구라고 하더군요. 파시즘에 대한 욕망이라고. 저는 그런 건 잘 모르겠어요. 저는 게이도 아니고 남자에게 관심도 없습니다. 파시스트도 아니구요. 그렇지만 파블로의 성기에 대해서 생각하고……. 제가 선택한 것이 잘못이라고 누군가 말할 수도 있겠죠. 은수는 대체주의자들을 끌어들인 게 저였다고 합니다. 저는 가끔 파블로의 얼굴에 대해서 생각합니다. 표정에 대해서, 그가 만지곤 했던 눈썹에 대해서 생각합니다. 파블로는 은수를 진지하게 생각하지 않았어요. 저도 진지하게 생각하지 않았고 지금 생각해보면 인간에게 관심이 없었던 것 같습니다. 인간 전체에도 관심이 없었고 개개인에게도 무관심했어요. 생명이나 삶에는 애정이 있었을까요? 그랬다면 그렇게 죽고 싶어 안달 난 짓을 하진 않았겠죠. 휴머니즘이 제일 중요한 거 아닌가요? 저는 사람들을 사랑해요. 인간을 사랑한다는 말입니다. 우리는 가족을 이뤄야 하고 아기도 낳아야 합니다……. 파블로는 아기를 낳을 수 있나요? 제가 아기를 낳을 수 있나요? 파블로가 아무리 주장해도 이 사실은 바뀌지 않아요. 저는 휴머니즘에 바탕을 두고 있어요. 파블로의 성기는 그래서 존재하는 거고 저는 그래서 그와 관계를 맺은 겁니다. 생명을 사랑하니까……. 이게 이상한가요? 여자가 되고 싶은 거냐고 은수가 물어본 적이 있습니다. 저는…… 저는 엄마가 되고 싶어요. 이상한가요? 이것도 한심한 생각인가요? 불가능하기 때문에 한심한 생각인가요, 보수적이고 속물적이라서 한심한 생각인가요? 파블로는 제 수치심을 자극하고 자존감을 깎아내렸어요. 그와의 대화는 100미터의 간격을 두고 시작되는 레이스와 같습니다. 우리 내면에 있는 경계와 벽 너머에서 그는 손가락질합니다. 자신도 넘을 수 없고 벗어날 수 없는 장소에서 모두를 구렁텅이로 밀어 넣어요. 이게 정말 가치 있는 일인가요? 우리가 뭘 할 수 있죠? 해변을 걸으며 했던 말들이 생각납니다. 그날은 즐거운 날이었어요. 쿠바에 여행을 갔고 바다를 봤고 클럽에 있었습니다. 차차는 더 이상 죽지 않겠다고 했어요. 은수는 미래의 계획에 대해서, 어떤 연극을 만들고 싶은지, 원하는 대사는 어떤 것인지에 대해 말했고 조앵은 꿈속의 음악에 대해서, 꿈속의 음악은 소리인지, 내면의 기억이 만들어낸 마음의 작용인지 한참을 얘기했어요. 우리는 죽지 않고 흩어질 뿐이야. 차차가 말했어요. 만일 마음이 있다면 그건 우리 안이 아니라 우리 밖에 있어. 파블로가 말했습니다. 우리 밖의 우리 마음. 이해하시나요? 저는 가족을 이루고 싶다고 말하고 싶었지만 못 할 말이 너무 많았고 스스로가 한심하게 느껴졌어요. 파블로는 한 번도 저를 위로한 적이 없습니다. 우리는 서로를 위로하지 않습니다. 우리는 할 말이 없습니다. 우리는 우리 밖에 있습니다…… 저는 제 안에 없습니다…….

아셈

영원히 계속될 것만 같은 해변에 앉아서 그날 있었던 일들을 생각합니다. 파블로라는 사내를 만난 적이 있는지, 30년 전 퀸 보트에서 있었던 난동을 생각하고 나일강의 도도한 물살을 생각합니다. 그건 우리가 상상할 수도 없을 만큼 긴 시간이지만 지구의 관점에서 보면 인간의 삶만큼 하찮고 우주의 관점에서 보면 모기만도 못하죠. 우리의 시인 아부 누와스가 말한 것처럼, 영원성은 변하는 섯에 깃들어 있습니다. 퀸보트에서 경찰이 게이들을 폭행하는 동안 나는 살림과 강변의 나무 그늘에 숨어 멀어져가는 요트를 바라보고 있었어요. 카이로의 바람, 햇살과 나무들의 율동, 건조한 화강암 바닥에서 올라오는 열기, 살림의 뺨. 저는 어떤 시적인 순간이나 유사 과학적인 깨달음을 말하고 싶지 않습니다. 영원은 순간에 존재하는 것이죠. 순간은 마주침입니다. 마주침은 한번 존재하면 사라지지 않습니다. 쿠바의 게이들은 이 사실을 이미 알고 있었습니다. 인류의 대부분은 우리를 이해하지 못하고 그들에게 우리를 이해해달라고 요구할 수도 없습니다. 그들도 자신들 나름의 두려움이 있고 그들이 아무리 원한다 해도 우리의 두려움을 이해할 수 없으며 함께 공감해주기는 더욱 어렵습니다. 이것이 제가 할 수 있는 유일한 이야기입니다. 서로를 사랑해야 합니다. 아무런 조건 없이, 이해 없이, 서로를 사랑해야 합니다.

작가 노트

〈포스트 게이 아포칼립스〉의 원래 제목은 〈디 엔드 오브 더 게이〉였다. 생물학적 여성인 친구가 베를린 유학 시절 경험을 얘기하며 게이는 끝났어, 라고 말했고 그 말에서 작품의 힌트를 얻었다.

게이가 끝났다는 건 무슨 말일까. 그건 일종의 농담이었지만 이 농담 안에는 많은 것이 들어 있다는 생각이 든다.

요즘 읽고 있는 소설은 레이날도 아레나스의 《현란한 세상》이다. 레이날도의 자서전인 《해가 지기 전에》를 읽고 〈뉴욕에서 온 사나이〉라는 단편소설을 쓴 게 6년 전이다. 그의 소설을 읽고 싶어 영문으로도 찾아보고 중남미 단편 선집에 실린 것도 봤지만 제대로 된 작품은 이게 처음이다. 레이날도 아레나스는 소설의 서문에 이렇게 썼다. 영원한 것은 서열이 있거나 명백한 것이 아니라고 생각한다. 왜냐하면 배열된 것이나 사진으로 현실을 보는 것은 실제로 현실과 매우 격리된 것을 보는 것이기 때문이다. 그래서 사실주의라 불리는 것은 정확히 말해 현실의 반대라고 생각한다.

내 소설을 우연히 읽는 독자들은 하나의 모순이 아닌 여러 가지 모순을 발견하게 될 것이다. 하나의 색조가 아닌 다양한 색조, 하나의 선이 아닌 여러 원형들. 그래서 내 소설이 연계된 사건의 역사가 아니라, 퍼졌다가 돌아오고 확대되었다가, 참기 힘든 것이 때때로 자유로운 것이 되는 극한 상황에서, 쉼 없이 더 부드럽고 더 열정적으로 다시 돌아오는 파도와 같기를 바란다.

그것이 인생이라고 생각한다. 하나의 교리, 하나의 규정이나 하나의 역사가 아니라 다양한 측면에서 다루어야 할 신비다. 파헤치려는 목적이 아니라(그것은 끔찍할 것이다) 우리가 패배자가 되지 않기 위해서다.

나도 그렇게 생각한다.

정지돈

2013년 《문학과사회》의 신인문학상에 단편소설 〈눈먼 부엉이〉가 당선되면서 등단했다. 〈건축이냐 혁명이냐〉로 2015년 젊은작가상 대상과 〈창백한 말〉로 2016년 문지문학상을 수상했다. 2018년 베니스 건축 비엔날레 한국관 작가로 참여했다. 낸 책으로는 소설집 《내가 싸우듯이》 《우리는 다른 사람들의 기억에서 살 것이다》, 문학평론집 《문학의 기쁨》(공저), 소설 《작은 겁쟁이 겁쟁이 새로운 파티》가 있다.

인생은 언제나 무너지기 일보 직전

2019년 9월 27일 초판 1쇄 발행
2020년 5월 21일 초판 2쇄 발행

지은이   조남주 김현 윤이형 김성중 한유주 최정화 듀나 최진영 정지돈
펴낸곳   큐큐
펴낸이   최성경
실장   이유나
편집   김잔섭

출판등록   2018년 6월 18일 제2018-000043호
주소   (04003) 서울시 마포구 동교로15길 4
팩스   0303-3441-0628
이메일   qqpublishers@gmail.com
ISBN   979-11-964381-3-5 04810
         979-11-964381-0-4 (세트)

ⓒ 조남주 김현 윤이형 김성중 한유주 최정화 듀나 최진영 정지돈, 2019. Printed in Seoul, Korea

이 도서의 국립중앙도서관 출판예정도서목록(CIP)은 서지정보유통지원시스템
홈페이지(http://seoji.nl.go.kr)와 국가자료공동목록시스템(http://www.nl.go.kr/kolisnet)에서
이용하실 수 있습니다.(CIP제어번호: CIP2019030799)